必勝ダンジョン運営方法

19

雪だるま
YUKIDARUMA
画 ファルまろ
FARUMARO

モンスター文庫

サマンサ
人族。
魔術師。
ユキ（鳥野和也）
日本人。
ダンジョンマスター。
ラッツ
兎人族。
商会代表。
フィーリア
ドワーフ族。
仕事区鍛冶担当。

虫捕りに怪談……
ウィードの夏は大忙し!!
タイキ（中里大輝）
日本人。勇者。
デリーユ
人族。魔王。
ラビリス
サキュバス族。
ダンジョン副代表。

「同じ神として恥ずかしいから、さっさとくたばれ」
ファイデ
農耕神。
リリーシュ
女神。
教会司祭。

必勝ダンジョン運営方法⑲

雪だるま

MONSTER
bunko

必勝ダンジョン運営方法19

CONTENTS

第404掘：ゲートの経済説明と溜まる悪感情

side：ユキ

「はぁー……お茶が美味《うま》い」

俺は執務室でのんびりお茶をしばいていた。

「美味《おい》しいですねー。最近はずっと栄養ドリンクだった気がしますし」

「そうですね。まあ、あれはあれでいいと思うのですが」

リーアとジェシカものんびりとお茶を飲みながら返事をしてくれる。

そうそう、報告書作成時はもう、お茶ではなく、栄養ドリンクの缶と瓶が散乱する状態だった。

「ん。簡単な栄養補給としては最適。あの修羅場には適切だった」

そう、クリーナの言う通り、3徹という修羅場には適切なアイテムである。

色々な理由が重なって、あんな無理な作戦をしたのだから、報告書のまとめを遅らせるのはまずいし、今後の展開に躓《つまず》く可能性があるので、急いで終わらせたのだ。

俗に言う、漫画家や同人作家が命を燃やして原稿を仕上げる、修羅場モードというやつだ。

俺は基本、読む方だったので、手伝いは少々しかしたことがない。

それでも、修羅場モードの中でのベタ塗りヘルプだったこともあって、凄惨な有様だったのをよく覚えている。

まさか、異世界に来て自分が体験することになるとは思わなかったけどな。

ここに来て、夜も明るくお仕事ができるように電灯とか光源を用意したことを後悔した。

「まあ、それは同意しますが。今後はやめていただきたいですわ。私たちのためにも、ユキ様自身のためにもです。ミリーさんが慌てて泣いていたじゃありませんか。お腹の子に負担が行っていないか心配です」

「それは以後、気を付けます」

サマンサの苦言には素直に謝っておく。

さすがに、ミリーのためとはいえ、頑張り過ぎ、やり過ぎたとは、今になって思う。

俺がちょっと無理しただけでも、心配する嫁さんたちだ、3徹した後なんてなおさらだろう。

あの時は、ミリーが安心してゆっくり出産を迎えられるようにするために必死だったのだ。

それが叶《かな》って、ミリーが隠していた妊娠のことをようやく面と向かって祝ってやれるという気持ちが先行したのだ。

だって、俺のことを心配して妊娠していることを黙っていたとか、夫失格じゃね？　と思ったのだ。

ま、今はミリーも普通に自宅で妊娠休暇をとっているし、万々歳である。

新大陸の方は新大陸の方で、細かい調整とか後始末をしているから、当分手出しはしなくていい。

つまり、現状、久々にのんびりできるのだ。

いや、ウィードも新大陸のことがあって結構ほったらかしにしていた部分もあるから、その処理はしないといけないけどね。

まあ、最初から政治とか経済部分は分担していたし、すでに代表はほとんど替わっているし、嫁さんたちの負担も減っていて、俺が決裁する書類も、魔力枯渇《まりょくこかつ》関連や、各国の動向といった感じだ。

緊急を要するものは基本的に処理しているから、残っているのは、そこまで重要ではないものので、ゆっくりとこなしていけばいい。

「しかし、こうやってウィードの報告書を見ていきますと、信じられないぐらいの経済状況ですね。軍人の私でも理解できるほどです……」

ジェシカは思い出したように、お茶を置いて、ウィードの年間収支報告書に目を通す。

そう言われて、クリーナもその書類に目を通すが、首を傾げるばかり。

「……私はよく分からない。そうなの？　サマンサ？」

まあ、普通なら分からんよな。

国家の年間収支とか桁が違い過ぎて、どう判断していいのか分からないのが普通だ。

「そうですわねー。正直に言って、あり得ないぐらいの額ですわね。基本的にウィードは1つの街だけの国家です。ダンジョンの階層で上下の土地を持って広いようにみえますが、実際はせいぜい大国の少し大きい街と穀倉地帯という感じです。それなのに、ウィードに入ってくるお金の額は、我が祖国ローデイや、クリーナさんの祖国アグウストの王都の収支をはるかに上回っています」

「……それは凄い」

「貨幣《かへい》の価値の違いがあるので、正確には言えませんが、およそ3倍近く違います」

「ええ、軍事費とかも、ジルバと比べて5倍は予算が違いますから。さすがに分かりますよ」

「そうなんだ。お金のことは、私はクリーナと同じで分からないからねー。ユキさんの護衛《ごえい》だし。でも、なんでそんなに違いがあるんですか？　ユキさん？」

リーアは不思議そうに聞いてくる。

……うーん。リーアに分かるようにするにはどう説明したものか。

ま、考えるより、普通に説明してみるか。

「簡単に言うと、ダンジョンのゲートを設置したおかげだな」

「ああ、それで商人さんとかたくさん来るようになって、税金とか多いんですね」

「……なるほど。納得」

うん。理解は得られたが、そんな簡単な話でもない。

……深く教えるべきか？

俺がどうしたものかと考えていると、サマンサが口を開く。

「確かに、お2人の言うように、商人などの人の出入りが活発化してというのも1つの理由でしょう。でも、それだけではないから、ユキ様はゲートを設置したおかげと言ったのです」

「……どういうこと、ジェシカ？」

「……よく分からない」

「はぁ。まあ、2人はもともと村人と魔道の探求者ですから、こういったことには興味がないのでしょうね」

ジェシカの言う通り、リーアは村人から勇者にジョブチェンジ、クリーナは生粋《きっすい》の魔術師で、政治などには興味がないタイプだ。クリーナの爺さんはアグウストの宮廷魔術師顧問だから、それなりに政治はできるだろうが、クリーナは人見知りが凄《すさ》まじくて、改善するために学府へ来てたぐらいだからな……そういうのは知らなくて当然。

なるほど、本当に村人とか一部のことに優秀な人ほど、使いやすいことこの上ない。

考えられる駒は不適切ということだ。使い捨ての勇者などは特にな。

そういう意味ではリーアやクリーナは物語などでは国の命で忠実に魔王退治に向かいそうだよな。

はぁ、保護できてよかった。いや、リーアについてはリリーシュが何となく勇者認定したようなものだったけどな。

「ですが、今や私たちは、ユキの妻です。全部を知れというのは私でも無理ですから、そんなことは言いませんが、ある程度は把握《はあく》していることが、ユキの助けになったりします。いい機会ですから、なぜゲートを使ったことで、新大陸の大国を超える収支があるか説明いたしましょう。いいですね、ユキ？」

「２人が嫌がらないならな。無理に詰め込んでも仕方ない。どうする？」

「はい。頑張ります‼」

「……ん。私としてもこういう分野は今まで手を付けていなかったから興味深い」

実のところ、リーアは俺の護衛が主な仕事だったから、わざと教えていなかった。

嫁さんたちの方針だ。俺の説明することは常識という箱をひっくり返して、新しい常識の入れ物を作るところから始まるから、リーアがパンクして護衛にならなくなる可能性があると言われたのだ。

いや、そう言われても、日本というか地球の常識感覚だからね？

クリーナの方は嫁さんになって日が浅いから仕方がない。

というか、ジェシカとサマンサが理解できているのが異常なのだ。

まあ、もともとお金に困る立場だったからなんだろうが。軍人に公爵令嬢と、きっと頭の痛いことがあったんだろうなー。

リエルとか、難しいことはトーリに任せてると言って胸張って、トーリは泣いてたし。

アスリンとフィーリアは言わずもがな。そんなことを理解するにはまだ早い。

と、そんなことを考えているうちに、ジェシカとサマンサがホワイトボードを引っ張ってきて、本格的に説明を開始しようとしている。

ホワイトボードの中央にはゲートの絵が描かれていて「ゲートがもたらすモノ」と上に書かれている。

「さて、まずは、リーアが言ったように、商人などの人の行き来が簡単になり、経済が活発化するというのがありましたね」

そう言いつつ、人の流通が増えて経済が活発化。と、書き込む。

「ですが、サマンサの言う通り、これだけが原因ではありません」

「というより、これは最終的な結果と言うべきですわね」

「……最終的な結果？　リーア、分かる？」

「うーん……あ、そうか。もともとは戦争抑制のために設置したんだっけ？」

「はい」

「新大陸までとはいかないまでも、ウィードの大陸でも戦争は起こっていますわ。しかし、それがあまりよろしくないというのは、コメットさんの報告などで分かっていると思います。なるべく、戦争という魔力が集まることを抑制し、ダンジョンでＤＰを稼ぐためにゲートを設置したというのが本来の目的ですわ。さすが、ユキ様。すでにこういうことを行っているとは素晴らしい先見性ですわ」

いや、魔力云々は考えてなかったよ。

戦争抑制と経済流通の名目でDP集めようってのが当時の目的ですよ？

持ち上げすぎても困るわ。サマンサさんや。

「……それじゃ、お金が増える説明になっていない」

「そうですね。まあ、これはユキの本来の目的。という話です。では、なぜ、お金が増えたのかというと……戦争抑制、経済流通の効果があったせいです」

「どういうこと？」

「……簡単に説明して」

いや、ある意味凄く簡単に説明しているんだけどな。

ま、分からないのが普通か。

「戦争の抑制、経済の流通が活発化するということが、いまいち分かっていないようですわね。戦争が抑制されて、今では迂闊《うかつ》に戦争を吹っかけると、自国が滅びかねない状況に陥《おちい》っているのは、分かると思いますわ。さて、そうなると、国としては力を入れるべきはどこでしょうか？」

「あ、それが経済ってこと？」

「……なるほど。戦争で分かりやすい領土を増やすのではなく、物を売ることで、国力を上げるしかない」

「はい。正確には違いますが、クリーナさんの言うように、国力を上げるためというのは間違いではありません。が、正直な話、需要が圧倒的に増えたのです」

「増えた？」

「あ、そうか。ゲートで色々な国と行き来が簡単になったから、売る場所が増えたんだ」

「はい。リーアの言う通りです。売る場所が増えた。なら、もっと生産しようということになって、今や各国では特産品の生産に力を入れまくっています。戦争なんかしなくても、畑を耕すだけでいいのですから。殺し合いをするよりも、楽なものです。戦争を抑制して、こういうふうに、他国に輸出するための農地開拓などの事業ができたので、盗賊《とうぞく》は激減。雇用の拡大。ということで、全体的にお金の行き来が激しくなっているわけです」

「その結果。その戦争抑制、経済流通を一手に担っているウィードの年間収支はぶっ飛んでいるというわけですわ。この結果が、リーアさんの言ったように人々が安心して行き来できる、という一番分かりやすい話になったのです」

「「なるほど」」

　2人とも理解したようだ。

　まあ、簡単に言えば経済戦争に突入したって感じだな。

「そっかー。みんな頑張ってるんだ。戦争がなくなってよかったね」

「ん。殺し合いよりずっと健全」

「はい。と、言いたいところですが、そうもいきません」

「え？」

「……なぜ？」

「世の中が平和になって、地面相手に戦いを挑んでいるのを好ましく思わない所もあるのですわ。それが主に、このゲートを使った戦争抑制、流通の活性化の流れに乗っていない国々ですわ」

「えーと……意味が分からない」

「……同じく」

「簡単に言いますと。戦争していれば、簡単に他国を征服して、武勲を得て、領土を拡げられたのに、と思っていた国々ですね。私たちウィードがゲートを作った連合体制を構築したので、小国であってもこの連合に入っていれば迂闊に手を出せなくなったのです。無論、そんな野心を持つ国が、この連合に入るわけもありません。私たちウィードに煮え湯を飲まされているのですから」

そう、これからの俺たちのお仕事は主に、そういう国が相手になるのだ。

「キルエさんからの話では、すでにそういった国々の工作員が入り込んでいるみたいですわ」

「え⁉　それって大変じゃない⁉」

「……即刻捕まえて、首を斬る」

「そういうわけにもいかないのです。しっかりと裏が取れたわけではありませんから。そういうことを調べる私たちが新大陸で忙しかったですし」

「ま、そんな感じで、今後のお仕事は警察と連携を取って、相手の国がどこか？　何を仕掛けているのかを調べるのが主になってくる。まずは、キルエとかサーサリが集めてくれた情報の精査だな」

そう言って、俺はドンッと、積まれた報告書を棚から取り出す。

「え？　それってまさか……」

「そうだ。これをまず読むのがお仕事」

「……私、図書館に行ってくる」

「わ、わたしも、図書館にいくよ」

そう言って逃げ出そうとする２人だが、ジェシカとサマンサに捕まってそのまま報告書の山に目を通すことになる。

さて、俺も目を通すかね。

まあ、その中で厄介なのはルナが言っていた、神が王として君臨している国だろうがな。

……凄くめんどい気がするけど、一応使者を送って対話しないといけないだろうな。

えーと、確かノーブルの時にルナから貰った資料に、こっちの大陸で現存している神様とダンジョンマスターが……。

愛の女神　リリーシュ　健在だけど、ほとんどやくにたたねー奴ら。以下同文
剣神　　　ノゴーシュ
魔術神　　ノノア
農耕神　　ファイデ
獣神　　　ゴータ
ダンマス　ライエ　　　引きこもりすぎて望み薄
ダンマス　ジョルジュ　同じくヒッキー
以下複数

うん。

厄介ごとになるとしか思えねーわ。

落とし穴65掘：ぼくらの夏休み１　昆虫王者の説明

「カブトムシ」またの名を「昆虫の王様」。
「クワガタムシ」と人気を二分する。
それは、日本の子供にとっては、夏のあこがれである。
学名：Trypoxylus dichotomus（L.1771）
和名：カブトムシ
英名：japanese rhinoceros beetle
詳しく説明すると、カブトムシは甲虫、兜虫と書き、コウチュウ目、コガネムシ科、カブトムシ亜科・真性カブトムシ族に分類される昆虫の種の標準和名。広義的にはカブトムシ亜科に分離される、昆虫の総称だったりする。
大型の甲虫で、成虫は夏に発生し、とりわけ子供たちの人気の的《まと》となる。
和名の由来は、頭部にある大きな角を持つために日本の兜のように見えることによる。
分布
本州以南から沖縄本島まで分布し、日本以外にもアジア圏に分布が認められている。
北海道には１９７０年代から人為的に定着しているらしい。

標高1500m以下の山地から平地の広葉樹林に生息する。で、なぜ英名がjapaneseとついているかだが、諸説はあるが、江戸時代から農耕利用目的で全国的に育てられてきたという流れがあり、日本にとってのカブトムシの関わりが深いからではないだろうか?

形態

体長はオス30から54㎜(角を除く)、メス30から52㎜ほど。

もっとも特徴的なのは、オスの角である。

この角は、餌場やメスの奪い合いに使用される。

つまるところ、戦うためにあるのだ。

※wikipediaより抜粋、簡略化。

side:フィーリア

「で、どういうことよ? 虫の説明をされても、全然意味が分からないのだけれど?」

セラリア姉様は理解できないという感じで、兄様の説明を聞いていました。

フィーリアもよく分からないのです。

虫さんが、なんでそんなに日本で子供たちに人気なのか分からないのです。

虫さんは作物を食べちゃうから邪魔なのです。

「……ちょっと待ちなさい。わざわざ説明して、休みを取りたがるのだから、そのカブトムシやクワガタムシをどうにかするつもりよね？」

「その通り。捕まえてくる」

「……いや、なんでよ⁉　というか、その格好、揃ってなによ⁉」

「……タイキ様なぜ、そのような格好を」

「あの、タイゾウど……さん。なぜ、シャツ一枚に、短パンなのでしょうか？」

うん。

なぜか、兄様、タイキ兄様、タイゾウおじちゃんは、ガラは違うけど、Tシャツ一枚に、短パンという格好しているのです。

フィーリアたちが不思議そうにしていると、３人とも、胸を張ってこう言うのです。

「「「夏休みの正装」」」

……？？？

やっぱりよく分からないのです。

ウィードの学校でも夏休みはあるのですが、こんな格好が正装なんて聞いたことがないのです。

「虫なんて、ばっちいでしょう？　イナゴみたいに、その虫たちも食べるの？　さすがに私は嫌よ。というか、今日の晩御飯に並べたら、泣くわよ？」

きっとフィーリアも泣くのです。

イナゴの佃煮さんは見た目がそのままで、とても食べるのが忍びないのです。見つめてくるのです。お魚さんの頭と同じように……。

「ばっちいとは心外な。いや、まあ、人にとっては汚いかもしれないが、言ったようにカブトムシやクワガタムシは農業利用として、江戸時代から現代にまで続く由緒あるものだぞ」

「……なんでよ?」

「セラリア殿。それは、カブトムシやクワガタムシはミミズの上位版と言われているのだ」

「さっぱり分からないわ」

セラリア姉様やフィーリアたちのほとんどは分からなかったですけど、カヤ姉様とリーア姉様が納得したような声をあげたのです。

「……なるほど。土壌が豊かな証拠ということ」

「ありました。私の所もミミズが畑から出てきても殺すなって言われました。ミミズは土の上や中にある腐葉土を食べてさらに細かくして、排せつして、作物にいい成分にしてくれるんですよ」

「お2人の言う通り。今の日本は知らないが、私の子供の頃もカブトムシやクワガタムシは育てて、卵を畑に撒《ま》くというのをやっていた。無論、収穫は多かったな」

へー、ミミズさんもカブトムシさんも凄いのですね。畑を育てるのに一役買っていたのです。

「現代日本でも、カブトムシやクワガタムシがいる土地は豊かな証拠と言われていて、一種の名誉なことって言われているんですよ」

「……えーっと、タイキ様。その話は分かりましたが、なぜ、わざわざタイキ様たちがその虫たちを確保しにいくということになるのでしょうか？」

アイリ姉様の言う通りなのです。

ちゃんとした理由があるのなら、お仕事を他の人たちに回すべきなのです。

兄様たちはいつも忙しいのですから、ちゃんと休むということをするべきなのです。

「いや、アイリ。カブトムシもクワガタムシもここの人たちにとっては、虫で統一されていて分からないだろ？」

「あ、確かに……」

「外国では鈴虫や、クツワムシ、キリギリスたちの秋の夜の演奏も、ただの雑音って言われてるからな」

「ああ、そういうのは聞いたことがあるな。まあ、それも仕方ない。その種類は畑を荒らすタイプの虫だからな」

「ということで、そのカブトムシとクワガタムシが分かる俺たちが捕りにいくって話だ」

「無論。ちゃんと私たちにとっては息抜きになりますので、大丈夫ですよ。ヒフィーど……さん」

「え、そうなのですか？」

　とりあえず、結婚したてのタイゾウおじちゃんとヒフィー姉様は初々しいのです。

「そう。カブトムシというのは夏真っ盛りに成虫となる虫!!」

「その時、日本の学生たちは夏休み!!」

「うむ。それで、山に入っては、大きいカブトムシやクワガタムシを捕まえて、大きさを競ったり、昆虫相撲をしたりして遊んでいた。これぞ、日本の夏休みの一角!!　畑の手伝いにもなるし、一石二鳥!!」

　凄いのです!!　カブトムシさんとクワガタムシさんを見つけて、大きさを競えて、昆虫相撲っていうのはよく分からないのですけど、楽しそうなのです!!

「兄様!!　フィーリアも行くのです!!」

「……私も興味がある」

「じゃ、私もー」

　それで、フィーリアたちの中からも何人か同行者が出たのです。

　残念ながら、虫が嫌いなラビリスちゃんとシェーラちゃんは不参加なのです。

「……まあ、あなたたちの息抜きになるというのなら、構わないわ。でも!!　帰ってきたらちゃんと手を洗って、カブトムシは家に持ち込まないこと!!　まだ子供たちも小さいんだから、いいわね？」

「了解」

ということで、フィーリアたちも準備に取り掛かるのです。

といっても、特に山に入る服装と、虫かご？　と虫網？　という虫を捕まえる専門の道具と言えば仰々しいのですが、簡単な道具を持っただけなのです。

私たちからの参加者は、リエル姉様、カヤ姉様、ラッツ姉様、リーア姉様、クリーナ姉様、サマンサ姉様、そしてアスリンに私なのです。あとはタイキ兄様のお嫁さんのアイリ姉様。

ヒフィー姉様は不参加なのです。イナゴにトラウマがあるみたいなのです……仕方ないのです。今まで罰ゲームで無理に食べていたのです。

「ねぇ、サマンサお姉ちゃんはなんで一緒に来ようとおもったの？」

アスリンは不思議そうに準備をしているサマンサ姉様に同行の理由を聞いていたのです。

確かに、他のみんなと違って、畑とかの作業には無縁に思えるのです。

「私の故郷の公爵領でも利用できないかと思いまして。現物を見るのは間違いではないでしょう。あと、ユキ様のあんな楽しそうな顔を近くで見ていたいから……これは、アスリンと同じですわね」

「うん!!」

なるほどなのです。

カブトムシさんたちが優秀な畑作業をするのなら、他の地域でも利用ができるのです。

勉強になるのです。

　なら、フィーリアもつおい武具の参考になるか調べてみるのです。

　たしか、日本の兜に例えられるって言ってたですから、きっとすごく硬くてかっこいいのです。

「僕たちはしっかりした服装なのに、なんでユキさんたちは、そんなに軽装なの？　というかそれが正装って危なくない？」

　フィーリアたちの準備が終わって、兄様たちと合流したとき、リエル姉様がフィーリアたちが思っていることを聞いてくれたのです。

　さすがに、シャツ一枚と短パンはないのです。

「まあ、遊びだからな。あと、これが正装っていうのは、子供だった頃の最大限の装備って感じかな」

「最大限？　どういうことですか？」

「サマンサ殿。私たちのような、一般の出の子供たちは、遊びで山に入るからといって、装備を整えられるような余裕はありませんでしたからな。もともと、魔物もいませんし」

「夏は暑いし、子供はしっかり装備をしてもつらいだけですから。俺たちもこうやって山に入っていたんですよ。だからこれが俺たちの正装って感じですね。というか、思い出の格好ってやつです」

なるほど。

兄様たちは、こんな格好で小さいとき山に入って遊んでいたのですか。

「……ん。納得」

「しかし、ユキ君。そのカブトムシやクワガタムシの山、森林をダンジョンで作ったと言っているが、正直どれだけいるのだ？　日本とは生態系がまったく違うから、絶滅している可能性もあるのではないか？」

「ご心配なく。この計画はすでに3年前から行っていて、ダンジョンの管理、監視でちゃんと次世代が生まれてきています。生態系につきましても、蜂やムカデなどのカブトムシの幼虫の天敵を排除し、育てやすい、日本の理想の環境にしていますとも」

「……なるほど。抜かりはないということだな？」

「無論。しかし、クヌギの場所は絞《しぼ》っています。有機肥料の出来具合をしっかりと比べるためですけど、大丈夫ですか？」

「いらぬ心配だな。カブトムシやクワガタムシが寄り付く木の見分けがつかない素人《しろうと》ではない」

「あっはっはっは。カブトムシを捕ろうってやつが、クヌギとかの区別がつかないとかおかしいですよ!!」

うにゅ？　くぬぎ？

「あのー、お兄さんたち？　そのお話だと、特別な木にしかつかないように聞こえるのですけど」

「あ、そうだぞ、ラッツ。カブトムシやクワガタムシはセミなどと違って、硬い表皮を突き破って、木の樹液を採ることはできない。つまり、自然と樹液が出ている木に付くことが多い。その条件を満たしているのがクヌギと言われる木だ。とりあえず見本の画像を見せておくか」

そう言って兄様は画像を皆のコール画面に転送してくれたのです。

見ると、確かに独特な形をした葉っぱを付けた木が映っているのです。

そして、これが、カブトムシさんなのです……。

「かっこいいのです‼　角が突き出ているのです‼　クワガタムシさんもハサミが強そうなのです‼」

「ふーむ。確かに、こういう兜がありそうですね。これは子供たちが好きそうな感じですね」

「……挟《はさ》まれたら痛そう」

「痛そうだねー」

「なかなか、雄々しい姿ですわね」

全員がとりあえず姿を確認した後、その虫の森区画という場所にやってきたのです。

みーん、みーん、じわー、じわー、じわわわわわーーー‼

五月蠅《うるさ》いのです。

森の中でセミさんたちが大合唱しているのです。

暑さもあって、すごく耳障りなのです。

「いやー、夏だな」

「夏ですね」

「ああ、夏だ」

でも、兄様たちは、そんな五月蝿いセミさんたちの大合唱を涼しい顔で聞き流しているのです。

「さて、いきなりっていうのはあれだし。一か所だけ案内する。実物を見にいこう」

そう言って、フィーリアたちは、蒸し暑い森の中へと入っていくのです。

きっと、大きくてつおいカブトムシさんを捕まえるのです‼

落とし穴66掘：ぼくらの夏休み2　昆虫王者の捜索開始

side：タイキ

ユキさんの案内の下、森の中へ入って行く。

「アイリ、無理してないか？」

「いえ、大丈夫です」

まさか、お嫁さんのアイリがついてくるとは思わなかった。

カブトムシやクワガタムシは確かに、子供に人気ではある。

だが、セラリアさんのように毛嫌いする人だって普通に日本でもいる。

だから、虫にあまりいいイメージを持っていない、こっちの世界の人がついてくるなんてのは無理をしているというイメージがあった。

ユキさんのお嫁さんたちは、普通についてくる人とついてこない人に分かれたから、ついてくる人は無理しているようには思えないけど、アイリは色々無理して、俺について来ているような気がして気になった。

そんなことを思いながら見つめていると、観念したように苦笑いをしながら、アイリが口を開いてくれる。

「……正直な話、虫が苦手です」

「なら……」

「ですが、タイキ様が子供の頃遊んだことをぜひとも知っておきたいと思いました。私の知らない、タイキ様が楽しんだことを体験してみたいのです。だから、きっとこの体験は悪いことではないと思うのです」

「アイリ……」

「大丈夫です。本当に嫌だったらすぐに帰りますので。だから、タイキ様たちの夏の遊びを教えてください。私ももともとは宿の看板娘ですし。多少の虫ぐらいはへっちゃらですから」

「そうか。なら、俺たちの夏の遊びを存分に教えよう。まずは、このカブトムシ捕りからだ」

「はい」

無理はそこまでしてないようだし、それなら、思い切り、俺たちの夏休みを教えてやろうじゃないか。

そんな感じで、夫婦の仲を深めつつ、気が付けば、ユキさんが立ち止まっていた。

そこには立派なクヌギが立っていて、所々、幹から樹液が垂れているのが分かる。

というか、すでにカブトムシやコガネムシなども見える。

昼間からここまでとは、下手すれば、夜でギリギリって思っていたけれど。

さすがユキさん、隙はなかったぜ。

「えーと、お兄さん。このボロボロの木がそうなんですか？」

ラッツさんはそんなふうに、目の前の木を見て言う。

幹には結構穴が開いており、樹皮が剝《む》けて樹液が染み出ているって様子は、今にも朽ちていきそうな木に見える。

針葉樹林とかは、こんな状態だとアウトだから、当然の感想か。

だが、広葉樹であり、虫の餌場、よりどころとしてのクヌギはこれが当然の姿だ。

「あー、結構ボロボロに見えるかもしれないが、これで正常だ。ま、近くに寄って見てみるといい。ほら、こっちの樹液が出ている所な」

そう言われて、皆が近寄っていく。

無論、俺とタイゾウさんは、遠目で見るだけだ。

初心者ではないから、すでに幹に付いている虫は把握している。

「アスリン‼　見るのです‼　カブトムシなのです‼」

「わー、カブトムシさんがいるよ‼」

「へー、これがカブトムシかー」

「……実際見るのはやっぱり違う」

「なんか、とげとげしてるよね。脚とか」

「ふむふむ。これがカブトムシですかー。実際に農業の役に立つのなら、これを育てる商売もできるかもしれませんねー」

アイリもみんなと一緒に近寄って見に行っている。

叫ぶこともないから、ひとまずは安心だな。

最悪、台所に現れるGと同じだって言う人もいるからなー。

俺としては全然違うんだけど、向こうからすればどっちも虫でしかない。

「さて、これからちょーっと、説明をするぞ」

ユキさんはそう言って、樹液を舐めているオスとメスのカブトムシを、足が取れないようにそっと引きはがす。

「見ての通り、カブトムシとかクワガタムシは足が鉤爪状になっていて、これを幹に引っ掛けているんだ。無理に引きはがそうとすると、足がもげるから、優しくするように。で、この角が生えているのがオスで、角がないのはメスだ。今回の目標としては昆虫相撲をする予定だから、なるべくオスだな。体長コンテストについては、角は計測しないからメスでもいい」

ふむふむ。

日本と同じだな。

いや、日本以外のやり方とか言われても困るけどな。

「そして、カブトムシを見つけやすい木は、このクヌギだな。見ての通り針葉樹と違って結構特徴的だから、探すのは難しくないと思う。カブトムシとかが付いているかは知らないけどな。

本来は、カブトムシやクワガタムシは夜間に行動することが多いから、こうやって日中に樹液が出ている所を確認して、夜に捕りに来るのが一般的だ」

「お兄さん。その話だと、日中はあまりいないように聞こえますが？」

「そうだ。基本的には日中は土の下や幹の隙間、枝の陰なんかに隠れている。だから……」

ユキさんはそう言って、足を上げて、幹を蹴《け》る。

ボトボト……。

おお、落ちるもんだな。

ああ、ステータスとか上がってるから、効果的なのか。

下手すると木を折りかねないから調整がいるな。

が、そんなことを考えていたのは、俺やユキさん、タイゾウさんぐらいで……。

「「「きゃーーーー!?」」」

真上から、虫たちの絨毯《じゆうたん》爆撃を受けた女性陣は叫んでいた。

うん。冷静に考えれば女性としては正しい反応だよな。

そして、女性陣が落ちついた頃に、ユキさんがまた説明の続きをする。

「……このように、周りに人がいると迷惑になるし、落下の衝撃《しようげき》で破損する虫もいるからあまりお勧めしない。それで、この虫網だ」

恨みがましい女性陣の視線を受けつつ説明をするとか、さすがユキさん。

俺には決して真似できないね。

と、いけない。そう、ここで便利なのが虫網だ。

「まあ、魔術を使えばできるメンバーもいるが、基本的にこの虫網を使って……」

ユキさんは、そう言って隣の木でミンミン鳴いているセミに向かって、網を忍ばせ、一気に捕獲する。

「こんな感じだ」

「兄様凄いのです‼　ハンターなのです‼」

「ぶわーって一気に捕まえたね。セミさんは飛ぶのにすごいねー」

セミも慣れると素手でバンバン捕れるけどね。

「慣れれば簡単だ。カブトムシもクワガタムシもいざとなったら飛ぶしな。下手に魔術で空を飛んだり、木の幹をよじ登ったりすると感づかれて逃げられる」

「……ん。理に適っている」

「これは一種の技量もいるわけですわね。なんだか楽しくなってきましたわ」

「サマンサの言う通り、木や虫を見つける、観察眼とか注意力。そしてそれを捕獲するための手段の考案。などなど、そういうのもいるな。まあ、遊びだから気楽にやるといい」

ユキさんが言うとなんか大層なことに聞こえるけど、最後に言った通り、遊びだしなー。

「あと、幸いさっき落ちてきた中にクワガタムシが2種類いたので、それを見せよう」

ユキさんはそう言って、虫かごの中から、ノコギリクワガタとヒラタクワガタを取り出した。

明らかに種類が違うのでアイリたちにも分かりやすいだろう。

ミヤマクワガタとノコギリクワガタとかパッと見、区別つかないもんな。

ザ〇F型と〇クJ型みたいな感じ？

「このように、クワガタムシは結構種類が多い。カブトムシはこの一種類だけだが、クワガタムシは全部が昆虫相撲の対象。そして、体長コンテストはカブトムシだけにさせてもらう。種類で体長の平均とか違うから、混ぜるわけにはいかないからな」

「え？　お兄ちゃん。それだと小さいクワガタさんは勝てないよ？」

アスリンちゃんが不思議そうな感じで聞いてくる。

しかし、それは違うんだよ。

「アスリン。カブトムシやクワガタムシはとても力があって、自分より5倍ほど重いものも引っ張れるんだ」

そう言って、捕まえたカブトムシの角の先を、紐でバナナに結び付ける。

体格的には2倍。重さは5倍どころじゃないだろう。

だが、カブトムシは特に問題がないようにそれを引きずって見せる。

「「「おおー‼」」」

その実演の後、バナナを剥いてカブトムシにあげる。

さすがに子供の時のように、使うだけ使ってポイってのは気が引けるからな。

「と、カブトムシもクワガタムシも体格なんかほぼ関係ない。気合いと闘志がある奴を見つけるのが大事だな。無論、体格がいいのはそれだけ有利だけどな」

そして、虫取りの説明が終わった後、ユキさんは地図を広げ始める。

「これがこの森林の地図だ。四方がおよそ3キロ。この中に適当にクヌギとかを配置しているから、それを見つけて、この後の体長コンテストと昆虫相撲用の、いいカブトムシやクワガタムシを探すってのが、まずは最初の目標。最悪、このクヌギから捕ってもいいけど、それじゃつまらないよな？」

ユキさんがそう言うと全員頷く。

そりゃー、自分で見つけるからいいんだから。

教えてもらった所で捕獲とか、本当に最後の手段だ。

「制限時間は2時まで。それから集合して、体長コンテストと昆虫相撲をする。あと、昼食は弁当を持ってきていると思うけど、各々ちゃんと食べるように。虫捕りに夢中で食べませんでしたはダメだからな。休憩も大事。水分補給も忘れないように」

当然の注意事項をしてから、いよいよその時がやってくる。

「よし。じゃあ、10時近いし、始めようか」

「「「はい‼」」」

「あ、森で怪我したらちゃんと連絡するように。気を付けてなー」

そう言うと、皆は思い思いに森の中へ入って行く。

アイリはさっきの説明に触発されたのか、俺よりも大きくて強いカブトムシを探しに行くと、リーアさんと一緒に行ってしまった。

楽しんでくれるのはいいけど、放っておかれてちょっと寂しい。

で、そろそろ、俺もと思っていたが、2人だけその場を動いていない人たちがいた。

「で、ユキさんも、タイゾウさんもなんで動かないんですか？」

「ん？　いや、なあ、タイゾウさん？」

「ん？　ああ、当然だな」

「？？？」

俺が首を傾げていると、2人とも俺を見てため息をついた。

「ダメだな。都会っ子はこれだから」

「……タイキ君。戦いは常に非情なのだよ」

2人はそう言うと、まず、弁当を取り出してその場で食べだす。

「はい!?　まだ10時ですよ!?」

「いや、動いて食うとか馬鹿らしい、時間のロス。あと日が高くなって飯とか暑くてつらい」

「だな。まずはさっさと食ってから探す。というか、こんな小さい森林で迷子や遭難はないだろうし、２時終了だ。この程度なら、私の子供の頃は昼飯なぞいらなかった」

「そりゃそうでしょうけど……」

「ま、昼飯を食うこと自体は悪いことじゃないし、森歩きに慣れていない嫁さんたちはちゃんとした方がいいと思ったしな」

「うむ。それは間違っていない。で、タイキ君は飯を食べんのか？」

「……あ、はい。食べますよ」

確かに、２人の言っていることは分かるので、そのまま一緒にご飯を食べる。

うん。用意してもらったものだけど、十分に美味い。

アイテムボックスの時間停止は大きいよな。

腐る心配もないから楽だ。

「さて、飯は食べたし、タイゾウさんはどう動くつもりですか？　俺は主催者でこの森の製作者ですからね。不公平になりますから、タイゾウさんが探す場所で一緒に捕りますよ」

ああ、そうか。

ユキさんはこの場所を作ったから、いいサイズのカブトムシやクワガタがいる所を把握しているのか。

それは確かに不公平だ。

「ふむ……ユキ君。このコール画面の地図の正確性は？」

「完璧《かんぺき》です」

「そうか。……ならば、この朽ち木がある所だな」

タイゾウさんは地図を少し見ただけですぐ場所を決定する。

「朽ち木？　ああ、そうか。そっちは寝床になるんですね」

「その通りだ。タイキ君。木があるだけで虫が寄ってくるのは少数だ。周りの環境も鑑みて、寝床になりそうな朽ち木がある所、という感じだな。ひとまずは、こういった感じでめぼしい場所をさっと見て回ろう」

……なんだか、頼もしくもあり、真剣すぎてなんか気まずい。

「ま、素人の嫁さんたちに負けるのはあれだしな。気合い入れていこう」

「無論だ」

……あ、ガチだ。

遊びにこそ本気ってやつだ。

落とし穴67掘：ぼくらの夏休み３　昆虫王者決定戦と帰省

side：タイゾウ

この歳になって、心が躍って熱くなることがあるとは思わなかった。

おそらくは、これが童心に返るというやつなのだろう。

子供の頃の夏。

もはや、遥か昔で戻ることはないと思っていたのだがな。

……日本ではないし、平和とは言いがたいが、それでも今はこの場を用意してくれたユキ君の心遣いをありがたく受け取り、楽しむとしよう。

夏の日差しが容赦《ようしゃ》なく降り注ぎ、日に当たる体が熱を持つ。

だが、子供にとってはそんなのは些事でしかない。

目の前に広がっている森林は、子供にとっては未知の領域、宝の山なのだ。

すべての学問における「なぜ？　なに？」が詰まっている。

そういう意味では、私にとっての学問への始まりの道。

「また、ファーブル昆虫記でも読みたくなったな」

「あ、タイゾウさんも知ってるんですか？」

私の独り言が聞こえたのか、興味深そうにタイキ君が聞いてくる。

「ファーブル昆虫記は戦前からあったからな。一次大戦前からじゃなかったか？」

「ユキ君の言う通りだ。私の子供の頃にもすでにあった」

「へー、そうなんだ」

「だが、当時の私の家は貧乏でな。上等な本どころか、古本すら買うことはなかったな」

「あー。やっぱり当時の田舎って……」

「うむ。もの凄く貧乏だ。東京に出てきて違いすぎて別の国かと思ったぐらいだ」

「東京でようやく近代化が進んできた時期だから、まだ首都圏から遠い山村とかは、特に生活が変わることもなく、昔のままのはずだぞ？」

「そうだな。まあ、その貧しい遅れた村の話はまた別の機会で、ファーブル昆虫記だがな。大学に出てきて、日雇いをせっせと頑張って、ようやく自分で買ったという思い出があってな。私にとっては思い入れがあって、口に出してしまったんだろう」

「なるほどー」

「ということで、ユキ君。少し相談があるのだが、いいか？」

「ああ、ファーブル昆虫記なら取り寄せときますよ。あ、でも現代語訳になってるから、タイゾウさんからすればちょっと難解になる部分があるかもしれません」

「構わんよ。それはそれで勉強になるからな。しかし、タイキ君やユキ君もファーブル昆虫記は知っているみたいだが、今でも存在しているのだな？」

「存在しているというか、知らない人はいないぐらいですよね？」

「ええ。昔より印刷技術もさらに上がっていますからね。一般の人たちにもお手軽で手に入る額にもなっていて、多くの人に読まれていますね。もちろん、科学書としても評価が高いのは今でも変わっていません」

「……そうか。師のことといい、こうやって、私が知っているものが遥か未来まで存在しているというのはなかなか、嬉しいものだ」

きっと、ファーブル昆虫記を読んで、未来の学者を目指す子供たちもいるだろう。

……むう。そういえば、私とヒフィーさんの間にもいずれ子供ができるのだろうし、こういう学術書を先に揃えておいて、教育体制を整えるべきなのだろうか？

「と、着いたみたいですね」

タイキ君の一言で、考え事を押し出して、言われた先を見つめる。

そこには朽ちて倒れた木があり、近くにはクヌギが立っている。

見事に、カブトムシがいそうな木だ。

「さっそく行きましょう」

「そうだな」

「いるかー？」

とりあえず、まずは3人で立っているクヌギに近づく。

こちらから見えている面は樹液が出ておらず、見当たらない。

そのままぐるっと、木の裏側に回ると……。

「いましたね」

「お、いたいた」

そこには樹液に群がる、虫たちが存在していた。

しかし、残念なことに目的のカブトムシたちは、小ぶりなオスのカブトムシとコクワガタが1匹ずつ。

「うーん。どうします？」

「とりあえず、キープしておけばいいだろう」

「そうだな。しかし、カブトムシが1匹、コクワガタが1匹。誰が確保する？」

体長コンテストに、昆虫相撲のことを考えると確保することは間違ってはいない。

しかし、この後、昆虫が手に入らなかった場合は2匹しかおらず、イベントに参加できないという悲惨なことになりかねない。

だから、誰が確保しておくか？　という問題に直面する。

この大人の3人だからこうやって平和的に会話ができているが、これが子供3人であるのなら、カブトムシなど見つけたそばから確保して、分けるという思考にはなかなかならない。

後で、勝負をするならなおさらだ。

夏の主なケンカの原因の１つ。昆虫の取り合いだ。

はたから見ればくだらない子供のケンカだが、本人たちにとってこれほど譲れないものはない。

……それで兄と一緒に親父に拳骨を落とされて泣いていたな。

だが、あのカブトムシは確かに私が先に見つけたのだよ、兄さん。

「俺はいいから、タイキ君とタイゾウさんで分けるといい。あと、今後欲しいのが被ったら、じゃんけんな。先に見つけたとかはなし。一緒に行動しているから」

私がちょっと懐かしい思い出に浸っている間に、これからの取り分の話をユキ君がしていた。

その提案に否はない。

大人になった今なら簡単に受け入れられる。

「よし。取り分の話も決まったし。本格的に探しましょう」

「そうだな。私はあっちの朽ち木の方へ行く」

「なら、俺は逆の朽ち木の方だな。タイキ君はこの木の周りな」

「あと、木の上だな」

「木の上!?」

私がタイキ君の捜索範囲を付け加えると驚いた声を上げる。

「いや、木の上を調べるのは当然だろう？　今は違うのかい？」

私は現代の虫取りが私が知っているものと違うのか心配になってユキ君に尋ねてみたのだが
……。

「いや、普通ですよ」

ふむ。

ならなぜ、タイキ君はそんなに驚いているのだ？

2人揃ってタイキ君を見つめると、首を振って説明し始めた。

「いやいや、木の上って言ったら、虫の餌食でしょう？」

「ああ。それぐらい頑張れ。若者」

「ひでー、こんな時に年上出してきますか⁉」

世の中、若い時の苦労はしておくものだという。

私としてもその意見には賛成であり、決して私が木登りなど面倒なことをしたくないから、
タイキ君に押し付けたわけではない。

「まあまあ、木登りができないわけじゃないだろ？」

「そりゃ、そうですけど」

「蜂なんかはいないし、毛虫ぐらいだから、まあ大丈夫だ」

「かぶれるじゃないですか⁉」

「それは人によりけりだからなー」

「私の子供の頃なんかは、蜂に刺されても気にしなかったがな」

「いや、それは気にした方がいいですけど」

私には日常茶飯事だったが、やはり今は虫取りも色々様変わりしているのだろう。

「怪我したら治せるから、グダグダ言ってないでさっさと探すぞ。時間は今も進んでいる」

「そうだな。これでカブトムシが手に入れられないは情けない」

「……分かりましたよ」

というわけで、本格的捜索を開始。

気が付けば、約束の時間まであと30分となっていた。

「2人とも、そろそろ時間だ」

「んー。あ、もうこんな時間か」

「上にデカいのいましたよー」

ユキ君は声が聞こえたみたいだが、木に登っているタイキ君は虫探しに集中していて聞こえなかったみたいだな。

「タイキ君。それを取ったら下りてきてくれ。もう、時間だ」

「え？　本当だ。分かりましたー」

タイキ君はそう言うと、虫を捕まえたのか、そのままジャンプして下りてきた。

「よっと。見てくださいよ‼　このデカさ、きっといい線いきますよ。今までの中で1、2を争う大きさじゃないですかね？」

　その手には見事な大きさのカブトムシが確保されていた。

　確かに、この数時間で捕まえてきた中では、最上位の大きさだな。

「じゃ、それはタイキ君のでいいんじゃないか？」

「そうだな」

「あれ？　いいんですか？　手に入れたのは協議の末って話じゃ？」

「タイゾウさんが言ったようにすでに時間が近いし、もう手持ちを振り分けないといけないだろう」

「ああ。使わない他のカブトムシたちは逃がさないといけないからな」

　無意味にたくさん持っていく理由もない。

　子供の頃なら、たくさん捕まえたというのは勲章だから、そのままだったのだろうが、来年、再来年と考えると、逃がす方が先が楽しみだ。

「なるほど。じゃ、俺はこのカブトムシはありがたく候補にさせてもらいます。あとは試合用ですよねー」

「試合用は本気で分からないからな。体の大きさは大事ではあるけど、小さくても凄いのは凄いからな」

「そうだな。カブトムシの体長コンテストは大きさと分かりやすいが、昆虫相撲となるとまた違うからな。しかし、ユキ君。残りの大きいカブトムシは残念ながら差があるがどうする？」

そう、昆虫相撲はともかく、体長コンテストのカブトムシの件については、タイキ君が捕ってきたのと、前にとった２匹以外は、ぱっと見て分かるほど大きさが違う。

つまり、この時点で、敗北が決定してしまうのだ。

「あー、大きいのはタイゾウさんでいいですよ。俺は基本的にこの催しを盛り上げるのが大事ですからね。俺が優勝しても八百長疑われますし」

「……なるほどな。そういうことならありがたくこのカブトムシは譲り受けて、優勝してみせよう」

そんな話をしながら、カブトムシやクワガタの選別をして、集合場所に戻ったのだが、どうやら誰も戻ってきていないようだ。

「とりあえず、コテージの方に行こう」

ユキ君に促《うなが》されて、ひとまずは皆が戻るまで、コテージの方に向かう。

この暑い中で外で待つのもあれだしな。

冷房を入れて、冷たい飲み物を飲んで一息ついていると、ぽつぽつと他の皆も戻ってきた。

「あー、お兄ちゃんだー‼」

「兄様ー‼」

「おや、お兄さんたちは早かったんですねー」

「僕たちも無事にとれたよー」

「……とても大きい」

などなど、どうやら虫捕りはそれなりに楽しんでもらえたようだ。

多少不安はあったが、ここは日本ではない。

魔物という化け物がいるのだ、虫ぐらいは平気なのだろう。

苦手な女性たちは参加していないし、当然の結果か。

「よーし。じゃあ、皆いったん休憩してから、まずはカブトムシの体長コンテストからだ。これと思う1匹を持ってきてくれ」

そして、いよいよ決戦が始まる。

遊びとはいえ、心が躍る。

今でもこういう感情の高ぶりがあるのが嬉しい。

私はまだ、生きているのだ。

「やったー‼　2人でかったよー‼」

「勝ったのです‼　アスリンとフィーリアは無敵なのです‼」

結果はなぜか、アスリンとフィーリアに体長コンテストも昆虫相撲も持っていかれた。

勝負は時の運とはいえ、何とも言えない。

あれだけ頑張ったのにと、年甲斐もなく思ってしまう。

まあ、ユキ君の説明に納得してしまったのだが。

「そりゃー、現役の子供に勝てるわけないでしょう」

道理だ。

元気の塊《かたまり》である子供たちに私たちが勝てる理由もない。

勝ってしまってはそれはそれで大人げない。

こうして、日が沈み空が赤く染まる頃に、虫捕り大会は幕を閉じた。

しかし、蝉はまだ鳴きやまない。

「また捕りにきますか？」

「そうだな。まだ、夏だからな」

「次はオオクワガタでも探すか」

「いるんですか⁉」

「もちろん」

「……その、オオクワガタが珍しいのかね？」

どうやら、オオクワガタは彼らの時代では黒いダイヤとまで言われているらしい。

最高潮の時などはペアで1000万もしたとかなんとか。

本当に平和だな。

ファーブル殿も、きっと今の日本を見たらうらやむのではないだろうか？

ワイワイと楽しそうにオオクワガタ捕獲計画を話す2人をよそに、茜色に染まる空へ呟《つぶや》く。

「日本の夏よ。また会えたな」

まだまだ、夏は始まったばかりだ。

ユキ君たちの手を借りて、色々やってみるのもいいだろう。

第405掘：情報を集めよう

side：ユキ

「おう、ユキじゃないか。ミリーはどうだ？」

「家でおとなしくさせているよ」

「そうか。いやー、すまない。まさか、妊娠しているなんて思わなくてな。また二日酔いかと思ってた」

「そういうふうに見えるように振る舞っていたから仕方ない。と、土産《みやげ》の酒。ワインだな」

「お、すまんな。確か、他国へ顔出しに行ってたんだったか？」

「そうそう。代わって欲しいぐらいだね」

「無茶言うなよ。俺はただのギルドマスターだぜ？　そっちはウィードの代表であり、女王陛下の夫だぞ？」

「それが面倒でたまらない」

「……相変わらず、そこらへんは変わってるな。ま、前よりはましか。そこのリーア嬢ちゃんや、ジェシカ嬢ちゃんだけが護衛のときとか、行方くらまして、毎回ギルドに捜索願いが出てたからな」

たからな」
「悪気があろうが、なかろうが、ウィードのお偉いさんが護衛もなくぶらぶらしてるのがおかしいんだよ。最初の頃なんか、アスリンたちを連れてギルドにやってきて、冒険者に絡まれてたからな」

ああ、そんなことあったわ。

懐かしいわー。

「……ロック。そこの話を詳しく」

「ええ、ロックさん。ぜひとも詳しくお願いいたしますわ。我が夫と妹たちに危害を加えようとした輩《やから》の姿を」

「落ち着けお2人さん。その冒険者連中はすでにミリーからボコボコにされてるから、罰は受けている。それで処罰《しょばつ》は終わっているから勘弁《かんべん》してやってくれ。2人ともユキの護衛をしているからには、リーア嬢ちゃんやジェシカ嬢ちゃんぐらいの実力はあるんだろう？」

「そうですねー。クリーナもサマンサも私やジェシカと違って、前衛じゃなくて後衛タイプですけど」

「はい。ロック殿の言う通り、こちらの2人は、私たちと同じぐらいの実力があります。リーアの言う通り、戦士というよりは、魔術師タイプですが」

「よし、絶対教えてやらないからな。その冒険者たちが木っ端みじんになるのが目に浮かぶ」

「……そんなことはしない。ただ、お仕置きするだけ」

「ですわね。ちょーっとしたお仕置きですわ」

「もう終わった話だから……まあ、この2人が新しい護衛なら安心はできるな。で、今日はこの2人の顔見せか？　ああ、登録の方か？」

そうそう、このウィード冒険者ギルドに来たのは用事があってのことだ。

「いや、登録はいいわ。2人とも冒険者をやってるほど、まだ余裕はないからな」

「なら、顔見せか。クリーナ嬢ちゃんとサマンサ嬢ちゃんだったな。このユキの護衛は色々大変だと思うが頼むぞ。何かあれば相談に来ればいい。大抵はギルドにいるし、受付には言っておく。まあ、身分証を見せれば通してもらえると思うけどな」

「……ん。ありがとう。時間があけば冒険者登録に来る」

「ユキ様が頼りにされているのですから、私も信頼していますわ。よろしくお願いいたしますわ」

そういって和やかに挨拶をする、ロックとクリーナとサマンサ。

実は2人とも、新大陸で俺の護衛に入ってもらったのだが、ウィードでの知名度はほとんどない。

それも仕方のないことなんだけどな。

新大陸が忙しすぎた。

これに尽きる。

俺がちょっとした用事でウィードをぶらぶらした時、ついてくるとか、個人の休みでウィードの散策をするぐらいだ。

こうした、ウィードの要人と話す機会はなかったので、ようやく新大陸のことが落ち着いた今、情報収集を兼ねて、こうやって挨拶回りをしているのだ。

そう、あくまでも情報収集が本来の目的だ。

「で、2人との挨拶が終わったところで、真面目な話だ」

「ユキが居酒屋じゃなくて、こっちに来たからな、これだけとは思ってなかったさ。で、どういう話だ？　長くなるか？　お茶はいるか？」

さすがはロック。

ウィードの男連中のなかでは、タイキ君よりも付き合いが長いだけあって、俺の性格もよく分かっている。

お互い、中間管理職だからな。

よく話が合うんだよ。

「あ、私、手伝いますよ」

「いやいや、場所とか全然知らないだろう。そこまで気合いの入ったお茶じゃないから、気にするな。あ、高いものじゃないから美味くはないぞ。そこだけは勘弁してくれ」

リーアの手伝いを断って、人数分のティーパックとコップをこちらに持ってきて置く。

そして、横のコンセントにケトルを繋いでお湯が沸くのを待つだけ。

お手軽である。

「あ、暑いし、冷えたお茶もあるけどどうする？」

「いや、用意してもらったし、俺は熱いお茶でいいわ」

「私もいいですよ」

「私も構いません」

「……私は冷たい方が」

「私も熱くて結構ですわ」

「分かった、クリーナの嬢ちゃんだけが冷たいやつな」

「……ん。ありがとう」

……用意してもらったものを突っぱねて新しいやつを要求するってのは俺にはできないよなー。

まあ、向こうが言ってくれたら、気にしていたということなんだろうが、そういう意味ではクリーナすげーと思う。

というか、魔術学府では無言で本を読む毎日で、エオイドとかに意味不明な行動をとっていた時よりははるかにましになったといえるだろう。

俺には脱ぎたてパンツ渡してきたからな。

あれはマジで焦《あせ》った。なんでそうなった、と叫びたかったからな。

そんな非常識な彼女がウィードでは、普通に話しているのは凄い進歩ではないかと思う。

まあ、彼女にとって目新しい、未知の世界だったというのが一番大きい原因だとは思うが、知らないことは、調べるしかない。

答えてくれる相手がいるのであれば、話すしかない。

それで、本来、魔術といった、未知の世界を覗く、学者という立場の彼女は自然とウィードでは周りとコミュニケーションをとるようになったということだ。

ウィードは彼女が知る世界とはかけ離れているからな。

といっても、世界なんてのは、見方の問題であって、少し視点を変えると面白かったり、違う世界が広がったりする。

それを認識できるかできないかだ。

俺がそんなことを考えている間に、お湯は沸いて、お茶菓子も用意されていた。

「さて、ユキが聞きたい話ってのはなんだ？」

「回りくどい話をしても仕方ないから直球で言うぞ」

「ああ、俺としてもそっちの方が話しやすい」

「……ウィードのことを好ましく思っていない国がどれだけあるか分かるか？」

俺がそう聞くと、お茶を飲みかけていた手が止まり、すぐにお茶をテーブルに戻す。

「……なんだ。そっちにも話が来てるのか」

「来てるって言っても噂程度だよ。問題としては、今ウィードで色々やっている連中だな。外で文句だけ言うならともかく、人の庭であれこれ画策されるのは嬉しくない」

「……えーと、そろそろ4年だったか」

「そうだな」

「ま、そうなれば色々ちょっかいが出てくるのは当然なんだがな。さすがに、ウィードは桁が違ったんだ。ただの新興国ならともかく、ここまでの国になるとはまったく思っていなかった連中は多かった。だから、その分、他国の間者《かんじゃ》が色々入ってきている」

「やっぱり入ってきているか。ま、それはいい。どこの国も間者はいるだろうし、排除するのは実質的に不可能だからな。俺が聞きたいのは、ギルドが知っている、危ないと思う連中だな。ここが無くなったりするのはまずいだろう？」

「そりゃそうだ。グランドマスターからもちゃんと支援をするように言われているから心配するな。だが、結果だけ言うと、まだこっちも確証を掴めてはいない。裏で国家転覆とかを画策して動いているならすぐに報告するさ。だが、そういった面ではウィードは完璧だったんだろうな」

「というと？」

「まず第一に、武装を隠して持ち込むということができない。武装できても冒険者区画限定で、しかも抜くとペナルティがあると来たもんだ。これで武力による蜂起、反乱ができない。第二に、有力者への懐柔、および脅しが通用しない。有力者には指定保護によって身の安全が保証されているし、賄賂やらでの懐柔をしても任期が決まっていて、その間しか意味がない上に、全体の統括はセラリア女王陛下とラビリス代表、その他の代表が話し合って不備がないか調べることになっている。よって、一人をどうにかしたところで、不正はできないし、美味しいところがない。全員を懐柔なんてリスキーなことはやらないだろう。しても任期が終わればさよならときたもんだ。さらには、その貿易関連や金銭のやり取りを諸外国へ堂々と公表している。これじゃ、懐柔や不正に成功しても、次は諸外国にばれることになる。これが個人商店の収支ならよかったんだろうが、国としての事業の一環だから厄介《やっかい》なことこの上ない。ということで、相手は何もできないってのが真相だろうな。だから、俺たちは何も確証が掴めていない。此方《こちら》で掴んでいるのもただ実際にそういう話がある、というものでしかないからな」

ま、大体予想通りだな。

ウィードのあり方はこの世界にとってどころか、地球でも異端だ。

ダンジョンの機能で、最初からすべてを用意できるから、ダンジョンのほとんどの働き手が公務員という位置づけで間違っていない。

無論、今後、時間がさらに経てば、個人個人で独立して、ウィードでも個人商売での富豪というのが現れるだろうが、それは先の話であって、今現在、ウィードの経済を握っているのは豪商ではなく、ウィードの代表たちなのである。

本来、国というのは、始めは有力者からの融資によって成り立つものであり、必ず利権が存在する。

まあ、当然だ。

融資をしてやったんだからとか、そういった感じの融通を利かせてくれというやつである。

何かをするには元手がかかる。

だが、ウィードは、それに当てはまらない。

いや、元手はかかっているが、ＤＰという独自のもので、ダンジョンマスターにしか意味のないものである。

ということで、本来融資をしたという意味では、この土地を提供して、ＤＰもたらふくくれたロシュールが一番で、リテアやガルツがそういう面では融通を利かせるべきなのだが、すでに融通は最初にゲートを開くとかしているし、色々な意味で大国の方々には貸しがあるので問題ない。

なので、関係の深い、融資などをしてもらった個人の商人とかが狙い目になるのだが、そんな人物も存在しない。

まあ、あえて言うのであればリーアを売りに来てくれた奴隷商《どれいしょう》の人かな？

ロックの話と、こういった理由で、連合に参加していない諸外国はウィードに手を出したくても、取っ掛かりすらないのである。

下手にばれれば、他の国からそっぽ向かれて殲滅《せんめつ》されるしな。

「でも、そのお話をしている連中はいるわけだ」

「そりゃ、もうそれしかないからな」

そう。

もうそれしかないのだ。

国としても圧力をかけられない、有力者には手を出せない。

ならば残るは国民に仕掛けるしかない。

「えーと、どういうことですか？」

「……私もよく分からない。ユキやロックの話ならもう心配することはない」

リーアとクリーナは俺たちがまだ話していることが不思議らしい。

まあ、問題ないように聞こえるからな。

でも、それが分かっている、ジェシカとサマンサは真剣な顔つきになっている。

「……国民にあらぬことを吹聴しているのですね」

「……何としても、そんな不逞な輩は叩き出さなくては。内乱を誘発するつもりですわね」

「ええ!?」

「……なんでそんな話になる？」

「つまり、簡単に言うと、国がダメ、お偉い人もダメ、なら、国民の不安を煽《あお》って内乱が起これば、それで手出しできて飯が美味いって話だ」

「言うほど簡単じゃないがな。やりすぎれば、すぐに俺たちや、トーリ嬢ちゃんたちの警察に話が行くし、実際こうやって、ユキや俺が話し合うことになっている。だが、やるだけならタダだ。ウィードの国民が勝手にやったことで、煽った本人は知らぬ存ぜぬで通せばいいからな。まあ、面倒極まりないし、治安が良くて教育も行き届き始めているウィードでは、時間も金も掛かるから、よほど恨みを買っていない限り、普通のお付き合いをした方が得なんだがな」

「で、その資料の方は？」

「ああ、まだ確証がないから、詳しくまとめていない。だが、ユキが動いたなら本格的に潰すつもりなんだろう？」

「おう」

「なら、明日までに終わらせておくさ。庁舎の方か警察署に持っていけばいいか？」

「警察署の方で頼むわ」

そう言うと俺は席を立つ。

「さーて、聞きたいことは聞けたし、俺たちは地道な聞き込みでもしてこようか」

捜査の基本は足で稼ぐ。

うん。格言だと思うわ。

第406掘：井戸端会議は凄い

side：ユキ

井戸端会議という言葉が日本にはある。

かつて、長屋と呼ばれた集合住宅にある共同の井戸に集まり、水汲みや洗濯などをしながら世間話や噂話に興じた主婦同士さまをからかって言った言葉だ。

現代で言うのであれば、町内会の集まりだったり、公園や、電話やインターネットのチャットみたいなものだ。

現代の情報社会においても、こういった情報源というのはあながち馬鹿にできない。

暇《ひま》と言っては悪いかもしれないが、主婦業に専念している主婦の方々の噂はとんでもない。

自分たちに関係のない、テレビの向こう側の話ならともかく、自分たちの身の回りの話はかなり正確だったりするのだ。

俺も、日本で普通に社会人をやっていた頃は、同じアパートに住んでいたおばあちゃんに色々世話になったのだが、的確に俺がいる時間に尋ねてくるのだ。

なぜだろうと、不意に思ってそれを聞いたのだが「家にいるときといないときは結構音とか、電気で分かるのよ」と言われた。

確かに、特に居留守を使うわけでもないから、物音と電気の明かりさえ見ていればいついるかは分かるだろう。

しかし、俺一人の生活をしっかり見ていないと、そういう判断はできないはずだ。

だが、おばあちゃんは「主婦なんて家事をやったらのんびりだから、色々気になっちゃうのよ」とのこと。

……家政婦は見た。というのは、結構あることなのだろう。

確かに、俺が学生の頃も、なぜか親に今日はどこどこにいたとか、悪戯《いたずら》してたのがばれて怒られるということはあった。

たぶん、ママ友とか地域の人に教えてもらったのだろう。

恐るべし、井戸端会議のパワーである。

「あ、ユキさんたち。いらっしゃいませー」

ということで、俺たちが冒険者ギルドの次に訪れたのは、スーパーラッツ3号店である。

幸い、店長のナナが店前で掃除をしていたので探す必要はなかった。

相変わらず、コヴィルと同じ妖精族でよく店長なんかやっていると思う。

逆に妖精族だから絡まれづらいってのもあるかもな。

いや、コヴィルよりは確実に人当たりがいいから、そういう意味ではナイスな判断とも言えなくはないのだろうが。

　というか、コヴィルはよくあれで妖精族代表をやっているな。いや、ナールジアさんがいないときだけだけどさ。

「やっほー。ナナちゃん」

「おかわりなさそうで安心しました」

「リーアさんもジェシカさんも元気そうでなによりです。クリーナさんやサマンサさんもウィードでの暮らしに慣れましたか？」

「……ん。ナナとか色々な人に良くしてもらっているから大丈夫」

「お気遣い感謝いたしますわ。おかげさまで、快適に過ごせていますわ。ナナさんも何か困ったことがあれば私を頼ってください」

「はい。それならよかったです」

　ナナの所には、新大陸が忙しくなってからもよく通っていたので、クリーナやサマンサも面識がある。

　俺の買い出しの付き添いというやつだ。

　本当に忙しいときは、ＤＰで材料を取り出しでありなのだが、そういったことがない限りはなるべくこうやって買い物に来て金を落とすようにしている。

　そうしないと、実際はほとんど必要ないお金が貯まる一方なので、経済としてよろしくないのだ。

これが一般人なら問題なかったのだろうが、俺たちはこの国の重鎮であり、その役所から入ってくる給料も通常の人よりはるかに多い。

しかも、俺どころか嫁さんたちほぼ全員が高給取りだから、使わないと本当によろしくないのだ。

いや、こんな小銭は微々たるものなので、融資のような感じで、喫茶店とか、バーの立ち上げにお金を結構使っていたりする。

今後ラッツのおもちゃ屋さんを作る予定なので、そういった感じでお金はちゃんと消費するようにしている。

「で、今日は晩御飯の買い物ですか?」

「あれ? そういえば、なんでここに来たんですか? ユキさん?」

リーアが思い出したのか首を傾げている。

「情報収集をするのなら公園とかのほうが良いのでは?」

「ああ、暑いですから飲み物でも買いにきたのでは?」

「……ん。暑いから、アイスも買っていこう」

ジェシカもそう言って、サマンサが補給物資の調達と予想し、クリーナがついでにアイスを買おうとしている。

「残念ながら違う。まあ、今日の晩御飯の材料を買うのもついでいいな。熱中症対策の飲み物も買っていいだろう」

「……アイス」

「アイスも買っていい。だけど、ここに来たのはナナに話を聞くためだ」

「お話ですか？」

「そうそう。ちょっと公務に関係するから、忙しくないなら奥で話できないか？」

「あ、はい。大丈夫です。まだお昼ですし、お客さんも多くないですから。こっちにどうぞ」

そんな感じで、ナナに話を聞くことになった。

「えーと、公務に関係するとか言っていましたが。こんな所でお話ししていいんでしょうか？」

お茶はさっきロックの所で貰ったので、腹いっぱいということで断ったので、すぐに本題に入る。

「そこまで、というか、まだ噂の段階だからな」

「うわさ、ですか？」

「そうそう。スーパーって主婦とか色々な人が集まるだろう？　ナナも噂話の1つ2つは聞くんじゃないか？」

「はい。そういうのは結構聞きますね。というか、お店で顔を合わせてそのまま休憩コーナーでずーっと喋《しゃべ》っている人も結構いますから」

そう。

俺の目的は、現代における井戸端会議の場所。

公園なんかよりもはるかに情報のやり取りが盛んに行われている、スーパーに足を延ばしたのだ。

子供の頃、母親の買い物に付き合って、母親が知り合いと出くわして、そのまま延々とお喋りに興じてしまって、スーパーの中で暇な時間を潰した経験はないだろうか？

俺は結構ある。そんなときはさっさと自分の欲しいものをかごに放り込んで、一人で家に帰るのが通例だ。

子供が母親のお喋りに付き合うのは不可能である。体を動かしている方が何倍もいい。

後半はただの個人意見である。

家で本を読むのが好きな子も存在するし。

「で、どんな噂が聞きたいんですか？」

「そうだな。と、そういえば、ナナもここの店長だし、よその国のお偉いさんから、引き抜きとか、商品の横流しとか言われたりしないか？」

「はい。何度かありましたけど、結構前ですね。半年ぐらい前でしょうか？　貴族にしてやるとか、色々優遇してやるから、お店の商品の横流しをしてくれーみたいな話ですね。もちろん、このスーパーラッツ3号店はウィード住人用の店舗ですし、お断りしましたけど」

「やっぱり、ナナの所にも話が来てたか」

「噂ですけど、結構、手あたり次第声を掛けて行っているみたいですよ？　ユキさんが作った喫茶店の店長も声を掛けられたって言ってましたし」

「そうか。本当に手あたり次第だな。でも、この居住区は許可がないと出入りできないのにな」

「本人は確か、よその国からの外交官だ。って言ってましたよ」

「……あからさまだな。ラッツたちの所に報告は来てないのか？」

「いえ、いっています。それで厳重注意を受けて、最近はなくなっているんです」

「なるほど」

ウィードの政府は、嫁さんたちが代表を降りてからもしっかりと機能しているらしい。

これは喜ばしいことだな。

ま、まだまだ、様子は見ていかないといけないけどな。

「ああ、聞きたい噂ってのは、その関係だな。なんか、最近、ウィード住民に変な声掛けをしている連中がいるとかいないとか。そんな話を聞いたことはないか？」

「えーっと、あったかなー？」

ナナは少し考え込む仕草をしたあと、ポンと手を打った。

「ああ、ありました。なんか、公園の隅で変な人が、貴族がいないこの国はいずれ滅びる。この体制は長続きしない。だから、我々が新たな貴族として立つべきなのだー。って変な演説してるとか聞きますね」

……やっぱりか。

でも、これだけじゃ他国の関与は分からないよな。

個人的にそう思っているかもしれないし、この程度のことで、税金を使って、調査するのはあれだしな。

「その話に乗っている人とかはいるのか？」

「さあ？　この話をしてくれた奥さんは、笑いながら変よねーって言ってましたし。あんまり真に受けている人はいないんじゃないんですか？　だって、ここは『平等を』聖女エルジュ様が作って、セラリア様が多忙なエルジュ様に代わって治めているんですよ？　そんなことを考える人はそもそもウィードに来ませんし、貴族が云々とか言ってる人はセラリア様にバッサリされると思います」

ナナの言う通り、貴族云々関連は、ここを作ったとされているエルジュが平等を掲げて作ったことになっている。

無論、裏は俺が牛耳っているが。セラリアの行動に関してはノーコメント。やりかねん。

この国に移住してきた連中はもともと、そういう貴族の体制が嫌いで来た連中だ。

スピーチをしようがなびく可能性は低い。

というか、その旨を最初から喧伝しているのに、そんなことをするっていうと、あからさまに敵対行為ととられかねない。

こりゃ、その話をしている奴を捕らえるよりも、裏を取る方が大事だな。

下手に接触すると、知らぬ存ぜぬで、トカゲのしっぽ切りで終わるな。

「あの、こんな感じのお話でよかったでしょうか？」

「ああ、大丈夫。ずいぶん参考になったよ。そのスピーチは何時にやってるか知ってるか？」

「すみません。ただの噂話だったので、そこまで詳しくは聞いていません」

「いやいや。謝らなくていいさ。ま、噂の域だからな。あまり警察とかは動けないのさ。だから、俺たちがこうやって個人的に調べてるってわけだ。嫁さんたちも一応代表は降りたからな」

「なるほどー。分かりました。今後、気になる噂は集めておきます」

「頼むよ。で、こういう話と関係のない噂とかはどんなのがあるんだ？」

「他の噂ですか？　えーっと……」

その後は、他愛のない噂を聞いてから、晩御飯の買い出しや、これからの炎天下の聞き込み調査の水分補給用に飲み物を買ってから、ナナと別れた。

「じゃ、お仕事頑張ってくださいね」

「そっちもな」

ナナに見送られながら、スーパーラッツを出ていく。

やっぱりナナは人柄のせいか、俺たちを見送っている最中にお店にやってきた主婦に話しかけられて、こちらに軽く頭を下げたあと、そのまま店に入っていく。

「大変だね。店長も」

「私はああいう接客は無理ですね」

「……私は買う専門で」

「あ、そういえば、クリーナさん、アイス食べないんですか？　溶けますわよ？」

サマンサに指摘されたクリーナは慌てて、袋からアイスを取り出して食べる。

「……冷たくて、甘くて、美味しい。で、ユキ。これからどこに行く？」

「アイスを食べながらだし、店舗回りはやめておいて、噂のある公園に行ってみよう。あ、演説してる奴がいても遠巻きに見るだけにしとけ。下手に近づくと、警戒されたりはぐらかされたりで終わるからな。俺たちはあくまでもこっそり。怪しいと思ったことの探りは霧華たちにやらせる。悲しいことに俺たちは有名人だからな」

「分かりましたー。じゃ、表面上はデートって偽装にしましょう‼」

リーアはそう言って、俺の腕に抱き着いてくる。

ま、そういうのもありか。

邪魔な荷物はいったんアイテムボックスにしまって、空いてる手をつく……。

「では、こちら側は、私が貰いますわ」

宣言する前に、サマンサにからめとられる。

両手に花だな。

「……私は後にしておきましょう。一応護衛ですし、べったりしていては暑いですからね」

「……ん。暑いから今はいい」

残りの2人は、現在の気温で俺に抱き着くというリスクを考慮してやめたのか、腕の取り合いにはならない。

そうなったら、暑いし騒がしいし、俺にとってつらいから、その判断は助かる。

さーて、公園にその噂の人物がいるのかねー。

第407掘：公園でのお仕事

side：ユキ

「……暑い」

「クリーナ、言わないでよ」

「それでも、ユキから離れないお2人には、感心いたします」

「……言わないでくださいませ。愛があるから耐えられるのですわ」

ウィードは只今、午後1時過ぎ、お昼時。

普通なら、仕事も休憩時間でこの公園まで足を延ばして休みにくる人もいるのだが。

じーわじーわじわわわわ……。

と蝉が大合唱をしていて、公園に大時計と一緒につけた気温計は……。

34度。

くそ暑い。

公園のコンクリートの道は揺らいでいて、陽炎がすでにできている。

……こんな蒸し暑さまで日本に似なくていいだろう。

そのおかげで、公園にいる人はまばら、というかほとんど見ない。

さすがにここまで暑いと室内でクーラーをかけていた方が楽だろう。

俺も絶対に公園に出てきたりしねえ。

嫁さんだからくっついている暑さにも我慢できるが、他人ならお互い暑くならないように距離をとっているだろう。

……しかし、人がいないとなると、無駄足か？

でも、いったん来たし、このまま回れ右だと、ここまで来た意味がない。

はぁ、ぐるっと見て回るだけ回ってみるか。

というわけで、嫁さんたちと一緒に、この煉獄の公園に踏み入った。

予想通りというか、公園の入り口のベンチにおばあさんがのんびり座っていたぐらいで、中では人を見ない。

この公園はそれなりに大きく、１周４キロぐらいある。

まあ、ぐるっと４キロというわけではなく、曲がりくねった道が４キロというだけで、実際の大きさはそこまでもない。２キロ四方ぐらいだ。

その中に、林や、泉、芝生、滑り台などの遊び場、休憩場を配置して、子供のよい遊び場、大人にとってはいい散歩道コースというわけだ。

もちろん、こういう場所で人を襲う不届きな者がいないとは限らないので、警察が夜の巡回は厳重にして、昼も軽い巡回をしている。

それを考えると、演説している奴は、そういう警察の巡回を掻《か》い潜っているってことか。

それとも、警察の方に報告がいっているのか？

ま、それは後日、警察に行って確かめてみるか。

今は、公園の様子を見るだけ見よう。

俺たちの今日の行動を無駄にしないためにも。

幸いというか、不幸というか、何も騒動もなく、のんびりと公園を回ることになる。

その道中、ごみ箱が見えたので、クリーナが食べ終わったアイスのごみを捨てにいく。

ごみ箱は回収した後だったのか、特ににおいとかは漂ってこない。

これは、今日の炎天下に感謝なのかもしれない。

お昼休みで、弁当を食べた人たちが大量に捨てていたら、ごみ箱のにおいがとんでもないことになっていただろう。

「……この公園は不思議」

戻ってきたクリーナは唐突にそんなことを言い出した。

「何が不思議なの？」

「……この公園は整いすぎている。ごみも落ちていないのはともかく、木々や芝生が生えすぎていない」

「ああ、それはそうです。この公園はちゃんと清掃と剪定《せんてい》といった専門の人を雇っていますから」

「公園にわざわざですの？　特に観光名所でもないのにですか？」

クリーナとサマンサはなんでそんなことをするのか、と不思議そうな顔をしている。

まあ、公園の規模とかによるが、その町内で清掃とかをすることもあるだろう。

あと、収入源の乏しい場所にお金をかける理由はないという話だ。

「ここまで大きい公園だからな。住民の厚意だけじゃ清掃や剪定が追い付かないのは、２人が想像した通りだ。だから、ちゃんとそういう清掃要員を雇って綺麗にしている。あと収支の関係で言ったら、マイナスではあるけど、今日はこの暑さで人は少ないが、普段はお昼には弁当とか、お散歩とかでそれなりに住民が集まってくるからな。そういう人に気持ちよく利用してもらってリフレッシュしてもらうのは、最終的にはプラスになると思う。汚い公園があるのと、綺麗な公園があるのと、どちらがいいかみたいな話だ」

「……ん。理解した」

「確かに、わざわざ作った公園が清掃されなくて、汚くなり、悪いことの温床になるようなことがあれば、何のために作ったのか分かりませんわね。治安維持のための一環みたいなものですか」

「ま、そういうことだな」

ウィードにはこういった公共機関の清掃や剪定を行う組織ができている。

所謂、清掃業者である。

これもウィードの政府が運営している公務員という役柄だが、トイレの清掃などや回収も含まれているので、結構キツイ職種であり、その分給与もいい。

文字通り、ウィードの清潔、つまりは衛生を良く保つ仕事なので、力を入れているところだ。

間違っても、後ろ指をさされるようなことがないように、住人にはしっかりと説明している。

だが、なんというか、元農家の関係の人が多かったせいか、糞尿臭くてもそこまで気にしなかったりする。

家畜にはつきものの香りだからな。

あとは、体や服はしっかり洗うことを、作業が終わった後、仕事中の最後の義務としているので、本人たちの衛生管理もばっちりであり、他の住人に臭いと言われること自体少ない。

ま、だからと言って、ウィードという場所で、しっかりとした衛生観念を教えられた今、わざわざ、酷《ひど》く汚れる仕事をしたいという人はそこまで多くない。

仕事を選ぶのは自由なので、大体他の職種に行ってしまうことが多く、この職場には訓練所を出たばかりの人が来ることはまれらしい。

最後に来るような施設だ。

人手不足の陳情はよく上がってくると、セラリアやエリスが頭を悩ませてたっけ。

まあ、今のところ、ウィード住人の働き手たちの手が余ることはない。

驚きの就職率100％である。

まだまだ、ダンジョン内でも未開墾地域はあるし、俺が作った海のリゾート地域の管理とか色々人手が欲しいところだったりして、全体的に手はまだまだ足りていない。

が、それはよその国も同じだ。

連合内での平和が確定した今、前も話したように戦うべきは自国の土地。

つまり、開墾できる人手がいくらでも欲しいわけだ。

この状況は、ウィードのDP機能を使って、国々にあった作物を探しては育ててみて、良さそうだったら特産品にするみたいなことをやったのが原因。

ということで、小国が経済破綻をしないように、大国を含めて多くの国々が協力して調整している。

国が無くなることの方が、今の状況では面倒でしかないからな。

いずれ、原因がはっきりしていない貿易摩擦なんかも起こるだろうが、それは各国の頑張り次第だし、俺には関係ねー。

ウィードは基本、技術提供と、貿易の橋渡しなので、その関係でお金を手に入れているだけなので、その関係で恨まれるようなことはない。

基本的に観光産業や飲食業、あとはダンジョン産業でお金を得ているだけである。

ま、量が量だし、連合に入らなかった国としては、それを作り上げた起因として恨みつらつら。で、その連中を今探しているわけだが……。

「ま、そう簡単に見つかるわけないよな」

「そうですねー。こんなに暑いですし」

「……ん。これぱっかりは仕方がない」

「ウィードの政策が上手く行きすぎているせいですね。問題を起こしたい国々としては、ここまで巡回やら治安維持がしっかりしているとやりづらいでしょう」

「ですわね。居住区の活動は、まず前提に潜入できる人が限られますし、怪しい人物というのであれば誰でも出入りできる冒険者区画のほうが良かったのでは？」

「そっちは後だな。あっちは怪しい奴でいっぱいだろうから」

「あー、確かに」

「……変な人は確かに多かった」

「まあ、開放している地区ですからね」

「まずは、住人の安全を図ってからというわけですね」

「そうそう。まずは足元を固めてから、他の……」

俺が言葉をつづけようとしていた時、公園の隅で袋を持った数人の人が見えた。

「お、今日はここの清掃か。ほら、ああやって清掃や剪定を毎日、公園の箇所を絞ってやっているわけだ」

「あ、本当だ」

「……あの服装よく見る」

「あれが清掃の服装ですか」

「この暑い中、大変ですわね」

うん。サマンサの言う通り、この炎天下、草取りに、ごみ拾いとかどこかの罰ゲームみたいに見える。

お仕事って、ご飯を食べるって大変なんや。

そんなことを、異世界に来て何度も思う。

どこにもファンタジーなんてなかったんや。

ただ、魔術があるだけで、生活に四苦八苦してるのは一般人では同じこと。

働けど働けど我が暮らし楽にならず。

いや、なるべく楽になるように、手は回しているけどね。

「……？　あの人。何か見覚えがある」

その人たちを眺めていると、クリーナがそんなことを言い出した。

んー？

クリーナが知っている人となると、俺が知っている可能性は高い。

誰だろうと、しっかりと一人、一人、顔を確認してみる。

同じ作業服だと、知り合いがそこで働いていると知らない限り、顔なんて意識しないからな。

で、その作業服の中で、肌が小麦色の子を発見。

この近辺では珍しい肌色で、体つきは小柄な女性。

となると……。

「ドレッサか？」

俺がそう呟くと、ドレッサに声が聞こえたみたいで、すぐに立ち上がって、こちらを振り返る。

「はい、なんですか？」

なぜか、ドレッサは清掃員の作業服を着て、清掃の仕事をしていた。

「って、なんだ。ユキたちじゃない」

俺たちの顔を確認するやいなや、すぐに砕けた話し方をする。

というか、あんな喋り方できたのな。

お姫様のツンツン娘で、ああいうのはできないと思っていたのに。

「こら、バイト‼　この人になんて口の利き方するんだ⁉　すいません。ユキの旦那」

「……班長だって、あんまり変わらないじゃないですか。旦那なんて呼んで」

「俺はいいんだよ。ユキの旦那とは仲良くしてもらってるんだから、ラーメン屋台でいつもな」

……ああ、いつもラーメン屋に顔出しているドワーフのおっさんか。

最近は忙しいから、自宅待機の嫁さんたちに代わってもらったりしていて、俺がラーメン屋台を営む回数は減っている。

「あ、別に構いませんよ。これ、俺が連れてきたんで」

「え⁉ 旦那の客人なんですか⁉」

「ああ、特別扱いとかしなくていいですから。しっかりこき使ってください。それを望んでこの仕事手伝ってるんだろう？」

「ええ。だから班長、気にしないでください」

「おう。そういうことなら任せときな。で、なんで旦那は公園に？　今日は暑いから、散歩には日が悪いですぜ？」

「みたいですね。いい加減、日がきついから戻ろうと思ってたんですよ」

「だらしないわねー。海の近くなんてこんな日差しじゃないわよ？」

「海育ちじゃないんでね。で、ドレッサは清掃員の仕事を始めたのか？」

「違うわよ。臨時のバイト。午後からの自由学習で冒険者ギルドからの依頼。ウィード住民票を持っていて手伝いができる人って条件だったから来たの。アスリンたちは学校で他の子供たちの勉強教えているわ」

「なるほどな。しかし、やっぱり人が足りませんか？」

「そうですなー。やっぱりちと少なくは感じますな。何せ冒険者区の方からも、国の依頼じゃなくて、個人の依頼もありますから」

「ああ、冒険者区は個人商店とかも多くありますし、よその人が多いせいか」

「ですな。まったく、トイレ以外で粗相をする奴が多くてかなわんですよ。冒険者ギルドも最初は清掃という仕事をクエストで出していたのですが、全然人が集まらなくて、私たちの方にって感じですな」

ああ、ミリーが怒り狂うからな。

最初の頃なんて、ギルドで緊急クエスト出して、トイレ以外での粗相の取り締まりをやってたっけ。

「なるほど。俺の方からも、ちょっと話してみますよ。人が集まるか分かりませんが」

「頼みます。あと、ラーメン屋台また行きますぜ」

「ええ、その時はよろしく」

で、話が終わる頃を見計らって、ドレッサが話しかけてくる。

「あ、そうだ。ユキってこの後は用事あるの？」

「ん？　いや、家に戻ってご飯の用意ぐらいだけど」

「ならさ、少し相談に乗ってよ。もうすぐこのバイト終わるし」

「相談？」

「んー、ちょっとね。あ、場所はアスリンたちがよく行く喫茶店で。じゃ」

そう言うだけ言って、ドレッサは作業に戻ってしまう。

「どうする？」

「特に時間も押してませんし、いいんじゃないですか？」

「……ん。喫茶店で休憩は賛成」

「ドレッサからの話も珍しいですし、聞いてもいいのでは？」

「時間が押せば帰ればいいだけの話ですし、問題はないと思いますわ」

「なら、喫茶店に向かうか」

ということで、公園の探索を打ち切って、喫茶店に向かうのだった。

第408掘：模索する未来と残っているモノ

side：ドレッサ

あー、暑い。

でも、浜辺の暑さよりはましなのよね。

砂に日が照り返されて、こう満遍なく焼かれているような感じなの。

でも、公園の清掃は地面には芝生が茂って緑色だし、このまま木陰を見つけて転がったら気分よくお昼寝できると思う。

だけど今は仕事で来てるから、しっかり働かないと。

「おーい、嬢ちゃん。枝落とすぞー‼」

「はーい‼」

ドサッ。

私は今、班長と組んで、木の剪定の手伝いだ。

返事とともに切り落とされた枝が落ちてくる。

それを、袋に詰めやすいサイズにさらにカットして、袋に入れるの繰り返しだ。

他の人は、芝生とかの清掃をしていて、腰を曲げているからつらそう。

貝を掘る時も長時間ああやって探すとつらいらしい。

よく、漁師のおばさまやおじさまが腰を叩いていたから。

私としては、背中だけ焼けるから、後で痛いぐらい。

「うし、今日はこんなところだな。おーい、お前ら撤収準備だ‼」

「「うっす」」

枝を片付けている間に、班長が木から下りてきていて、そんなことを言った。

「え？　約束の時間まであと1時間はありませんか？」

「この暑さだ。無理はするなと上から言われているし、今日の分はしっかり終わっている……ああ、心配するな。ちゃんとクエスト完了のサインは書く。だが、それはちゃんと戻って、体と服を洗ってからだ。嬢ちゃんはユキの旦那とこの後会うみたいだが、清潔にしないままでユキの旦那に会わせるわけにはいかねえ。というより、この仕事の義務だ」

「分かってますよ」

私だって、あんなお洒落な喫茶店に汗だく、汚れたままで行く気はない。

私も手早く、今まで作ったごみ袋をまとめて持つ。

「よし、ごみを置きっぱなしなんてことはないな？　そんなことがあれば、何のために清掃しているか分からないからな……よし、帰るぞ」

班長の確認も終わって庁舎の方へ戻る。

この清掃業者は庁舎直轄《ちょっかつ》の組織らしく、結構権限がでかいみたい。

専用の建物や焼却炉とかがあるし、専用のシャワールームや洗濯室まであるんだから。

班長いわく、病原菌を外に出さないためとかなんとか。難しい話は分からないわ。

だって、ただのバイトだし。

「よし、綺麗にしてきたな。ほれ、クエスト終了のサインはしておいたぞ」

「ありがとうございます」

私がシャワーをしている間に、預けておいた書類にサインをしてもらえたようだ。

こういうお手伝い系は、ギルドで書類を渡されてそれを班長みたいな管理の人に渡して受理されるシステムだ。

以前、個人管理をしていて、職場に顔も出さず自分でサインをして終わりとかいう馬鹿がいたらしい。

無論すぐにばれたみたいで、こういうやり取りが基本になったとミリーが言っていた。

「それと、ほれ」

班長はそう言って、少しのお金をくれた。

喫茶店で一杯飲めるぐらいの額だ。

「あの、クエスト完了のお金はギルドの方で貰えるんですけど？」

「知ってるよ。今からユキの旦那と喫茶店だろ。今日は暑かったし、俺からの個人的なおまけってやつだ。気にせず受け取れ」

「……ありがとうございます」

「おう。暑いからな、気を付けて帰れよ。あの喫茶店なら一杯頼めば、夕方ぐらいまでいても文句は言わんだろうさ」

いや、そこまで図々しいことはしないし、貧乏でもない。

でも、班長の気遣いを断る理由はないので、ありがたく受け取っておく。

「また機会があれば来な。嬢ちゃんなら、歓迎だ」

「はい。では失礼します」

私はそう言って、清掃のクエストを終えて喫茶店へ向かう。

ギルドへの報告は明日でいい。

大体学校に通っている子供で冒険者ギルドのクエストを受けている子は、翌朝に報告というのが当たり前になっている。

そうしないと、昼から仕事を受けることが多い関係上、終わりが夜になってしまうことがあるからだ。

ダンジョンの探索ならともかく、ウィードの仕事のお手伝いが多いので、子供を夜間に出歩かせるのは危険じゃないかという話らしい。

ギルドの方も、普通の冒険者たちが戻って清算や酒場で飲みだす時間帯なので、そういう意味でも子供のクエスト報告は朝というのがウィードでは当たり前になっている。

外部からの出入りが多いので、子供の冒険者アルバイトにちょっかいを出す冒険者も多いのだ。

私もこうやって、単独で仕事をすることが多くなってから、2、3度、馬鹿にからかわれたりした。

まあ、すぐに、ギルドのミリーが出張ってきて、ボコボコにしてたけど……。

ミリー、あれで、実は妊娠してたなんて信じられない。

と、あれこれ考えているうちに喫茶店に到着した。

チリンチリン。

そんな鈴の音が扉を開けると響いて、私が来店したことを告げる。

「いらっしゃいませ」

すぐにマスターから声が掛かる。

渋いおじさまで、執事服を簡易にしたような服がよく似合っているし、喫茶店の内装もしっかり凝っている。

ユキの指示らしいけど、こういうふうなセンスもあるとか、異世界は色々と凄いと実感させられる。

「お客様はおひとりでしょうか？」

「あ、いえ。先に知り合いが……」

「おーい。ドレッサ、こっちこっち」

私が答えようとすると、ユキがこちらに向かって手を振っていた。

「なるほど。アスリン様やフィーリア様、ラビリス様たちとよくご一緒だとは思っていましたが、ユキ様ともお知り合いでしたか」

「あー、言ってなかったな。この子はドレッサ。まあ、扱いは普通でいいよ」

「いつもの通りですね。では、お飲み物はどうされますか？」

「えーと、カフェオレのアイスで」

「かしこまりました。少々お待ちください」

マスターはカフェオレを作るために、カウンターに戻り、私は席に着く。

「ふっー。涼しいわね。極楽極楽」

冷房、クーラーは凄いわね。

いいいいい、かがくぎじゅつっていうのはいまだによく分からないけど、こういうことが誰でも簡単に扱えるっていうのは凄いっていうのだけは分かるわ。

「お仕事ご苦労さん。で、なんだ。相談って？」

おっと、いけない。

あまりの心地よさに、私がユキたちをこの喫茶店に呼び出したの忘れてた。

「えーっと、なんというか、私は――」

「お待たせしました。アイスカフェオレです」

私が話を始める前に、注文のカフェオレができたようだ。

「あ、ありがとうございます」

「では、ごゆっくり」

マスターがカウンターに戻るのを見た後、カフェオレを少し飲んで、話を再開する。

「私は今、色々仕事をして回っているのよ。それで、なんか私がしたことない仕事とかないかなーって思ったの。ユキなら、ギルドで出ていない仕事とかあるんじゃないかなーって」

「仕事を？　なんでまた？」

「うーん。上手く言えないんだけど、ほら、私って今は完全にフリーなのよ。立場的にも、精神的にも。もう奴隷でも、お姫様でもないし、ノーブルに復讐しようなんて気持ちもなくなった」

「そうか」

「あ、でも暗い話ってわけじゃなくて、何をしたらいいのか分からないのよ。ヴィリアにさ、そこを指摘されたわけ。何か心ここにあらずって感じで、ぼけーっとしてることが多かったのよね。で、ヴィリアみたいに、ユキのために頑張る。みたいな確固たる目標もないし、とりあえず、色々やって経験積んでみようかなーって思っているのよ」

とりあえず、今までのしがらみから解放されたんだから、色々やってみたかったという、王女時代の欲求を満たしているって感じかな。

私からすれば新鮮で楽しい。

まあ、もちろん大変なことも多いけど。

奴隷の時よりはマシと思えるから、奴隷の経験も侮れないわよね。

「なるほど。ま、経験を積むことは悪くないよな」

「でしょう。何かない？」

「何か、ねぇ。俺は一応軍属だから軍隊の体験入隊とかならすぐに紹介できるぞ」

「いや、私の住んでる所、軍の敷地内じゃない」

「あ、そういえばそうか」

「というか、アスリンを通せばすぐだから別にいいわよ」

「だろうな」

「あと、あのやる気のないゴブリンたちで、よくエクスをあっさり制圧できたわね」

「やればできる奴らなんだよ」

「できるから、本当に恐ろしいわよね」

「軍関係がダメとなると、嫁さんたちに話を聞かないといけないな。今すぐ答えることはできない」

「ま、そうよね。分かったら連絡頂戴」

「分かった」

それで話はいったんやめて、お互い飲み物を飲む。

ずーっと話してたら、私のアイスカフェオレがぬるくなっちゃうからね。

まあ、私の話は大体終わっちゃったんだけど。

「ドレッサも色々考えてるんだね。私も何かやった方がいいのかな？」

「リーアはユキの護衛があるじゃないですか。あと奥さんでもあります。私もですが」

「……ん。ジェシカの言う通り。でも、ウィードでは色々なことができるから、私もちょっと興味があるものがあったりする」

「そうですわね。私も、ウィードの美味しいものを探すとかやりますわ」

「仕事に影響がないなら、特に自由にしていいぞ。ジェシカも散歩とかしてるだろう。それも趣味の一つみたいなもんだよ」

そうか、仕事ばかりじゃなくても、何か遊びとか、ちょっと興味があることに力を入れてみてもいいのか。

うむむ。結構難しいなー。

「ああ、なるほど。そういうことですか」

「ジェシカってかたーい」

「リーアはお気楽すぎるんですよ」

「ラッツがおもちゃ屋作るって言ってるし、その手伝いとかしてみたらどうだ？」

「あ、いいですね」

「そうですね。そういうのもいいかもしれません」

「……新しいおもちゃを作ってみる」

「魔術が撃てるとかはなしですわよ。危険ですわ」

「……残念」

「そこらへんは店長予定のラッツと相談してみることだな」

……お店とかはちょっと面白いかもしれないけど、さすがにそんな資金はないし、ラッツとかと違って、きっと長続きしないと思う。

何が売れるとか、経営とかさっぱりだもん。

あ、でも勉強すればいいのか。

なら、ラッツの所で教えてもらうのもいいかもしれない。

「しかし、色々やってみるとはいえ、清掃の仕事までよく受けたな。ああいう炎天下での仕事も多いから、人が集まらないのに」

「あれぐらい何ともないわよ。海育ちなんだから」

「あー、なるほどな」

「って、そういえば、なんでユキたちはあんな暑い中、公園に来てたの？　お弁当を食べようってわけでもなかったし、散歩？　あれだけ暑いのに？」

「あー……」

なぜか、ユキは返答に困った様子。

何かあったのかな？

「ま、話しても構わないか。特に目立った問題があるわけでもないし」

「問題？」

「えーっと、簡単に言うとだな……」

そして、ユキはなぜ公園にいたのかを説明し始めた。

最近、他国からの干渉？　と言っていいのか分からないぐらいの行動があるらしいとのこと。

それぐらい微妙だから、国として抗議するわけにもいかないとのことで、こうやってユキたちが出張って探っているということらしい。

「……なるほどねー。そういえば、公園で変なこと言ってる奴なら見たことあるかも」

「見たのか？」

「ええ。まあ、本当に何を言ってるんだってレベルだったから。私も含めて、全員聞き流していたわよ。でも、確かにそういうのは上としてはほっとけないわよね」

今や、私としては関係……ないの？

そんな心の引っ掛かりを覚えた。

私だってこのウィードに住んでいるのに、関係ないとか思ったの？

「ま、時間が思ったよりも余ってるから、これから俺たちは警察署の方に寄って、情報収集ってところだな」

「まって」

「ん？」

「私もついていくわ」

……きっと何かが見つかる。そんな気がしたの。

第409掘：警察署でのお嫁さんたち

side：ユキ

なんだか知らないが、ドレッサがついてくることになった。

個人的に何か思うことがあったのだろう。

最近は結構色々出歩いているみたいで、その話を聞いて、何か有益な話があるかもしれないから、案外その提案はありがたいかもしれない。

「そういえばユキさん。なんで、真っ先に警察に行かなかったんですか？」

「言われてみればそうですね。治安に直結することですし、警察に来るのが先ではないでしょうか？　あと、セラリアが率いる、直轄部隊の軍とか、クアルなら知っていると思いますが？」

警察署に向かう道中で、リーアとジェシカがそんなことを聞いてきた。

「えーと、何と言っていいのやら。その2つの組織にはうかつに話せないんだよな。いや、ギルドの方も知っていたから、当然その2つも情報は仕入れているだろうけど。大手を振って行くわけにはいかないんだよ」

「なんでですか？」

「……それなら分かる。面目が潰れる。ユキの立場は凄く偉い。そのユキが自分で調べているということは、警察や軍が役に立たないということを示してしまっている」

「ですわね。あとは、ロックギルドマスターが言っていたように、ただの言葉であり、罪には問えないことですわね。それで片っ端から取り締まっていけば、住人が窮屈に感じ、不満の種を与えてしまうことになりかねません」

「ああ、なるほど。だからラジオなどでそういった扇動に対する注意を呼びかけないのですね」

「えーと……どういうこと？」

リーアだけがついてこれなかったか。

「つまり、そんな注意を促せば、そんな人がいるんだーって思うだけならともかく、怖い人がいる、犯罪者がいる、それを取り締まれない軍や警察は何をやっているのか？　って思われるんだよ。俺が表から堂々と警察とか軍に話に行っても同じこと」

「あー、確かに。クリーナの言う通り面目が潰れちゃいますね。役に立たないって宣言しているようなものですね」

「あと問題なのは、その犯人が逮捕されたとして、それがどこの国の人間か？　っていうのは当然知られるわけだが、そうなると、そこの国の印象が悪くなる。そうなると、そこの国は、俺たちからすれば、また犯罪者が来るんじゃないか？　なんて思うようになって、そこの国の人が来づらくなったり、差別されたりするかもしれない。悪いのはそういうことを企てたごく一部なのにな」

そうなると、そこの国は連合からそっぽ向かれて、完全に交易が遮断されることになり、最悪戦争になる。

内乱ならまだましで、もう侵略するしかねーと思う馬鹿だとさらにたちが悪い。

こっちも出動することになるので、迷惑極まりないことになるのだ。

「なるほどー」

「さらに、本当にその国の人物なのかっていうのも怪しい。わざと捕まって、ウィードの住人の前で、ガルツから、リテアからとか宣言すれば、今の同盟にひびが入りかねない。そういう亀裂を入れるためにわざとやっている可能性も考慮しないといけない」

「……理屈は分かりますけど。凄く面倒ですね」

「国と国の駆け引きなんてのはそんなもんさー」

まあ、こういう小細工に頼るしかないように、がちがちに防衛を固めた結果なんだが。

確かに、連合の結束に亀裂を入れるという手段にもなり得るが、面倒極まりない。

しかし、1年、2年でどうにかなる話ではない。

……個人的には放っておきたいが、これからのことを考えると、こういう内部工作は放っておくと致命傷《ちめいしょう》になりかねないし、さっさと元を割り出して、お仕置きするのがいいのだ。

利害関係から見て、どうせ連合に入っていない国が黒幕だろうし。

どこの国がってのが分からないから、こうやってこっそり調べるしかないんだけどな。

「あれ？　じゃあ、警察の方に行くのは問題があるんじゃないですか？」

「今ならいいんだよ。トーリにリエル、デリーユがお仕事で顔出してるから、そのお迎えってやつ」

「なるほどー。そういえば3人とも引き継ぎがどうとかで、警察に顔出すって言ってましたね」

嫁さんたちを使って、ウィードに存在する組織から情報を吸い出すのは簡単だ。

だが、嫁さんたちのまとめだけではなく、現場の声を聞きたいってのがある。

スーパーラッツのナナに関しても、ラッツでいいじゃんって話になるしな。

生の声を聞くっていうのは文面以上の価値があるのだ。

百聞は一見に如かずというやつだ。

と、そんな話をしている間に、警察署に到着する。

警察署の前には警察官が立っていて門番をしている。

……あれ？　これなんて言うんだっけ？

ま、いいか。

「お巡りさん、こんにちはー」

「はい。こんにちは。怪我しないようにね」

「はーい」

子供が警官に挨拶して、警官も手を振って挨拶をし返す。

微笑《ほほえ》ましい光景だ。

この警察署は庁舎から少し離れた所にあって、大通りに面した場所にある。

これは、警察が軍とは別に、国民の安全を守るということに特化していることを示し、国民と触れ合うことで、その意識を高めてもらうという目的がある。

地球でも大体同じだ。

警察署は人の多い所に配置されている。路地を入った奥まった所にある警察署は少ないというか、あり得ない。

まあ諸事情で、っていうのがあるのは、どこでも同じ。

この時代の制度であれば、軍が警察の仕事も兼ねているのが普通なのだが、差別化することによって、万が一戦争などが起きても警察、つまり治安維持をする人が減ったりすることはないし、今まで治安維持をしたことがなかった部隊がいきなり治安維持を任されるということはなくなる。

……まあ、ウィードは現状戦争が非常に起こりにくいので、本来であれば軍の立場は結構微妙になりかねないのだが、幸い、リリアーナの魔王大征伐や、タイキ君の所の馬鹿姫、ランクス鎮圧などで、軍の必要性が証明されているので、経費削減などの訴えは出ていない。

「こんにちは。何か困りごとでしょうか？」

俺たちはそのまま門を通り過ぎると、門番の人がこちらに駆け寄ってきて、丁寧に対応してくれる。

「こんにちは。いや、ただ奥さんの迎えですよ。勤務で顔を出しているので」

「ああ、そうでしたか。ということは何度か来られていて分かるかもしれませんが、ロビーの方でお待ちになっていてください。勝手に署内を歩き回られると問題ですので」

「はい。分かりました。ご丁寧にありがとうございます」

本当に丁寧な警官だな。

というか、このくそ暑い中、ここに立っていて、よくそんな笑顔ができるな。

これが、さわやかイケメンというやつか。

そういえば、婦警さんとかどれぐらいいるんだろうな？

そんなことを考えつつ門を通り過ぎて、いざ警察署に入ろうとすると、後ろから聞き覚えのある声が聞こえてきた。

「はーい。全員整列‼」

ザッ‼

「よし。僕がいない間になまってたりはしてないね。今日はここまで。あとは通常業務に戻るように」

「「はい‼　ありがとうございました‼」」

そこには警官を引き連れた婦警姿のリエルがいた。

ああ、警察の副署長だったんだから、制服は当然着るよな。

今まで働いている場所で見たことなかったから、制服姿を見たことなかったんだな。

……これは仕事で着てるから、コスプレとは言わないよな。

なんだろう。凄く俺の心が、あれはコスプレでいいだろう‼　って吠《ほ》えている。

「「お疲れ様です。リエル副署長‼」」

門番の２人もビシッと敬礼して挨拶をする。

「うん。お疲れさま。何か問題はなかった？」

「異常ありません」

「そっか。ってもう僕は副署長じゃないよ。デリーユと一緒の特務だからね。今はトーリが副署長で現署長の補佐なんだから。ちゃんと覚えないとダメだよ」

「はっ‼　申し訳ありませんでした‼」

ちゃんとリエルも仕事しているんだな。

今でも副署長って言われるってことはそれなりに人望があったんだろう。

「さーて、あとはトーリの書類整理を……って、ユキさん？」

「迎えにきた」

「あれ？　今日は色々忙しいんじゃなかったっけ？」

「それだけど、日が照りすぎて、一部後日に回したよ」

「あはは。暑いもんね。で、さらにユキさんは両手に2人。さらに熱いね」

それは同意。

だが、口には出せない。

「これぐらいは平気だよ」

「……ん。愛は偉大なり」

「リーアもクリーナもその汗をどうにかしてから言おうね。見てるこっちが暑いよ。ま、さっさと中に入ろう。ちゃんと署内は冷房ついているからさ」

ということで、リエルの案内で、署内に入ったのだが……。

「リエル副署長……じゃなくて特務が連れている人たちは誰だ？　特にあの男」

「あー、お前つい1年前ぐらいに入ったんだっけな。あの人はユキさんだよ」

「誰だよ。ユキさんって？」

「……お前、再教育してこい。特務の旦那さんを知らないとか、ウィード国民の常識知らないレベルだぞ」

「旦那!?　ちょっとまて、リエル特務の旦那ってことは……」

「そう。セラリア女王陛下の旦那さんでもある。この国のお偉いさん」

「……マジで結婚してたのか」

「ま、ここ1年はどっちとも外国回りとか忙しかったからな。そう思っても仕方ないか」

「……新しい恋を探そう」

「……ま、頑張れ」

おう。本当に頑張ってくれ。

君の未来に幸あらんことを。

俺は当時というか、今でも、自分から恋を探すとか面倒な真似はしたくないけどな。

家でゲームしてる方がレベルが上がってよっぽど楽しくて、時間の有効活用だと思うわ。

……忙しすぎて、全然遊べてないけどな。

「というか、あの人。両手に美人侍《はべ》らせて、さらに美人がガードしてないか？」

「……3人は知らんが、銀髪のツインテールの子は、確か、奥さんのはずだぞ」

「……羨ましい、妬ましい」

「それは同意」

人として正しい感情だとは思うが、俺に罪はないので許して。

きっと君にもいい人が見つかるから、たぶん……。

「やっほー。トーリ、戻ったよ」

「戻ったよ。じゃないわい。いきなり抜け出しおってからに。妾《わらわ》が書類整理に駆り出されたではないか」

そこには、トーリはおらず、デリーユが書類整理をしていた。

「あれ？　トーリは？」

「トーリなら署長を連れて残りの挨拶回りじゃよ。って、なんでユキがおるんじゃ？　ドレッサまでおるなぞ珍しいのう。ああ、またケンカでもしたのか？」

「違うわよ」

ドレッサがぶすっとした顔で言う。

「どういうことだ？」

「ドレッサって勝気だから。結構冒険者ギルドでケンカになることが多いんだ。ま、子供たちを庇《かば》ってだから、お咎《とが》めとかはないんだけどね」

「よく妾たちが保護者代わりで呼び出されるんじゃよ」

「お前なー」

「仕方ないじゃない。ウィードのお手伝いクエスト受けている子たちに、子供のお使いは帰れとか言うんだから」

あー、そういう手合いか。

命を張っている冒険やダンジョンの探索をしている連中から見れば、こういう子供の小銭稼ぎが気に入らないって奴もいる。

「大体僕かデリーユが治安維持でぶらぶらしてることが多いってミリーが知ってるからね。それで僕たちが保護者代わり」

「なるほど」

「それはいいとして、ユキは何用じゃ？」

「迎えに来た。ついでに、少し現場の話が聞きたくてな」

「現場の？　ああ、例の件か」

「そういえば、それを調べてるんだったね。今日は冒険者ギルドに行ってきたんでしょう？どうだった？」

「そうだなー……」

そういうわけで、トーリはまだ戻っていないが、今日の成果を2人に話すことになった。

何かしら、警察の方でいい情報があればいいんだが。

第410掘：新しい風たち

side：トーリ

「これからよろしくお願いします」

「ひゃ、ひゃい。よろしくお願いしましゅ‼」

そんな感じで、噛み噛みで挨拶をしているのは、現ウィード警察署長のポーニ。

もう、代表になって、結構経つのにこんな感じだ。

「あれでよく代表になった時の挨拶とか、今の署長職やってられますね」

「緊張しやすいみたいだよ」

「……いつか緊張のしすぎで死にそうですけどね」

「仕事となると凄いから」

「ああ、そういうタイプですか。そういえば、代表就任の挨拶の時はあんな感じではなかったですね」

私とラッツは噛み噛みな挨拶をしている、ポーニ署長を見つめている。

「でも、これも仕事の一環じゃないですか？」

「たぶん『個人的な』って言ったからだと思う」

「あー。まあ、確かに今回の挨拶は代表同士というより、個人的にお願いに来たって感じですからね」

そう。

今日は、何かあったときは、速やかに協力が得られるよう、ラッツの後継者の商業代表にお願いにきたのだ。

私とラッツは固い友情があるから、何も問題はないけど、この2人は、お互いのことをほとんど知らない。

お仕事だけで顔を合わせるというのは、色々と誤解を生みやすいし、相手のことを理解しにくい。

マニュアルだけでなく、親交を深めることによって、手を取り合った大きなことができる。与えられた仕事だけをすればいいというわけではない。常に上を目指すために必要なことだと私は思って、こうやって、挨拶回りをしている。

「署長さんはもっと、お堅いイメージだったんですけど。思ったよりも可愛《かわい》らしいんですね」

「あ、はい。すみません……」

「ごめんなさい。悪く言ったつもりはないんです。ラッツ先輩みたいに、こうガツガツしてなくて、私としては嬉しいですし」

……まあ、ラッツはお店の経営とかは厳しいからね。

「おいこら。代表、ちょっと向こうでお話ししましょうか？」

「え⁉ あ、いや、違うんですよ⁉ 先輩、ほら、あれです。言葉の綾って……」

「じゃ、トーリ。すみませんがこれからすこーし用事ができましたので」

「あ、うん。ほどほどにね」

「え？ え？」

「署長さんはこの馬鹿でよければ仲良くしてやってくださいね。ではではー」

「きゃー⁉ ポーニ助けて⁉ 拉致《らち》誘拐の現行犯ですよ⁉」

「やかましいですよ。なにか？ 本日中に、夏祭りの予算組みたいって？」

ラッツがそう呟くと、すっかりおとなしくなって……。

「あ、ポーニさん、トーリさん、お気をつけて帰ってくださいね」

引きずられながら、いい笑顔で言ってきた。

うん。なんというか、ラッツの代わりに代表になっただけある。納得だ。

「あ、はい。ありがとうございます」

「お邪魔しました」

とりあえず目的の挨拶はしたからいいか。

もうちょっと話せたらなーって思ったけど、それは私がではなく、このポーニが頑張らないと意味がないんだよね。

仕事になるときびきびしてるからいいんだけど、こうも私生活面が弱いと心配だよね。

私としては、そこさえ直ればいい署長になると思うんだけどなー。

ま、これからだよね。

そんなことを考えながら、暑い日差しの中を歩いて警察署に戻ってきた。

そういえば逃げたリエルに代わってデリーユに書類仕事を頼んできたけど、大丈夫かな？

あの2人は、部下からの信頼は厚いんだけど、現場主義なんだよね。

それが悪いとは言わないけど、自分の分の書類ぐらいはやって欲しいよ。

そういう意味で、リエルは副署長から降りたんだけど、リエルがポーニのサポートなんかしたら、きっと書類地獄で死んでるね。

「署長、副署長。お疲れ様です‼」

「はい。お疲れ様」

「お疲れ様です。暑いですから、水分補給はしっかりしてくださいね」

「はっ」

そして、警察署内に入ると冷房が効いていて涼しい。

はぁー、生き返るね。

「さっさと、署長室に戻って、冷たいお茶でも飲もう」

「はい。そうですね」

あと、仕事をちゃんとしているか真っ先に確認しないといけない。

で、署長室に戻ってみれば……。

「……というところじゃな」

「だねー」

「ギルドの方とあまり差異はないか」

「正直な話、向こうは国外にも拠点がある分、相互確認という点では圧倒的に優れておる」

「僕たちができるのは、あくまでも、ウィード内だからねー」

「当然の話だな」

なぜかユキさんたちが来ている。

「お？　帰ってきたな」

「あ、お帰り。トーリにポーニ」

「うん。ただいま」

「はっ‼　ただいま戻りました‼」

なぜかこの署内で一番偉いポーニが一番緊張して敬礼していた。

「あー、そこまで固くならなくても」

「そういうわけには参りません。先輩たちやこの国の守りを預かっている軍の参謀《さんぼう》であり、セラリア女王陛下の王配であるユキ様に失礼な態度はとれません」

あ、ユキさんが主な原因か。

そういえば、ウィードじゃ2番目に偉いんだよねー。

全然そんな素振《そぶ》りしないし、私たちにとっては旦那さんだからあまり意識してなかったよ。

普通にウィードの人たちともフランクだしね。

「で、こちらにいらっしゃったということは、何か問題でもあったのですか？」

「あ、まー、ちょっと聞きたいことがあったんだが、署長さんやトーリが不在で、デリーユとリエルに話を聞いていた」

「なるほど。よろしければ、私たちにもう一度、お尋《たず》ねしたいことをお話ししてもらってもよいでしょうか？」

……うん。やっぱり仕事となると凄いよね。

すでに、デリーユが散らかしている書類をささっとまとめて、机の上を綺麗《きれい》にしている。

しかも、未決裁書類と、決裁済み書類をしっかり分けてるよ。

「いいよ。本来であれば、署長と副署長に聞きたかった話だから。実は……」

そう言って、ユキさんは今回警察署に訪れた理由を話し始めた。

内容は、ウィードにちょっかいを出している国の総洗い出しみたいな話だ。

半年ぐらい前までは露骨だったのが、最近はなんか搦《から》め手になっているんだっけ？

私たちが新大陸で忙しい間にウィードはウィードで新しい問題が出てきていて、今後はそれに力を入れるって言ってたもんね。

「なるほど。で、デリーユ特務やリエル特務のお話はなんと？」

「罰する域にはないって話で、裏を取ろうにもうかつに動ける状況じゃないってところかな」

「そうですか……申し訳ありません。私としても何か新情報があればいいのですが、特務たちと同じような情報量です」

「そりゃ仕方がない。下手をしなくても裏で他国が絡んでくるから、警察じゃどのみち追えない場所がある。ウィード国内で拘束《こうそく》しても外から圧力が掛かるか、知らぬ存ぜぬで通されればおしまいだからな」

「仰る通りです。ですので、私はそういった噂を出ない域に対しての専門の部署を作るつもりです」

「噂のための？」

「はい。ユキ様が仰ったように、そういう国民の不安を煽るまでではないものの、そういう国の安定を揺るがすような話はちゃんと調べておかないといけないと思ったのです。正直、作るか悩んでいた部署だったのですが、ユキ様からお話があったので決心がつきました」

あれ？

そんなことを考えていたんだ。

「しかし、そんな働いているか分からないような部署は嫌われるんじゃないか？」

「はい。その通りです。ですので、普段は警邏隊《けいら》ですね」

「ああ、街の治安を維持するがてらってやつか」

「そうです。新しく部署を作ると大げさに言いましたが、警邏隊のうち数名に噂を集めさせるだけです。今までは、住民の苦情や依頼などで、噂を調べるという形になっていました。しかし、こうすることで、警邏隊自らが、噂を集めて調べるという行為ができるようになります」

「なるほどな。実害がないと動けないっていう枷《かせ》を外すわけか」

「はい。しかし、実害がないと押さえられないので、噂を集めるだけです……おそらくは庁舎の方や、セラリア様の方に報告が行く形になると思います」

よく考えてるなー。

私より署長向きだと思うよ。

「幸い、噂が集まりやすいスーパーラッツの代表とは顔合わせをしていますので、協力も取り付けやすいと思います」

「そこまで根回ししてるのか。あとは冒険者ギルド関係か？」

「はい。あちらとも協力ができれば効率は上がると思います」

……いや、顔合わせの時、噛みまくりだったけどね。

何が彼女をここまで変えるのだろう？

「残るは、予算をどこから捻出するかだな」

「……はい。それはかりは悩んでいます」

あー、確かに、新しい部署を設立とか、実質他の部署の分隊みたいな扱いとしても、それなりにお金が掛かる。

設立費とか、人件費とか、まあ色々。

「そこらへんは俺からセラリアやエリスに話してみよう。ポーニ署長の意見に俺は賛成だから、協力させてもらうよ」

「ありがとうございます」

「後日、そうだな……必要書類を作るのにどれぐらい掛かる？」

「……1週間ほどあれば」

「なら1週間後に取りに来るよ。それでセラリアとエリスの協力は取れるだろう」

「お願いします。あと……」

しっかりとユキさんと話すポーニを見て感心していると、リエルやデリーユが私の近くに来ていた。

「凄いねー。僕には無理だね」

「思ったより逸材じゃったな」

「うん。そうだね」

頑張っているのは私たちだけじゃないって分かるし、嬉しい。

こうやってみんなでウィードを作って守っていくんだって。

「あれ？　そういえばドレッサも一緒に来てるけどなんで？」

「私もこの話に協力しようと思ったのよ。最近町中でお手伝いのクエスト受けている時に、色々噂を聞いていたから」

「なるほど」

確かに、そういうことなら役に立つかもしれない。

と、その話を聞いたのか、ポーニがこちらに向かって口を開いた。

「トーリ副署長とお話をしているのは、ドレッサさんでしたか？」

「え？　はい。そうですけど」

「先ほどのお話を聞かせてください。冒険者ギルドのクエストを受けて、ウィードのお手伝いで噂話を聞いたとか？」

「はい。今日は清掃のお手伝いで、公園を掃除していて……」

「なるほど。どうでしょう？　よろしければ、新しく作る部署に入りませんか？」

「ええ!?」

「無論、ドレッサさんは警察官の採用試験を受けたわけではありませんので、外部協力者という扱いですが、報酬は支払います。色々な仕事に従事しつつ噂を集めるというのは、実に素晴らしいものだと思いました。どうでしょうか？」

「え、え？　えーっと、ユキはどう思うの？」

「別にいいんじゃないか？　危険なことはドレッサが自分から首を突っ込まなければないだろう。普通に仕事してればいいだけだよな？」

「はい。その通りです。危険なことはこちらに任せてください」

「えーっと、なら、よろしくお願いします」

そうして、ドレッサが外部協力者として噂集め部署への配置が決まった。

見事な若者たちのやる気や働きに、私たちはお役御免かな？　なんて言ったら。

「何を言うとるんじゃ。妾たちも若いではないか」

「いや、デリーユは歳的におばあ……」

「よし、リエルこれから組手じゃ」

「ちょ、ちょっと!?」

うん。

私たちもまだまだ若いよね。

ただ、ウィードではなく、ユキさんを支えるってことに移行するだけ。

落とし穴68掘：夏の風物詩とは？

side：ユキ

俺たちは今、旅館の縁側を開け放ち、夏の空気を部屋に取り入れ、扇風機が回り、風鈴が風に吹かれて音を立て、外では蝉の合唱が聞こえる。

あとは、キン〇ョーでもつけてれば完璧なんだが、火を使うのは火事が恐いからな。なしで。

ともあれ、ここに日本の夏は疑似的に完成されているのだ。

「さて、日本ではついに、待ちに待った夏休みが開始された」

「そうですねー。俺たちはその恩恵に与ることはできないですけど」

「私は残念ながら君たちとは時代が違うからな。そこまでピンとくるようなものはないが、こうやって私たち3人、日本人が集まっているということは、そっちの話があるのだろう？」

「ま、その前に、麦茶をどうぞ」

集まってくれた2人に、麦茶を振る舞う。

コポコポ……。

そんな音を立てて、ピッチャーから麦茶が注がれる。

すでに夏の暑さに触れて、冷やされていたピッチャーは、気温差による露結で水滴がびっしりとついている。

ガラスコップも、その冷たさに触れて、すぐに白く露結し始める。

これぞ、冷たさの証だ。

「どうも」

「では、ありがたく」

ごくごく……。

良い音を立てて一気に飲み干してしまう。

「ふう。やっぱり麦茶ですねー」

「そうだな。まあ、私が子供の時は、やかんに入れてそのまま飲んでいたがな。冷蔵庫などなかった」

「それはそうでしょうねー。と、もう1杯」

「ども」

「ありがとう」

もう1杯入れて、それを少し飲んだところで落ち着く。

「で、ユキさんはなんでまた、俺たちを？」

「そうだな。そろそろ本題に入ってもらおうか」

「そうですねー。一息つきましたし、話しましょうか」

と言っても、特に何か急ぐようなことではない。

この3人だけで相談することなのだから、タイゾウさんが言っての通り、日本に関しての話があるのだ。

「さっきも言ったように、ついに夏となりました。ということで、手始めにこの前は虫捕り大会を開催したのはご存じの通りです」

「楽しかったですね」

「ああ、楽しかった」

「好評でなにより。しかし、日本の夏というのはこれだけではないことも、またご存じだとは思う」

「まあ、色々ありますよね」

「当然だな」

「ということで、また他に色々と夏のイベントを開催しようと思っているのだけど、その案出しを手伝って欲しいわけだ」

「あれ？　でも、海とか花火はもうウィードでやってますよね？」

「ほう。すでに海や花火もあるのか」

「違う違う。そういう街全体で行うイベントじゃなくて、個人で楽しむって感じのイベントだな」

「「ああ」」

その言葉で2人とも納得してくれた。

夏のイベントと言えば、海や花火が定番だが、それはウィード全体の町興しという感じですでにやっている。

だが、個人で夏を満喫《まんきつ》する方法は、このウィードにはない。

いや、海も花火も個人といえば個人だが、夏はそれだけではないという話だ。

夏ならではの遊びはまだまだあったりする。

「街全体ではなく、少人数で楽しめるということだな？」

「そうです」

「なら、食べ物でスイカ割りとか、流しそうめんとかどうですか？」

「そういうのは君たちの時代にも残っているのだな」

「スイカ割りは元から改変されてよかったと思いますよね」

「そうだな」

「スイカ割りの元なんてあったんですか？」

「あー、タイキ君は知らないか。元は人を埋めて頭を叩き割る。という生贄《いけにえ》の作法だったらしいぞ」

「そうだ。それを諸葛亮《しょかつりょう》が人ではなく、スイカを代わりに使ったのがスイカ割りの起源と言われている」

「へー」

「あとは、恋占いの石ってのが京都にあるだろ？」

「ああ、目隠しをして辿り着けたらってやつですよね」

「確かにその説もあるが、スイカの中身があれだからな。私としては、生贄説を推したいな」

「色々あるんですね」

世の中の当たり前のことでも、調べてみると案外面白い起源があったりする。

てるてるぼうずも人を生贄にするのを人形に置きかえたやつだしな。

昔は洪水が起きれば人身御供、なんてのはよくあった話で、てるてるぼうずはその代替品というやつだ。

京都の恋占いの石は、一種の願掛けだな。ある事柄を我慢するので、ある結果が欲しいという類《たぐい》の話。

まあ、生贄か何かを我慢するかの話なので、形としてはそこまで変わらないのだが。

「で、スイカ割りは、やっぱり海に行ったときにやるべきだから、すぐにできるのは流しそうめんかな」

「そうですね。家でできるのは流しそうめんですね」

「では、竹を探してこないといけないな」

「ショウガはスーパーにあったな」

「そういえば、そうめんって仕入れてるんですか？」

「あ、そういえば知らないな。ラッツに後で聞いてみよう。なければDPで取り出せばいいし」

「なんかDPの無駄使いですねー」

「いいんだよ。これは正当な報酬《ほうしゅう》ってやつだ。我慢する理由はないしな」

「そうだな。厳しい時ならばともかく、今は平和と言っていい時期だ。のんびりしても構わんだろう。異世界だからと言って、日本のことを忘れてしまわなければならない、なんてことはないのだから」

「そうそう」

「そうですよねー。俺たちが日本で学んできたことで、こうやって色々できてるんだから、これぐらいいいですよね」

わざわざ我慢する理由などないという話。

異世界に来たら異世界らしく、郷《ごう》に入っては郷に従えとはよく言うが、異文化交流でもあるので、こっちの文化を行って文句を言われる筋合いはない。

別に迷惑をかけているわけでもないし。

ないから我慢するのであって、あるのに使わないわけはない。

「しかし、話してみて思ったが、海に関することが多いな。遊びも水辺のことが多い」

「そういえばそうですね。海は今回なしなんでしょう?」

「そうだな。海はまた今度だからな。海以外だな」

「海以外の遊びとなると、虫捕り以外には……」

「何かありましたっけ?」

「そうだなー」

言われてみれば、虫捕り以外には、特に目立った遊びはない。

夏休みはただ駆け回っていた。

「宿題はなしですよねー」

「なんでわざわざ異世界に来てまで勉強せにゃならん」

「まあ、勉強は悪いことではないが、夏休みで遊ぶことにはならないな」

「じゃ、あさがおでも育てますか?」

「間に合うのか?」

「いや、それは遊びなのか?」

「あー、どっちかというと夏休みの自由研究ですよね」

「方向性が違うな」

などなど、色々話し合っているうちに、日が傾き始めた。

「こうやってのんびり夕日を見れるのはいいことだな。少し前までは、もう1日が終わるかという感じだったからな」

「だなー」

「夕方ですねー」

「あー、それ分かります」

「俺は電気が使えるから、夜が本番だったけどなー」

「そういう意味では、電気がないこちらの世界は健全だと思いました」

「分かるな。深夜までずーっと研究だったからな」

日が昇るとともに起きて、日が沈むとともに寝る。

自然と生きるというのはこういうことだろうと思った。

まあ、俺は2人と違って最初から衣食住完備だったんで関係なかったが。

俺にとってただの出張先という感覚でしかない、残念異世界。

体一つで放り出されるよりははるかにましだったのだが。

「深夜……ね」

「そうか。そっちがあるな」

「何か思いついた？」

「深夜ですよ。深夜」

「そうだ。夏場の日中は打ち水。夜は怪談というやつだ」

「あー、定番ですな」

日本の夏には欠かせない怪談話、および、肝試しである。

なぜか俺の頭の中からすっぽ抜けていたのだが、言われて、その理由も同時に思い出した。

嫁さんたちの中に、やたらと怖がるメンバーがいたのだ。

ラビリスとか、おねしょというか、おもらししたから、あれ以降はその路線は避けていた。

「といっても、こっちにそれらしい怪談とかないですからね」

「言われてみればそうだな。なぜだ？」

「あー、それはあれですよ。お化けやゾンビ、妖怪は魔物っていう扱いですから」

「なるほど。恐怖が具体的になっているのか」

「倒せますからね。怖がるより退治する、というのが正しいです」

「となると、こちら側で怪談や肝試しは無理そうだな」

「夜の森とか廃墟に行くのは、魔物に襲われる危険が高いですから、常識的に近寄りませんからねー」

「明確に命の危険があるから近寄らないか。分かりやすいな」

地球みたいに、潜在的《せんざいてき》な恐怖を煽るっていうのがないんだよな。

分かりやすい原因がいて、対処ができる。

「じゃ、肝試しは駄目ですね。作っても物理的に壊されそうだ」

「そうだな」

うちの嫁さんたちにそんなの作ったなんて言ったら、お化け怖い派がすべてを破壊し尽くすな。きっと。

お化け役の魔物の方が怖がるわ。というか、命の危機である。

お遊びのイベントで命を懸けろなんて、俺にはとてもじゃないが言えない。

しかも、身内に殺されるとか、悲しすぎる。

「でも、俺たちで適当に作って楽しむのはいいんじゃないですか？　こう、廃旅館風とか、この旅館がありますしアレンジはしやすいでしょう？」

「それは面白そうだな。ある種の研究になりそうだ。最初から整えた環境に幽霊は出るのか。いい研究題材だな」

「タイゾウさん、それって結構ありますよ。日本では遊園地のお化け屋敷に本物が出るっていうのはよく聞きますし」

「ああ、ありますね」

「ほう。そうなのか。しかし、そういうのは土地柄というのがあるだろう。だからこそ、土地柄も何も関係ない異世界のダンジョンで作るというのはいいと思わないか？」

「「なるほどー」」

確かに一理ある。

実は、この土地は昔、墓場だったとか、首切り場だったりなんてのはよくある話だ。

しかし、ここではそういう話はない。遥か地面の下にあるのだから。

「研究のタイトルはこうだ。お化け、幽霊が出現する場所の定義について。文字通り、ここは環境を整えられるからな。魔力を排して、魔物が入りこむ余地がない場所でのことはかなり面白いだろう」

「へー。それ興味あります」

「いいですねー。って、俺たちだけのお楽しみはそれでいいとして、嫁さんたちや身内を楽しませる方を……」

「ああ、忘れてた。何かありますか、タイゾウさん？」

「そうだなー。なら、怪談でいいのではないか？　日本、いや、地球の幽霊や妖怪の在り方を説明するいい機会だ。幽霊を調べるというのは地球でも昔からやっている研究の一つだしな」

「いいんじゃないですか。ねえ、ユキさん？」

「……」

怪談ねー。

テレビ見せてピーピー言ってた嫁さんたちに耐えられるか？

いや、嫌な嫁さんは不参加でいいのか？　仲間はずれでさみしいってことにならないだろうか？

「ユキさん？　何か問題でもありましたか？」

「あ、あー。なんていうか、一度、夏の心霊特集を見せて嫁さんたちの半分が、怖がりまくったから、そこら辺が心配」

「ああ、なるほど。ユキさんの奥さんたちは、地球のことにはある程度知識ありますし、心霊特集の意味が理解できたわけですね」

「そうそう」

「ほう。そんなものがあるのか。私にもぜひとも見せてもらえないだろうか？」

「お、良いですねー。それで怪談話で何を話すか詰めていきましょう」

「あ、決定？」

「そうだな。夏の風物詩だからな。怪談が苦手なユキ君の奥方たちには申し訳ないが、こういうのもありだろう。無理に付き合う必要もないのだから。まあ、仲間はずれという認識が出るかもしれないから、今度海で遊ぶという話の後に、突発的に思いついたような感じにしよう。無論、言い出すのは私かタイキ君だ。そうすればユキ君が奥さんたちをないがしろにしたとは思われないだろう」

「そうですね。俺が言いますよ」

「助かる」

ということで、次のイベントは決まり、その夜は心霊番組をみて、偽物だー、本物だー、なんてくだらないよくある夏の夜の一幕が行われた。

落とし穴69掘：夏の夜の納涼　お話編

夏の夜。

日が完全に沈み、辺りを黒く染める時間帯。

珍しく旅館には明かりがともっておらず、ゆらゆらと、1つの火の光だけがポツリとついていた。


これは、ドライブに出かけた時の話です。

当時の私は免許を取りたてで、よく親の車を借りては、夜に友人とドライブに出るのが日課でした。

その日も、いつもと同じように、親から車を借りて、友人を乗せて、夜のドライブを楽しんでいた時のことでした。

「あ、うん。そっちの方面に行くつもり。ああ、分かってるって。じゃ」

「なんだ？　また親父さんか？」

「そうだよ。車をぶつけるなよって」

「ま、お前の運転じゃ当然だな」

「なにをー、安全運転だぞ?」

「安全運転すぎるんだよ。法定速度を守っている奴とかいねーって。ま、親父さんのこまめな連絡のおかげで、事故ったときは、すぐに助けてくれそうで助かるけどな」

「あー、それは感謝かな」

「俺だったら、お前には車は絶対貸さねー。親父さんに感謝しろよ」

「そういうのはお前も免許取ってから言えよな」

「それを言うなよ」

そんな他愛のない話をしていました。

こういった友人との夜のドライブは楽しいものです。

気兼ねなく、真面目な話からくだらない話までできるのですから。

そして、ある分かれ道についたのです。

「そういえば、こっちの道、行ったことないな」

「そうだな。行ってみるか」

ただ、ぶらぶらとドライブをしているだけで、免許取りたて、自分がどの場所にいるかなんてのは曖昧《あいまい》で、なんとなくぐらいだったのです。

迷っても、大通りに出れば大抵の道は分かりますから。

その時もそんな気分で行ったことのない道を進むことになりました。

「なんか、街から外れていってるな」

「そうだな」

どうやら山道に入る道だったらしく、民家はどんどん少なくなって山道へと入っていきます。

まあ、道がなくなったわけでもないので、止まることなどなかったのですが。

しばらく夜の山道を進むと、休憩所なのか、ポツリと自動販売機とトイレが道端に建っていました。

「あ、止めてくれ。おれ、トイレに行きたい」

「じゃ、俺も飲み物でも買うかな」

特に何の問題もなく、車を停車して、友人は結構ぎりぎりだったのか、トイレに駆け込んでいきます。

そんなに厳しかったんなら言ってくれればよかったのに。

ああ、山道に入ったから、気軽に言えなかったのか。道を戻る羽目になるしと、もうちょっと気遣いすればよかったなーと思っていました。

「ま、ジュースでも奢って謝ろう」

今しがた、トイレに駆け込んだ相手に飲み物のお詫びはどうかとは思ったのですが、まあ、出すんだしいいかなと思って、自動販売機のジュースを選んでいると……。

ドザッ。

何かが倒れる音が聞こえました。

何事かと思ってその音の方を見ると、トイレから出てきていた友人が入り口付近で這いつくばっていました。

「大丈夫か？　転んだのか？」

俺がそう言って歩み寄ろうとすると、こちらを確認した友人は慌てて立ち上がり、こちらに走ってきます。

「車を出してくれ‼」

「は？」

「早く‼」

凄い剣幕だったのですが、俺はあまりの友人の慌てように困惑しかできませんでした。

「え、でも。ジュースが……」

お金を入れてそのままでしたし。

「そんなことはどうでもいいんだよ‼　早く‼　来る‼」

「来る？　……⁉」

俺はようやくそれで、ピンときました。

大の大人があそこまで驚くのは、１つしかありません。

ようやく察した俺は、車に駆け込む友人に続いて、運転席に転がり込みます。

俺はアレを見ていませんが、それを笑う余裕はありませんでした。

それほどの表情をしていたのです。

が、お約束のように、エンジンがかかりません。

「うっそだろ⁉」

「早くしろって‼」

「エンジンがかからないんだよ‼」

鍵《かぎ》を回してもエンジンが動きません。

キュルルル、キュルルル……。

エンジンのこんな音は、そうそう聞くものではありません。

「くそっ、ドアの鍵かかってるか⁉」

アレ相手に、鍵なんて意味があるか分かりませんが、車が動かない以上、中に入られる要素は排除しておきたかったのです。

それで、2人で同時に後ろへ振りむいたのですが……。

ズルッ……ズルッ……。

そんな音が聞こえるわけがないのに、直接耳になぜか聞こえていて、トイレから、髪を振り乱した女性らしき人が這い出てきていたのです。

あれはまずい。

心の底からそう思いました。

その時、ようやくエンジンがかかったのです。

「よし、出すぞ‼」

「早く出せ‼」

山道を慌てて抜けました。

どう道を走ったのかは覚えていません。

気が付けば、コンビニの所に慌てて駐車をしていたのです。

「大丈夫ですか⁉」

その雑な止め方を見て何かを感じ取ったのか、店員さんが外に出てきます。

「あ、いえ……」

「何というか……」

俺たちは、幽霊を見たなんて言えるはずもなく、顔を見合わせていたのですが、店員さんはそのまま話を続けます。

「とりあえず、近場のお寺に行った方がいいですよ？」

「「え？」」

「だって、車体に赤い手形がたくさんついてますから」

「「は⁉」」

慌てて車体を確認すると、ドアには赤い手形が無数についているのでした。

「あの山にあるトイレの所ですよね？」

「はい。あそこって、有名なんですか？」

「知らなかったんですか？　てっきり、肝試しに行ったのかと思っていましたよ」

「ドライブ中に、トイレに行きたくなって、たまたま……」

「トイレに入ったんですか⁉」

店員さんの話を聞けば、あそこは有名な心霊スポットらしく、深夜にあそこに訪れると何かしら、怪奇現象に見舞われるので、もう近寄る人すらいないらしい。

元となる話は、あそこのトイレで自殺者が出たとか……。

そんなことがあって、慌ててお寺に行って、お祓いというかお経を上げてもらった後、ようやく地元に戻った時には、その赤い手形はすっかり消えていて、本当に、そういうことはあるんだなと思ったのでした。

side：タイキ

俺はそう言ってから、自分のろうそくをふっと消す。

「あまり怖くなかったねー」

「怖くなかったのです」

「……何というか微妙じゃのう」

「そうねー。心霊特集よりは全然ね」

「こう、襲われたっていうより、ちょっと悪戯《いたずら》された感じだからじゃないですか？」

みんなの反応は微妙だ。

俺自身、この話はちょーっと怖さに欠けると思う。

本人の語りもそうだが、なんとか逃げ出せた類の話だからだろうか？

まあ、予定通りではあるので問題ない。

「だ、大丈夫です。十分に怖かったですから」

アイリだけはしっかりフォローしてくれるから、お嫁さんがいて本当によかったと思う。

というか、もし俺1人独身で、あと奥さん方とか針の筵《むしろ》だし。

「タイゾウさん。先ほどのお話は何が怖かったのでしょうか？　あれは、ゾンビの仕業では？」

「ふむ。ヒフィーさん。私たちの世界では、魔物というものが存在しないというのは話したと思います」

「ああ、あり得ないということでしょうか？」

「そうです。そして、最後には車についた手形も消えるという不思議。こんなことができる魔物がいますかな？」

「……そう言われると、得体の知れない恐怖を感じますね」

「そうですな。それこそがこの怪談の核心でしょう。人は知らないことに恐怖するのです」

タイゾウさんとヒフィーさんは説明に入っているし、怖いとかは二の次だよな。

まあ、もともと、ヒフィーさんの方は、俺たちの文化に触れることなんかなかったから、初めての怪談はそう思うだろう。

「やっぱりこの程度なら問題ないか」

「そうじゃな。妾とてこの程度は怖くはない」

「そうね。この程度で怖がったりしないわ」

デリーユさんとラビリスが胸を張って言う。

この2人が、ユキさんの奥さんたちの中では随一の怖がりらしいが、それでも平気なようだ。

「これじゃ夏の夜の納涼にはならないな。じゃあ、実際に行って冷えてくるか」

「「え」」

そう、この前ユキさんやタイゾウさんと話していた幽霊屋敷を実はすでに作っていて、そこで肝試しをしようという計画を立てていたのだ。

さすがに、この前話したようにお化け役を配置すると物理的に排除されるので、本当にただの肝試しである。

「といっても、タイゾウさんや、タイキ君と話して、お化けが出るならこんな所じゃないか？

って言って疑似的に作った場所で、魔力無効やスキル無効で、魔物も配置していない。本当に何もない場所だ。だから、肝試しに行っても何も出るはずがない。それらしく作っただけで、そこで事故も何もないからな」

ユキさんが力強く、何も出ることはないとアピールする。

「ということで、今のが問題ないのなら。その幽霊屋敷に行って、奥の人形の間で写真を撮ってきて欲しい」

そう言って、コールを使い映像を空中に投影する。

ボロボロの建物が映り、カメラが切り替わって、どんどん建物の奥へと行く……。

「「ひっ⁉」」

そして、その部屋を見た2人は悲鳴を上げる。

当然だと思う。

だって部屋中、日本人形びっしりにしてるからな。

普通に気味が悪い。

「と、ここに置いてある人形と一緒に写真を撮ってくれれば終わりだ」

ユキさんは構わずに説明を続ける。

あの人形を背に写真撮影とか、嫌すぎるけどな。

「何度も言うけど、この場所は作っただけだから、何もない。安全管理も、自分たちで何かをしない限り怪我をすることもない。だから安心してくれ。脅かし要員とかもいないから。怪談話じゃ足りないみたいだし、ちょうどいいだろう？　無論、1人で行く必要はない。2、3人ぐらいで固まっていくのがいいかな？　あと、怖いって言う人は無理に行かなくていい。こっちでのんびりしているといい」

そうして言葉巧みに、夏の夜の肝試し大会が幕を開けるのである。

「あのー、タイキ様は……」

心配そうにこちらを見てくるアイリ。

「そうだな。アイリがいいのなら一緒に行こうか？」

「はい」

俺にとっては念願の「きゃーこわい」「大丈夫だよ」という定番ができるかもしれないのでそれはそれで嬉しい。

しかし、日本で果たせなかった夢をこっちで達成することになるとはな。

人生何が起こるか本当に分からないものである。

無論、この状況はしっかりと記録をして、ユキさんやタイゾウさんがしっかり研究材料にするとかなんとか。

俺も後日、幽霊とかいないかしっかり調べてみたいしな。

俺よりも年上の人たちが仕切っているし、こういうのは気楽だよな。

日本での肝試しは基本、無断侵入とかだし、問題が起こると、物理的にも、精神的にも、心霊的にも非常にきついのだ。

こういう機会は存分に楽しまないとな。

落とし穴70掘：夏の夜の納涼　肝試し編

side：タイゾウ

現在の時刻は午後11時過ぎといったところ。

肝試しにはおあつらえむきとは言いがたい時間ではあるが、草木も眠る丑三つ時や、逢魔が時に時間を合わせるのはキツイので仕方がないだろう。

草木も眠る丑三つ時というのは、現在の時刻で言って深夜2時から3時ぐらいに当たる。草木も眠る。つまり、生命活動が著しく停滞《ていたい》する時間と言われ、幽霊、物の怪が動き出す時間帯と言われている。

日本における幽霊という定義が定まったのは、江戸時代の幽霊画家「円山応挙《まるやまおうきょ》」や妖怪画家「鳥山石燕《とりやませきえん》」などに拠るところが大きい。

しかし、その実、それ以前の怪異、物の怪《もののけ》の出る時間帯は逢魔が時という。

深夜ではなく、昼と夜の交わる時間。夕暮れ時のことを指す。

これは、世界が切り替わる時間に訪れる、わずかな狭間である夕暮れをそう恐れたのだ。

あの時間は魔と逢う時間という意味で。

詳しく説明すると、現在でいうところの18時、午後6時前後。

といっても、結構この逢魔が時の風習は現代でも残っている。

夕方までには学校から帰って家に戻りなさい。というのは、そういう逢魔が時に子供が外に出ているのは好ましくないということからだ。

学校の怪談も深夜の丑三つ時よりも、大抵の子供たちが帰ってしまい、校舎が別世界になるような錯覚を覚えさせる、逢魔が時に多かったりする。

しかし、これは日本だけのことではなく、外国でも同じような話があったりする。

丑三つ時、逢魔が時の怪談は日本だけでなく、世界各地で見られる。遥か昔から。

だからこそ、その道に研究の道を見出す学者も多い。

まあ、昨今、科学技術が進歩していき、その方面で解明が進み、その学者たちも減ってはいるのだが、それでも、解明されない謎があるのがこの分野だ。

私の師も時間と資金があれば、一度は研究してみたいと言っていた。

それに合わせて、その手の資料を買っていて、私も目を通したのだ。

もっとも、その実験をすることはなかったが。

まさか、このような異世界に来て心霊実験をすることになるとは思わなかった。

人生何があるか分からないものだ。

パキッ。

「きゃ」

私が踏み折った枯れ枝の音にヒフィーさんが驚きの声を上げ、私に抱き着いてくる。

「申し訳ない。不用意に木の枝を踏んでしまいました」

「あ、いえ。私こそ、大げさに驚いてしまいました」

現在私たちは、ユキ君の説明のあと順次肝試しに行くことになって私の出番になったということだ。

夜の山道を手渡されたライトだけで突き進むだけなのだが、ヒフィーさんには少々キツイようだ。

まあ、最初に行ったタイキ君の奥さんであるアイリ殿は半泣きで戻ってきたし、トーリ君やリエル君は、妙に過敏になって疲れたと言っていた。

そのせいで、心理的に身構えてしまっていて、些細なことで驚いてしまっているのだろう。

これが、大半の心霊現象の原因だ。

怖いなどといった感情が幻聴や幻を生み出す。

私たちが先ほど、怖い話をしたのは、こういう状態を促すためでもあったのだ。

怖がった人たちには悪いのだが、こうすることによって、この場所における心霊現象の解析《かいせき》に大いに役に立つのだ。

道筋、屋敷内と全コースをコールにより録画をしているので、個人が何か見たなどと証言すれば、すぐに確認ができるようになっている。

まあ、本人だけにしか見えないなどといった制約はあればどうしようもないのだが、それを除いた多角的視点では、心霊現象はなかったと言えるのだ。

さらにこの場所は、疑似的に作り上げたもので、魔力やスキルによる干渉もない。

歴史もないので幽霊が出る下地すらないのだ。

この状況下で、本当に幽霊と思しきものが映るのであれば、それは歴史的な快挙となる。

「あ、あの、タイゾウさんは、このようなことは怖くないのでしょうか？　魔力やスキルも封じられ、武装もなにもないのですよ？」

「私としては、向こう、日本では治安が良かったもので、得物《えもの》を携えるというのは稀《まれ》でしたし、魔力もスキルもなかったですからな」

「そう、でしたね」

「確かに、ヒフィーさんたちにとって、この山歩きは些か神経を尖らせる要因が多いですな。私たちの配慮が足りませんでした」

「いいえ。安全は確保してくれていると、コール画面でも確認したのに、構えている私がいけないのです」

というものの、やはりヒフィーさんは周りへの警戒が強い。

これは、生きていた環境の違いだろう。

魔物に襲われるという環境にあれば、いくら安全と分かっていても、素直に頷けるわけもないか。

トーリ君やリエル君もこんな感じだったのだろうな。

獣人である分、感覚も鋭いだろうから。

あと、私たちはこの肝試しの仕掛け人ということで、余裕があるのだろう。

普通、怖い所に行くと言われて、あたりを警戒しない方がおかしい。

この世界において、私やタイキ君、ユキ君が異端なせいなのだろうな。

「あ、あれが、目的の旅館ですか？」

なぜか、ヒフィーさんの声はかすかに震えていた。

おそらくはボロボロになった旅館におびえているのだろうが、不謹慎にも、私は可愛らしいと思ってしまっている。

……ふむ。これが伴侶というものか。なかなか、悪くはない。

と、いけない。返事をしなければ。

「そうです。あれが目的の廃旅館です。あの奥にある人形の間で写真を撮ることが目的です」

「そ、そうでしたね……」

ふむ。思ったよりも、ヒフィーさんは怖がっているな。

さすがに無理強いはよくないか？

「ヒフィーさん。無理をしなくてもいいですよ」

そう声をかけて、返ってきた言葉は意外だった。

「あ、えーと、その、手を繋いでくれるなら頑張れそうです」

「は?」

「す、すみません。だ、ダメですよね……」

「いえ。その程度でしたら。そもそも、夫婦でありますし。どうぞ」

「ありがとうございます。これなら頑張れそうです」

……うーむ。

何というか、ヒフィーさんがとても可愛らしく見えてくる。

自分の妻が一番だと言っていた既婚者たちの気持ちが分かってきたかもしれない。

と、いかんいかん。

私の目的はヒフィーさんが怖がりすぎない程度にフォローし、肝試しを完遂することなのだ。

「……これを本当に作ったんですか?」

「そうですな。ユキ君いわく、日本にあるお化け屋敷のデータを流用しているらしいです」

「あちらには、こういう遊び場があるのですね」

「昔から人は足りない刺激を、こうやって補っているものです」

「……確かに、成人試しという儀式などはあったりします」

成人試しというのが何か分からないが、おそらくは部族などで行っている肝試しなのだろう。

幽霊などでなく、ライオンの前を歩くなどして、勇気を示すというやつだ。

こちらにもそういうのはあるものなのだな。

そんな軽い会話をしながら、古びた屋内を歩く。

ギシッ、ギシッ……。

いかにもな作りだな。

昼に試したが、夜に歩くとまた格別だな。

恐怖心を煽るには十分だ。

「ま、まだでしょうか？」

「もうちょっと先ですね」

旅館を元にしただけあって、中はそれなりに広く、間取りをしっかり知っておかなければ、辿り着くまでに結構迷うだろう。

道筋の説明を受けているので、方向音痴でもない限りそうそう迷子になることはない。

「こちらですね」

「はい」

そう言って扉を開けると、ずらーっと、先ほど見た日本人形が並んでいる。

びくっ、とヒフィーさんの手に一層力が入る。

やはり怖いのだろう。

さすがに無理をしているのは分かる。

さっさとやることをやって帰るべきだな。

「では、ヒフィーさん。こんな所でなんですが、記念撮影といきましょう」

「は、はい」

持ってきたデジカメで、指示通りに自分たちを写す。

カシャ‼

ことん……。

「ひっ⁉」

何かシャッター音と一緒にそんな音が響いて、ヒフィーさんが悲鳴を上げる。

すぐに私の腕に抱き着いてくるのでそれを抱きとめる。

「……なんだ？」

とりあえず、ヒフィーさんがしがみついているので、動くに動けず、音源を探してみることにする。

確か、あちらからだったはずだが……。

そうそちらを見ると、人形が1体、床に落ちていた。

確か、先ほどは落ちていなかったから、これが先ほどの音源だろう。

「ヒフィーさん。大丈夫です。人形が台から落ちただけのようです」

「そ、そうですか……」

多少は落ち着いたものの、まだまだ怖がっているのは分かる。

……これ以上の詮索は後回しだな。

先ほども考えたように、さっさと帰るべきか。

「では、帰りましょう。人形が落ちるぐらいは普通にあるでしょう。すでに何人も出入りしていますし、私たちの時に偶然落ちただけですよ」

「わ、分かりました」

ヒフィーさんはしがみついたまま、部屋を出ていく。

その時……。

カサッ……。

そんなかすかだが、何かが動いた音がしたが、ヒフィーさんの手前、これ以上留まることはできず、そのまま部屋を後にする。

どうせ、虫か何かだろう。

これだけボロなのだから、虫が入り込むことは十分にあり得る。

記録も取っているし、後で確認すればいいだけだ。

「やっほー。ヒフィーお帰りー。いやー、お熱いですな」

「コメット？　って、違うのよ⁉」

「いや、否定しなさんなよ。夫婦だし、この程度は何も問題ないだろう？　ユキ君とかタイキ君は普通にしているし、なに？　タイゾウさんのことが嫌いかい？」

「そんなわけないでしょう!!　ここまで私を庇ってきてくれたのですから!!　って、あわわ……」

旅館の方に戻るとコメット殿が来ていて、ヒフィーさんをからかっている。

普通なら、私がフォローをするのだが、ヒフィーさんがここまで恥ずかしがるのもなかなか見られないから、見学させてもらおう。

「はあ、すまないね。こんな娘で」

「いえ、私にとっては可愛らしい妻ですよ」

「これからもヒフィーを頼むよ」

と、そんな会話をしているのを聞いて、ヒフィーさんはコメットにからかわれているのに気が付いたのか、慌てた様子から、怒りの状態になる。

「コメットーー!?　あなたね!!　変なことして私を脅かしていたのは!!　道理で、私の呼びかけに答えないで、こんな時に姿を現したわけね!!」

なるほど。

先ほどの人形などは、コメット殿の悪戯か。

十分あり得る。私はコメット殿にこの肝試しのことは話していないが、ヒフィーさんが声を掛けたのなら、ユキ君かタイキ君にでも聞いて、こっそりやっていても不思議ではない。

そう思っていたのだが、コメット殿から返ってきた返事は意外なものだった。

「は？　なにそれ？」

きょとんと、何も知らないという表情をして答えたのだ。

「え？　だって、人形が落ちた……」

「私は今の今まで、ゲームしてたんだよ。面白いものが見られるからって、ユキ君から呼び出しを受けて、今しがた来たところだよ」

「え？　え？」

「落ち着きましょう、ヒフィーさん。他の人たちが何かしたとかは？」

私がそう周りに聞くがそんなことはした覚えがないと返事が返ってくる。

まあ、あの人形をわざわざ触りたくはないか。

その間に、コメット殿もヒフィーさんから事情を聞いたみたいで、面白そうなものを見つけたような顔でこちらにきた。

「つまりだ。環境をしっかりと制限、限定したのに、不可思議現象が起こったのかもしれないというわけかい？」

「そうなるな」

やはり彼女は研究者だな。

この事実にヒフィーさんは真っ青になっているが、コメット殿は実に楽しそうだ。

「本物が出たかもしれないわけだ」

「そ、そんなわけないでしょ⁉」

「呪われたかもねー。神様が呪われるってくそ面白いんですけど‼　ぶはっ‼」

「の、呪われ⁉　か、神がそのような……」

「でもー、実際ヒフィーの時にしか起こっていなかったしー」

「まあ、コメット殿。まずは事実の確認ですな。偶然落ちたということもありますし」

そう、まずは事実の確認だ。

こういう時のために、記録を取っているのだから。

しかし、本格的に、幽霊の有無を見分ける実験に繋がるとは思わなんだ……。

落とし穴71掘：夏の夜の納涼　解析編

side：コメット

何やらヒフィーから妙な連絡があったが、その時はまたお小言の類かと思って無視していた。

しかしユキ君に呼ばれて来てみれば、なかなか興味深く面白い催しをやっているじゃないか。

もうちょっとメールの書き方というのを覚えた方がいいね。ヒフィーは。

だって「ちょっと来なさい」だよ？

これはどう見ても、お小言だろう？

ま、そこは今はいいとしよう。

問題は、イチャイチャして戻ってきたヒフィーにいきなり変な言いがかりをつけられた。

いや、言いがかりではあるが、ヒフィーの憶測はあながち間違っていないと思う。

事前にしっかりとこの肝試しの話を把握しているのであれば、あの手この手でヒフィーを驚かせようとするだろう。

私はそういう人間だ。面白いことには手を出さずにはいられない。

だが、残念ながら私はその場にいなかったという事実があるので、自分がやっていないことをやったと言うほど、馬鹿でも酔狂でもない。

「や、やっぱり、こんなことをするからじゃ!?　妾は怖いぞ!?」

「そ、そうよ。こういうことをするべきじゃなかったのよ」

「デリーユお姉ちゃん大丈夫だよー」

「ラビリスも大丈夫なのです」

　さすがに、こうやって本気で怖がっている人たちもいるし、冗談だったとしても言い出せないというのもある。

　下手に私がやったと冗談でも言えば、この魔王とロリ巨乳に殺されるだろう。

　いや、何度も言うけど、私は何もやっていないからね？

「うーん。これ以上は俺としても肝試しは中止したいな。不確定要素が出てきたし、デリーユやラビリスはこんな感じだしな。みんなはもう戻って寝てくれ」

「あら、あなたはどうするのかしら？」

「俺たちはここを調べる。この状況下で本当に俺たちの知らない何かがいるのは、かなり問題だからな」

「なるほど……ね。でも、大丈夫なの？」

「だから、嫁さんたちには戻ってもらいたいんだよ。コールで画面の確認ができるし、何かあればスティーブたちを使って救援してくれればいい」

「調べるのはスティーブたちの方がいいんじゃないかしら？」

「人じゃないし、魔物だから、その影響がどう出るか分からんからパス。あと、見ての通り、デリーユとラビリスの怖がり方が酷いしな。家で待機しているシェーラとキルエも怖がりだから、誰かいないと動けないぞ？」

「あー、そういえばそうだったわね。ミリーとかも待機しているし、子供たちもいるから戻る方がよさそうね……明日の朝ってわけにはいかないのよね？」

「幽霊の出る時間帯じゃないからな。朝も朝で調査するだろうが、この時間も外せないな」

「そう。護衛の４人は頼むわよ？」

「うん。任せて」

「任せてください」

「……ん。お化けなんて非常に楽しみ。いるなら捕まえる」

「ゴーストだろうが、私の魔術で吹き飛ばして差し上げますわ」

ふむふむ。

結構本格的に調べるみたいだね。

こりゃ面白くなってきたね。

「一応確認しておくが、今まで肝試しに行ったメンバーは人形に触ったりはしてないよな？」

ユキ君がそう確認を取るが、やはり人形に触ったり、動かしたようなことはなかったらしい。

と、それはそれでいいとして、ヒフィーは残るのかな？

「あ、あの、タイゾウさん。わ、私は死ぬのでしょうか？」

「……いえ、そういうことにはそうそうならないと思いますが」

「たまにはあるのですよね？　わ、私は呪われた、み、みたいですし……」

「大丈夫です。これから確認や解析をしますから。きっとただの偶然ですよ」

「そ、そうでしょうか？」

……馬鹿がなんかタイゾウさんに迷惑かけまくっている。

元はといえば呪いとか言った私が悪いのだが、それだけでこうなるヒフィーのメンタルにも問題がある。

とりあえずツッコミ用のハリセンを取り出して思い切り振りかぶり、ヒフィーの頭をはたく。

スパーーン‼

いい音だ。

振りぬいた感覚もベスト。

気持ちがいいね、ハリセン。

「いったーーーー⁉」

「ほら、そこまで元気なら呪いとか関係ないよ。メソメソしてないで、タイゾウさんに協力するか、おとなしく旅館の方に戻るか決めなよ。そうしてるだけ時間の無駄なんだから」

「……えーと。ヒフィーさん。良ければ旅館で待っていてください。これからまたひと仕事ですから、夜食でも摂りたいのです。その準備を頼まれてくれませんか？」

「はい。分かりました。腕によりをかけて作りますね」

……ちっ。私がくっつけたとはいえ、こうイチャつかれるとイラッとするわ。さっきのおびえようはどこにいったし。なにその切り替えの速さ。たく、これだから……。

そんなふうに私がイライラしているうちに、解析班だけがこの場に残っていた。

「さて、まずは……映像の解析からかな？」

「そうですね。それがいいんじゃないんですか」

「そうだな。丑三つ時まではあと1時間ほどある。再度検証は丑三つ時、現場の確認は明るくなった朝でいいのではないか？」

何やら男3人はそう言って、作業を開始している。

しかし、丑三つ時ね。わざわざそんな時間に検証をするってことは結構マジみたいだね。

「コメットさんは戻らなかったんですね」

「それはそうだよ、リーア。私は研究者だからね。こっちに残らないなら研究者である意味はないさ」

分野は違えど、未知なる探求に興味がないわけがない。

それに手を出す余裕があるかないかだけだ。

「そういえばザーギスはなぜ来なかったのでしょうか？」

「ザーギスなら、3徹で轟沈。爆睡中だよ」

研究に傾倒してる馬鹿は、こういうサイクルなのだ。

「……それ、お風呂入ってる？」

「ザーギスがそんなことに気を遣うわけないじゃないか」

「ザーギスが旅館に出入りすることを絶対に禁止しますわ。子供たちが病気になります」

……あー、うん。

さすがに子供たちのことを言われると、風呂入らないとかは肯定できないなー。

私からも言っておこう。最悪、焼却処分されるかもって。

「……コメットはちゃんとお風呂入ってる？」

「さすがに死んでも乙女《おとめ》だからね。私はそういうことには気を遣っているよ」

「……じゃ、燃やすのはザーギス。子供たちが病気になるような汚物は、いてはダメ」

主に、ヒフィーがね。

ふう、あぶねぇ。私も焼却処分されるところだったよ。

クリーナの炎の魔術はユキ君の指導の下、桁違いになっているからね。

私でも防げないよ。

ザーギス、君の死は忘れない。

灰からなんとかアンデッドとして復活してみるから。

その時は私の言うことを何でも聞く、有能な天才のアンデッドができるわけだ‼

くっくっく、そうなったら、厳選とか孵化《ふか》とかレベル上げをやってもらおう。

「おい、そこの死体女。妙なこと考えてなくていいから、こっちの説明聞け」

「な、なんだと⁉」

「自分で育てていないポケ〇ンなんて、使い方とか癖を把握していないから使いこなせないですよ？」

「ばれてる⁉」

さすが、廃人たちは違うぜ。

まあ、なんとなくこいつは大技の方が当たりやすいよなーとかいう、信頼感とかがあるよねー。

やっぱり、他人に育成を任せるのは、実戦で判断を誤るか。

「と、そこはいいとして説明はありがたいね。私は人形が動いたとしか聞いていないから。詳しい話はまったくさ」

「その説明だよ。いったん状況を整理する」

「えーと、タイゾウさん。これでいいですか？」

「ああ、そこのホワイトボードに広げてくれ」

タイゾウさんの指示でタイキ君がホワイトボードにある紙を広げて、磁石で留めている。

ふむ、あれはおそらく肝試しで利用した廃旅館の図面だね。

あ、ちなみに、私たちはその廃旅館がある場所から300メートルぐらい離れた場所にプレハブを建てていて、そこから出発帰還とし、監視場所も兼ねているのだ。

「先ほど見た人もいるかもしれないが、この図面が、肝試しで利用している廃旅館だ。なお、損壊状況などはこの図面には記載していない。で、その損壊状況、場所は今のところ詳細を教えると時間が押してしまうので、省略する」

「ちょっと待ってくれないかい？　その人形が動いたとされる部屋の損壊状況はどうなんだい？　そこは大事だと思うよ？　風や虫の侵入があって動いたとかあるかもしれないだろう？」

私がそうユキ君に説明を求めると、タイゾウさんが前に出てきた。

「そこは私から説明しよう。こちらがその部屋の映像だ。時間帯は今ではなく、昼頃のものだな。今夜のことをやるためにちゃんと事前に記録していたものだ」

その映像を見る限り、屋根に穴が開いていたり、目立った損壊はない。

「人形や、家具などの設置物の裏や下などが損壊していることは？」

「それもない。これが物を配置する前の部屋の状況だ。人の出入りを考えているので、足元が抜けるとか、壁が崩れるなどというのは事故の原因になりかねないからな。ボロボロに見えるだけでそういうところはしっかりとしている」

なるほど。

風などの外的要因が人形を落としたってことはないわけだ。

「あと考えられるのは、人が出入りした時の振動、虫や小動物などの侵入。最後に先ほども確認を取ったけど、意図的な人による仕掛けだが、そっちは否定されている」

ふむふむ、そっちの可能性も捨てきれないね。

「ま、事前説明はこれぐらいでいいだろう。これから、当時の映像を見ようと思う」

「タイキ君」

「はい。分かりました」

そして、映像が流れる。

時間帯は23時ちょっと過ぎ、確かこの時間帯に肝試しを開始したんだっけ？

部屋の様子は暗く、暗視カメラで緑色で映っているのと、真っ暗で映っているカメラの2つが表示されている。

その時は、人形は動いていない。

「って、ちょっと待った。どの人形が動いたか知らないよ」

「ああ、映像止めてくれ。えーと、タイゾウさん」

「そうだな。確か、この人形だ」

そう言ってタイゾウさんが指差すのは、左側の中段においてある日本人形だ。

縁からもそれなりに離れていて、ちょっとした振動や虫などで動く距離じゃない気がする。

しかし、これを暗がりで見ると寒気がするね。

ヒフィーが怖がったのも納得だ。

後でからかったことを謝っておこう。

「じゃ、再開する。これから何組かが普通に行って戻ってくるはずだ」

ユキ君が言ったように、数組のメンバーがこの部屋に出入りして記念撮影をしては出ていく。

しかし、動いた人形に変化はないし、その人形に手出しをした人も見当たらない。

そして、ヒフィーとタイゾウさんが来た時に、その人形は、ヒフィーが言った通り、コトリと床に落ちた。

「……マジで動いてるな」

「うわー、これマジもんですか？」

「ふむ。他のアングルはないのか？」

3人は他のアングルに切り替えて色々な角度からの映像を流しているが、私はあの映像に感動していた。

すげー、魔力やスキル無効化空間であんなことができるなんて、世の中にはまだまだ私の知らないことがたくさんあるんだと……。

「うわー。本当に動いてるよ⁉」

「……本当に動いていますね」

「……ん。本当に凄い。幽霊はいる？」

「それはどうでしょうか？　ってあれ？　ユキ様、何か人の手のようなものが見えますが？」

「「え？」」

全員がそのサマンサの発言に驚いた。

繰り返される映像には、人形が動く姿しか見えない。

「サマンサ、どこだ？」

「えーっと、人形とは反対側の方ですわね」

そう言われて、反対側の方を見ると……確かに、人の手がうっすらと映っている。

「手、手だよ⁉　絶対人の手だよ‼」

「リーア、怖いのは分かりますが、私の頭に抱き着くのはやめてください」

「……確かに人の手。でも、位置がおかしい。これだと……」

「この映像に映っていないとおかしいですわね」

サマンサの言う通り、この映像はその人形が載っている段を前方横、45度の斜め前から撮影したもので、段の裏は空洞なのが分かる。

だからこそ、人の手だけ映っているのはおかしい。

あの位置からなら、何者かがいるのなら全身が映っていないとおかしいのだ。

「ユキ君。このダンジョン内に反応は？」

「ない。俺たち以外の反応は存在していない」

……くっくっく。

本当に面白くなってきたね。

落とし穴72掘：夏の夜の納涼　究明編

side：タイキ

思ったより大事になってきたなー。

ってのが俺の感想だ。

だってさ、肝試しをしたからって、本物が出るわけでもないし、ただの勘違いだろー、で終わるのがお遊びの肝試しだ。

が、この人たちはガチだった。ばっちりと、どこかの心霊特集で必ずある、霊を捉えようと、あちこちにカメラとかを仕掛けて検証するようなやつだ。

まあ、それはいい。

ユキさんやタイゾウさんの性格を考えればやるだろうと思っていたし、俺もそういうことはやってみたかったので、喜んで協力した。

だが、まさか本物に出くわすとは思っていなかった。

だってさ、ここ異世界だぜ？

作り上げた環境なんだぜ？

それで、本物に出くわすとか思わないだろう？

しかも、映像とかコールでの監視状況を確認するに、生物でも、魔物でもないと来たもんだ。

文字通り、俺たちの知らない何かが潜んでいるということ。

アイリを先に帰して正解だったな。

そうじゃないと、俺は絶対これからの現場潜入に参加できなかったと思うから。

そう、これから行うのは、現場潜入での調査。

よくテレビである、魔界潜入とか、芸能人突撃リポートみたいな夏のやらせ特集みたいなものだ。

まさか、自分がそういうことをすることになるとはまったく思わなかった。

で、実際準備を整えていると、やっぱり怖い。

今は勇者で王様だが、やっぱり得体の知れないものは怖い。

だってさ、地球の幽霊とか、最悪なのは目を見るだけでもアウトとか、ブリッジして追いかけて来るとか、白い猫子供とか、四つん這いの主婦とか出てくるんだぜ？　しかも、そのどれもがほぼ死亡確定ときたもんだ。

異世界の魔物より、よっぽど性質《たち》が悪い。

いや、バジリスクとか石化してくる奴はいるけど、ああいったのとは別。

質が違うというか、異次元というやつである。

「よし、準備はできたな。じゃ、俺とタイキ君で様子を見てきます」

「ああ、こちらのサポートは任せてくれ。だが、そちらで危険を感じたのなら即座に戻ってくれよ？」

「分かっています」

「まだ死にたくないですからね」

本当に死にたくないから、何かあればすぐに勇者パワー全開で戻ってきます。

真面目に、フルパワーで。

「えーと、ユキさん。なんで私たちは待機なんですか？」

「……ん。不満。サマンサ代わって」

俺がそんな逃亡計画を考えていると、タイゾウさんと一緒に待機することになったリーアさんとクリーナが不満をこぼしていた。

いや、お2人は……。

「2人はパニックになりそうだからな。リーアはさっきジェシカに抱き着いていたし、クリーナの方は、魔術を何とかしてぶっぱなしそうだからダメ」

そうそう。

こういう心霊現場において一番やっちゃダメなのが、パニックを起こして単独行動を取ること。

心霊現象でのお約束は幻覚などで、気が付けば崖から真っ逆さまというのはよくある。

　これは、パニックを引き起こした結果、冷静に周りを見れなくて、正常な判断ができなくなるのが原因。

　心霊現象でなくても、この手のパニックによる事故は結構地球でも例があるので、その可能性がある人はなるべく排除するべきだ。

「むー……」

「不満」

　が、そういうのは地球での話であって、そんなことを理解していない2人にとっては置いてけぼりとあまり変わりないよな。

「タイゾウさん1人だけじゃ問題があるんだよ。こういうモニター監視も複数人いるんだ。リーアとクリーナの方がジェシカやサマンサより得意だと思ったんだよ」

「ああ、ジェシカは機械音痴だもんね」

「悪かったですね」

「納得。サマンサは機械に慣れていない」

「理解力が尋常でないクリーナさんと一緒にしないでくださいな」

　そういうところで納得しちゃうか。

　でも不思議だよな。アイリとかも一定以上の機械を扱えないんだよな。

　なんでだろうな？

地球でも機械音痴とか普通にいるし、ああいうのは本当に不思議だ。

近場にグレムリンでもいるんじゃないだろうか？

グレムリン。それは、機械に不具合、誤作動を引き起こす妖怪、悪魔。

そう考えると、ビデオや携帯電話などが関わる怖い話は、このグレムリンが起源なのかもしれないな。

いやー、でもさ、悪辣さはビデオの人とか最悪だけどな。

「と、もうすぐ2時になるな。さっさと行くか」

「「「はーい」」」

ということで、再び、あの廃旅館へと向かう俺たち。

詳しい時刻は深夜1時37分40秒といったところ。

林の道は特に問題はなく、静かだ。

「そういえば、ユキさん。このダンジョンの風とかの設定はどうしているんですか？　風が出てるなら、それで他の所が倒れて、振動が伝わって……とかありそうじゃないですか？」

「そういう可能性もあると思ってな。本日は無風にしてるんだよ」

「……そうですか」

うん。

話を聞けば聞くほど、さっきの人の手が本物という可能性が高いと分かってくるな。

正直、良いのか悪いのかさっぱり分からん。

こうさ、幽霊をパシャっと撮ってダメージを与えることができるカメラとかないですかね？

コンボでダメージアップとかフィルムの種類でダメージが上がるとかさ。

こえーんだよ‼　対抗策くれ‼

これ、絶対本物がいるよね⁉

「おちつけ、タイキ君。口に出てるぞ」

「すみません」

「ま、心霊特番みたいに、1人で部屋に待機とかはないから心配するな」

「そんなこと頼まれたら逃げますから平気です」

「そして、1人で逃げて襲われるとかパターンだな」

「嫌なこと言わないでくださいよ」

よくあるパターンだよな。

こんな所にいられるかー、って言った人が飛び出して、死体になってカムバックするのって。

「最悪、ここを一気に更地にして、ライトアップすれば本物がいてもどうしていいか分からんだろう」

「……そうですね。ユキさんが相変わらず、鬼だというのが分かります」

「失礼な。有効な対抗策を言っただけなんだが」

確かに、それ以上の対抗策はない気がする。

幽霊とかは人の死角などから出てくる。

無論、その死角というのは、柱の陰とかも利用するのが基本だが、それが全部なくなれば、存在していると仮定されている幽霊はどうなるのだろうか？

いまだかつて誰も試したことがない、幽霊が出た瞬間に周りを更地にして、逃げ場をなくす大作戦。

幽霊泣かせな作戦ですわ。血も涙もないですわ。

「ユキ。廃旅館が見えました」

「……とりあえず。魔物などの気配は感じませんわね」

くだらない話をしている間に、廃旅館に着いたようだ。

ライトに照らされて、ぼやーっと玄関だけが映る様はなかなか、恐ろしいものがある。

ホラー映画のオープニングみたいだ。

そんな感想はどうでもいいので、さっさと中に入っていく。

さっさと調べてさっさと帰る。

これが一番だろう。

気味の悪い所に長居する理由はない。

すたすたと迷いなく、人形が置いてある部屋に辿り着く。

映像と同じように、人形がコロンと転がっている。

「タイゾウさん。問題なく部屋に着きました。そっちは何か問題はありましたか？」

『いや、映像を見る限り何も変化はない。リーア君やクリーナ君はどうだい？』

『こっちも特に問題ないです』

『……こっちも問題なし』

「分かりました。これから現場検証を開始します。何かあれば連絡をください」

『了解』

俺たちはカメラを各々持って、部屋を撮り始める。

俺が持ってきたビデオカメラはいったん机に置いて、心霊写真が撮れないかを試す。

「あとは、落ちた人形を調べるか。そういえば、タイキ君。人形が置いてあった段の裏はどうだった？」

「何もありませんでしたよ。一応、動画と写真は撮りました」

「そうか、じゃ、録画したままこっちに来てくれ。人形を調べてみる」

「了解」

ユキさんは特に怖がることもなく、床に落ちた人形を拾って調べる。

見る限り、特におかしい様子はなさそうだな。

「……特に変なところはないな。この人形が置いてあった位置はあそこか」

そう言って俺も、人形が置いてあった場所を見る。

「こっちも特に何もないですね。虫とかもいないし、なんで動いたんですかね？」

「映像ではゆっくり動いてたから虫かと思ったけど、見つからないな。ジェシカとサマンサはどうだ？」

「いえ、虫らしきものは見つかりません」

「こっちも見つかりませんわ」

しかし、この状況下で淡々と調べ物ができるこの女性2人は凄いな。

さすが軍人さんと貴族の娘さんだ。

怖いものは幽霊より現実の人間というやつなんだろう。

『ユキ君、いったん部屋を出てくれ。そろそろ2時だ』

「了解。いったん部屋の外に出るぞ。タイキ君はこの人形に合わせてカメラを設置してくれ」

「うぃーす」

とりあえず、心霊現象が多発する時間になるので、人形を元の場所に戻して、監視体制を強めてからいったん部屋の外に出る。

脅かす相手がいないと出ないのでは？　とは思ったが、そんなことを言い出したらどう考えても俺がその役になるので勘弁願う。

「暇ですね」

「なら、ここら辺をぐるっと撮影してくるか？　予備は持ってきているだろう？」

「すみませんでした。許してください」

俺たちはのんびり廊下で丑三つ時が過ぎるのを待っていた。

タイゾウさんからの連絡もないし、何も問題なく、廊下で座っているだけ。

何やっているんだろうな。

気が付けば、ジェシカさんとサマンサさんは眠っている。

神経太いなー。

「ここまで何もないとな。眠くもなるさ」

「確かに、でも、アレなんだったんでしょうね？」

「さあ。まだ現場検証だけだからな。これを持ち帰って改めて調べてみると何か分かるかもしれない」

「そっかー。あ、そういえば、ありがとうございます」

「急にどうした？」

「いやー、こうやって、夏の遊びをできるとは思わなかったですからね。もう、一生、異世界で勇者をやるばかりと思ってましたから」

「あー。普通ならそうだろうな。まあ、余裕があったってことだ」

「余裕すぎますけどね」

おかげで、地球に帰れないとか思って癇癪《かんしゃく》を起こしたり悲嘆にくれる暇もない。

また日本の夏を体感できるなんてね。

「そういえば、蛍とかは？」

「蛍は夏と勘違いしやすいが、5月後半から6月だから、時期が違うぞ」

「え⁉」

「まあ、種類によっては夏にも飛ぶが、基本、蛍の時期は6月頃が一般的だな」

「知らなかったー」

なんというか、いまさら知った新事実だ。

しかし、言われてみればそんな気がする。

夏にしてはまだそこまで暑くないような時期だった気がする。

「じゃあ……」

「それは……」

と、こんな感じで、心霊現象の究明は俺とユキさんの夏談義で気が付けば終わっていて、そのまま撤収するのであった。

あったあった、夏休み、友達と延々とだべって、気が付けば朝日が昇っていたとか。

本当に、懐かしいわー。

落とし穴73掘：夏の夜の納涼　解決編

side：ユキ

じーわじーわじわわわわ……。

蝉の鳴き声で頭が覚醒してくる。

目覚まし代わりだよなー。なんてそんなことを考える。

「ふぁ……。起きるか」

俺は布団から起きる。

只今の時刻10時すぎ。

普段なら大遅刻なんだが、本日は昨日に引き続きフリー。いわゆる、夏休みというやつだ。

まあ、昨日は明け方までゴソゴソしてたから、仕方ない。

「と、そこはいいか。おーい。起きろ、タイキ君」

俺は横で同じように布団で爆睡しているタイキ君に声を掛ける。

「ふぁい？」

タイキ君はまだ寝ぼけているようだ。

俺たちは本日は男3人、同じ部屋で寝ている。

本当に悪ガキの夏休みという感じだ。

無論、最後の1人はタイゾウさんである。

「とりあえず、俺は起きるが、そのまま寝ておくか？　一緒に起きるか？」

「あー……もう10時ですか……起きます」

タイキ君は眠たそうだが、もそもそと布団から這い出てくる。

「……あれ？　タイゾウさんは？」

「俺が起きた時にはいなかったから、飯とか、昨日の解析でもしてるんじゃないか？」

「うへー。元気ですねー。昨日寝たの何時でしたっけ？」

「確か、戻ったのが5時過ぎだから6時ぐらいじゃないか？」

「俺たちでも4時間睡眠ですよ。本当に研究者というか学者ですね」

「そういうもんなんだろう」

ああいう手合いは自分が納得いくまで、大抵止まらない。

あとは、電池切れで倒れるかだ。

……なんでそんなに前のめりかねー。

「しっかし、何も起きませんでしたね」

「ま、そんなもんだろう。別にあそこが心霊スポットってわけでもないんだし」

さてさて、なぜ6時に寝るようなはめになったかというと、昨夜の心霊検証のせいである。

あれから、2時、丑三つ時に人形部屋を監視して、俺たちは部屋の外で待機をする形になったが、特に何が起こるわけでもなく、そのままタイキ君と夏の談笑をして撤収ということになったのだ。

そして今に至る。

戻った後は、後片付けをささっとして、すぐに寝たのだ。

寝るときはタイゾウさんも一緒だったんだが、それがいないなら俺たちより先に起きたのは間違いないだろう。

「とりあえず。ちょっと遅いが、朝飯食べるか」

「……そうですね」

俺たちはタイゾウさんみたいにアグレッシブでもないので、朝飯を選ぶ。

「あら、おはよう。起きたのね」

「おはよう」

「おはようございます」

廊下でセラリアと会う。

首にタオルを巻いているところから素振りでもした後なんだろう。

「で、何か分かったかしら？」

「それがなんにも」

「だから本物って可能性もあるんじゃないかって話になってます。まあ、詳しいことはこれから調べますけど」

「そう。まあ、本物であろうがなんだろうが、私の邪魔するなら斬るだけなんだけど、デリーユとラビリスは怖がっているから、早めに解決してあげてね」

「分かってるって。そういえば、タイゾウさんは見たか？」

「タイゾウ？　見ていないわね。外で素振りしていたし、外に出たようには思えないわね」

「そうか。なら、やっぱり解析でもしてるのかね」

「でしょうねー」

俺とタイキ君がそう話していると、それを見たセラリアがにっこり微笑んで……。

「ま、男同士、仲良くやるのはいいけど、奥さんたちをほったらかしにしすぎると、後で酷いわよ？」

いい加減私たちと遊びなさい。と、訴えていた。

いやー、一応さ、肝試しとかもそっちが楽しめるように頑張ったつもりなんだけどなー。

「ああ、夫婦水入らずってことよ？　娯楽の提供ではなく、愛を育んで確かめる時間ね」

あ、はい。そっちですね。分かりました。

「分かればいいのよ。じゃ、私はお風呂入ってくるわ」

そう言って、セラリアは立ち去る。

「怖いっすねー」

「いつの世も女性は強いってこった。とにかく朝飯だ」

「うっす」

セラリアの要望を叶えるためには、さっさと昨日の問題を解決しなくてはいけない。

となると、まずは腹ごしらえだ。

腹が減ってはなんとやらというやつ。

「おや、起きたのかね」

「あら、おはようございます」

で、なぜか調理場にはタイゾウさんとヒフィーがご飯とお味噌汁を並べていた。

「今から遅めの朝食なんだが、一緒にどうかね？」

「あ、はい」

「どうも」

「ヒフィーさん。彼らの分もお願いできますか」

「はい」

そう言われてヒフィーがささっと準備を済ませる。

ああ、たぶんこれが日本の夫婦という感じなのだろう。

凄く、気まずい。

あれだ。夫婦水入らずの朝餉《あさげ》にずかずか乗り込んで肩身が狭《せま》いって感じだ。

「もう少ししたら声を掛けようかと思っていたので、ちょうどよかった」

「そういえば、タイゾウさんは起きたらいませんでしたけど……」

「ああ、私は朝日とともにというのは些か違うな。あれだな、6時には目が覚めるような習慣で、今日も小一時間寝たら目が覚めてしまったんだよ。ほら、戻って寝たのは5時過ぎぐらいだろ?」

「ということはほとんど寝てないじゃないですか。大丈夫なんですか?」

「まあ、よくあることだ。無理はしてないから心配しなくていい」

話をしている間に、俺たちの食事の準備が終わる。

「じゃ、いただこうか。いただきます」

「「いただきます」」

「はい。どうぞ」

ちなみに、タイゾウさんとヒフィーの朝ごはんは、白飯、味噌汁、漬物、鮭の定番コンボだった。

タイゾウさんは俺たちと合流するまでは、現地の飯ばかりだったから、当初は涙を流して喜んでいた。

故郷の食事とは斯《か》くも偉大であり、人々の支えだというのがよく分かるだろう。

納豆はヒフィーがダメなので出ない。個人的には食べているようだが。

「ごちそうさまでした」

「『ごちそうさまでした』」

「はい。おそまつさまでした」

朝ごはんを掻っ込んで、お茶を飲んで一息つく。

「タイゾウさん。朝早く起きたってことは、昨日のアレの方は？」

「ん？　ああ、多少だが、記録の見直しをしているな」

「その様子だと、特に成果はなしですか」

「そうだな。ま、そう簡単に何かが分かるとは思ってないさ」

そりゃそうだ。

俺たちで幽霊の謎を解き明かせるなら、すでに地球で解き明かされているだろうよ。

俺たち以上の天才なんて山ほどいるからな。

「じゃ、お茶飲み終わったら調べるとするか」

「そうですね」

「それがいいだろう。しかし、時間が取れないのが悲しいな。いつの世も何かが足りない」

「世の中そんなもんですよ。だからこそやりがいがあるんでしょう」

「違いない」

ということで、俺たちは揃って、昨日の解析を始める。

まぁ解析といっても、ビデオを再生して観察と、明るくなった現場の再検証だ。

ビデオの観察は寝起きの俺には睡眠導入プログラムと変わらないので、タイキ君に押し付けて、現場の再検証に赴いた。

「ふぁー……。眠い」

「……ん。眠い」

今回のついてくる護衛はリーアとクリーナで、ジェシカとサマンサをタイゾウさんの所に置いてきた。

真昼間から、幽霊が出るのは稀だし、パニックになっても明るければ自爆することもそうそうないだろうという判断からだ。

「タイゾウさん。映像の方はどうですか？」

『特に変化はない。問題なしと判断する。そのまま向かってくれ』

「了解。2人とも、廃屋に入るから足元気をつけろよ」

「「はーい」」

『2人ともシャキッとしてくださいね』

『そうですわよ。そちらには得体の知れないものがいるかもしれないんですから』

「分かってるってー」

「ん。いるならどんと来い」

昼だからなのか、2人とも余裕がありそうだ。

といっても、ただまた部屋を調べるだけなんだが。

特に、2人に断ることもなく、手を伸ばして部屋のドアを開ける。

ギィィ……。

軋むような音が聞こえるが、昼に聞いても特に何も怖くない。

部屋の中は相変わらず、光源がないので薄暗いが、日がお空に昇っているので、夜ほどではない。

人形がずらっと並んでいるのは、それでも気味が悪くあるのだが……。

「俺はカメラの方を見るから、2人は人形の方と、台の裏を調べてくれ」

「はい」

「分かった」

そう指示を出して、この場にいる全員が中に入った直後、それは起こった。

バタンッ‼

とっさにその音がした方向を全員が見る。

『ユキ君何があった？　妙に大きい音がこちらに聞こえたが』

「……扉が閉まっただけですよ」

『そうか扉が……どういうことだ？　モニターでは全員が扉から離れているが、誰が閉めた？』

「さあ。廊下の方に人は？」

『いや、見当たらない』

『ドア開きますか？』

「今確かめる」

2人には後ろを任せて、何が起こっても対応できるようにする。

最悪、この拠点ごと消去かねー。

そんなことを考えながら、ドアに手をかけ、力を入れるが……。

「動かないな。なんでだ？」

「本当に動かないんですか？」

「私も調べる」

とりあえず、ドアを触るだけでは何もない様なので、2人にも試させてみる。

女性が触ると開くとか、トラップ作動とかを期待したのだが、そんなこともなく、ただ単に動かないだけ。

何というか、壁にドアノブを付けているような感じだ。

無理にやると、この一面の壁をまとめて壊す気がする。

いや、その前にドアノブが壊れるか。

「……って感じだな。内からは開けられそうにない」

『冷蔵庫ですかねー』

「ああ、そんな感じだな。外から開けられたらだけど」

『分かった。ジェシカ君とサマンサ君がすでに向かっているから、もうすぐそれも分かるだろう』

「じゃ、それで分からなかったら一回更地ですね」

『残念ながらそうだな』

さすがタイゾウさん。

俺たちが閉じ込められてもそんな反応ですか。

まあ、命の危険はなさそうだからそういう反応だとは思ったけど。

「でも……」

手に力を籠めるが、本当に動かない。

「不思議ですねー」

「魔力も感じられない。本当に不思議。まるで神の御業《みわざ》」

……ん？

クリーナ、今なんて言った？

そういえば、この楽しそうなイベントに、あの楽しいことが大好きなアレが参加していなかった。

……本当に、アレが参加していなかったのか？

俺がそんなことを考えているうちに、次の出来事が起こる。

『あれ？　5番モニターの映像が、って3番もだ⁉』

『いや、次々とモニターが落ちている。なんでだ⁉』

「おい。何か起こっている⁉　聞こえるか‼　おーい‼」

『モニターがお……て、今ほとんど……アウ……』

「無線がおかしいぞ‼　コールに切り替えた‼　聞こえるか⁉」

『こち……ールに……えました。かい……しない……まっ……』

おいおい、無線にコールまで阻害《そがい》されるとか、電波に魔力の妨害が起こっているってことだ。

つまり、それを兼ね備えた何かがいるというわけで、結構まずい？

俺はそう判断して、リーアとクリーナを抱き寄せて、この場所の撤去をしようと……。

「ふぁー。昨日は面白かったけど、深夜頑張るのはきついわねー」

そう言って、いきなりこの空間に姿を現したのは、ルナとかいう駄女神だった。

「昨日は無駄に頑張ったからねー。まあ、楽しかったからいいんだけど。いい加減お肌とか体調に悪いわよねー」

コキコキと肩を鳴らしながら、俺たちに気が付かないまま人形の方へ歩いていく。

俺たちはすでに扉の側に寄っていて、ルナはど真ん中に現れて、俺たちに背を向けたままだったのだ。

いや、気付けよ。駄女神。

「しっかし、最近ユキも馬鹿みたいにガードが固くなっているわよね。監視カメラに魔力によるコールでの、ダブル監視、さらにサーマルカメラに粉塵、暗視ときたもんだ。いたずらするにも、あの監視網を抜けるために膨大に魔力使うのが難点よねー」

ほほう。

なるほどなるほど、なんちゃって駄女神パワーでごり押ししたということか。

「くくっ、あのヒフィーの乙女っぷり。いい思いもしたんだからいいでしょう。やっぱ私って最高の女神よねー」

おう、お気楽度では最高峰だな。

とりあえず、ハリセンの準備をして……。

「と、いけないいけない。さっさと私が仕掛けた痕跡を消さないとー……」

スパンッ‼

「いったーーー⁉　って、あれ⁉　どうやって入ってきたのよ⁉」

「最初からいたわ‼」

「えー‼　もっと寝てなさいよ‼」

やっぱり、俺にとって一番の難敵はこの駄女神らしい。

第411掘：お守りを付ける

side：ラビリス

「ということで、私はこれから、ウィードを守るための秘密捜査官になるのよ‼」

「すごいねー」

「すごいのです」

ドレッサの宣言に、アスリンとフィーリアはわーっと騒いで、拍手を送っている。

何やら、先週いつものお手伝いクエストを受けていた最中に、例の噂を探っていたユキたちと合流して、そのまま警察署までついていった結果らしい。

「元に戻ったみたいですね」

「そうね」

ドレッサはエクス王国のあとは、しばらくぼーっとしていた。

おそらくは、空っぽになったのだと思う。

それから思いついたように、私たちとは行動を別にして色々なお手伝いクエストをし始めた。

その結果、前の高飛車なツンデレが復活しつつあったが、今回ので元に近い状態になったらしい。

「……ドレッサ、自慢話は結構だけど、その秘密捜査官の話はしていいのかしら？　口止めとかされていないわけ？」

「あっ」

……ダメね。これは。

元に戻りすぎて、馬鹿になっているわ。

「はぁ、本当に大丈夫なのかしら？」

「まあ、ユキさんがこういうことを予想していないわけないですし……」

「それもそうね」

「ふん。今に見てなさい。きっと悪いことをしている人たちを捕まえてやるんだから」

「いや、報告だけでしょうに」

「間違っても手出ししてはいけませんよ？　色々と問題になりかねませんから」

「わ、分かってるわよ」

……ダメだこりゃ、私たちがついていった方がよさそうな気がしてきた。

でも、私たちは顔が知れているしまずいのよね。

う～ん、どうしたものかしら？

「というわけで、秘密だからね。ヴィリアやヒイロとかにも喋っちゃダメよ？」

「「は～い」」

ドレッサは2人に口止めをしているけど、まずはそれが先でしょうに。

と、ヴィリアにヒイロか……。

「ラビリス。あの2人なら」

「私も同じことを思ったわ。ドレッサ1人じゃ危なすぎるけど、あの2人がいるならそうそう無理はしないでしょう」

「はい。とりあえずユキさんに話を通してみましょう」

「そうね」

盛り上がっている3人は放っておいて、ユキの所へと足を運ぶ。

「ラビリスにシェーラか。どうした？」

「ドレッサの件よ」

「ドレッサ？ああ、もう喋ったのか、昨日の今日で口の軽いことで」

「やっぱり喋るのは予想の内なわけね」

「そりゃな。まあ、ばれても問題はないしな」

「問題ないのですか？」

「子供の間諜《かんちょう》ってわけじゃないしな。ただ街のお手伝いをして、噂を拾うだけのお仕事だ。表向きには警察と冒険者ギルドが協力して、子供たち向けに街の清掃活動などのクエストを出す予定になっている。これで、堂々と街に繰り出せるってわけだ」

「なるほど。子供たちに仕事を斡旋《あっせん》しているように見せるわけですね？」

「そういうこと」

なるほど、それで子供たちがうろついても問題のないように見せるわけね。

バックに警察や冒険者ギルドがいるなら、そうそうちょっかいを出してくる相手もいないだろうし、手を出してくるなら堂々と制圧できるわけね。

情報収集と餌を撒くということも兼ねているのね。

「でも、それじゃあ、深くは探れないんじゃない？」

「そもそも、深く探るには子供は不向きだからな。大人ばかりの施設に子供がいるってのがまず問題になる」

「確かに」

「だから、そういう奥に深く調べる時には、大人の調査員が潜入することになっている。というかそういうのは俺たちがやることで、噂を集める部署は本当に集めるのが仕事だから。それを他の部署に回して、治安維持や犯罪防止に繋げるわけだ」

「なるほどね。じゃ、ドレッサのお世話役で、ヴィリアとかヒイロを推薦《すいせん》しようかと思ったのはいらなかったかしら？」

「あー、どうだろう。ドレッサが暴走しそうで心配ってのは分かるからな。冒険者ギルドでも結構揉めてたんだろう？」

「ええ。子供たちをからかう冒険者相手によくやってたわね」

「それだと、自分で犯罪を見つけたら、報告は後回しで、自分で何とかしようとする可能性が高いよな」

「そう思うわ」

「なら、ヴィリアとヒイロがいる方がいいだろう。どうせ、子供の協力者もドレッサ以外に集めないといけないんだ。ヴィリアとヒイロが嫌だって言わないなら協力してもらおう」

「そうね。でも、それなら、なんで最初からヴィリアとヒイロとかに声を掛けなかったの？ドレッサだけでは不安があったんでしょう？」

「そういえば、この話のいきさつは知らなかったよな。この子供たちを使って情報を集めようって言い出したのは、俺じゃない」

「え？」

「そうなのですか？　てっきり、ユキさんが考えたものかと」

「それが違うんだな。ドレッサを協力者に任命したのもだけど、ポーニっていう現在の警察の代表。署長さんだ」

　へぇ、凄いわね。

　トーリも凄い子を後継にしたのね。

　リエルとデリーユではないのは分かっている。

あの2人、いつもトーリに書類仕事押し付けているから。

後継者を育てるよりも、現場で働きたいのよね。

「そうだったのですね。その手前、ユキさんが自ら推薦するのは躊躇《ためら》われたのですね」

「そういうこと。誰もやらないなら動くけど、頑張ろうとしている子たちがいるし、俺が出しゃばるのは最後。まあ、こっちとしても色々調べるけどな」

「当然ね。ま、話は大体分かったわ。私たちから、ヴィリアとヒイロを推薦しに行けばいいのね。そのポーニ署長に」

「ああ、頼むよ。でも、2人とも新代表の就任式には顔を出したんじゃないか？　なんか初めてのようなニュアンスがあるけど」

「本当に挨拶だけよ。私やセラリア、ミリーはそのままだからいいとしても、他の新代表たちは親交を深める余裕はなかったわ。どこも新体制みたいなものだから」

「ああ、そういえばそうだよな」

どこもかしこも、新体制で色々大忙しで、お互いにそこまで手が回らないのよね。

今回の件がいい機会になればいいんだけれど。

「ヴィリアとヒイロの推薦は承りましたが、2人にはどう言って誘うのがよろしいでしょうか？　素直に全部話しても？」

「いや、一応、警察が主体で話が進んでいるから、シェーラやラビリスから言うのは、あんまりよろしくないだろうな。推薦とは言っても署長の最終判断で拒否される可能性もあるからな。あと、こういう経験もヴィリアとヒイロにはいいだろうし、軽くお手伝いって感じで連れていくのはどうだ？」

「……そうですね。それがいいかもしれません」

「いきなり連れてこられた子を信頼しろっていうのも酷な話よね。分かったわ。そんな感じで2人に話してみるわ」

「頼むよ」

ユキと話して、大体内容とか方針は確認したから、後は2人に話に行くことになった。

えーと、この時間なら、寮の方ね。

「気が付けばそろそろ夕方ね」

外に出ると、日が傾き始めていた。

「そうですね。今日のところは2人に説明だけして、明日署長さんの所に連れていくことにしましょう。そうしないと、晩御飯に遅れます」

「そうね。晩御飯に遅れるのは避けたいわ」

今日はユキたちが買い物した中に、大きい豚肉の塊とパン粉があったから、きっととんかつね。

出来立てが一番美味しいから遅れるわけにはいかないわ。

「きっと2人が作ってくれますしね」

「ええ。アスリンとフィーリアの努力を後回しなんてあり得ないわ」

最近は、2人ともユキの料理を手伝いながら、私たちの食べる分は自分たちが作ると言って頑張ってくれているの。

きっと今日も、私たちの分を一生懸命に作るのでしょうから、それが無駄になるようなことは決してしてはならないわ。

私たちがいなければ、きっとセラリアとかが私たちの分を食べ尽くしてしまうから。

「はい？　明日、紹介したい仕事があるですか？」

「お仕事？」

2人は、寮で自主学習をしていた。

何とも将来有望というか、遊びがないわよね。

特にヴィリアは、いつかユキのためにって、毎日頑張っているわよね。

ヒイロは適度に息抜きしているみたいだけど。

……ちょーっとユキと相談して、ヴィリアが息抜きできることを考えようかしら？

仕事を頼みに来ている私がこんなことを考えるのは変だけど、それだけヴィリアは毎日忙しくというか、いじらしいほど頑張っているのよね。

ヴィリアにとって一番のご褒美《ほうび》はユキなんだけど、それでさらに暴走しかねないから考えものよね。

奥さんの一人に迎えたりなんかしたら、命燃え尽きるまで働き続けるんじゃないかしら？

……うん。もうちょっと落ち着くまで、ユキとヴィリアをくっつけよう作戦は先送りね。

「ええ。ちょっと新設した部署があってね。そこは幅広く人材を集めたいみたいなの」

「はい。そういうことで、私たちとしては信頼している2人ならばと思ったのです」

「そうですか」

「ヒイロ、期待されてる？」

「期待しているわよ」

「ぬふー。ヴィリお姉、ヒイロは行ってみる」

「はぁ。ヒイロ、そんな簡単に決めていいことではないですよ。といっても、お2人からのお話ですし、一度お話を聞いてみるのはいいと思います。場所はどちらですか？」

「それは明日私たちが案内するわ。まだ一般には応募してないからね」

「私たちを通さないと、お話しできないでしょう」

「なるほど。では明日、よろしくお願いします」

「お願いします」

ともあれ、特に問題なく2人は快諾《かいだく》してくれたのでよかったわ。

今回の新設理由を聞けば嫌とは言わないでしょう。

2人にしてもそれなりの給与も出るし、いい経験になるんじゃないかしら？

あとは、ポーニ署長のお眼鏡に適うかってところね。

そこらへんは2人に頑張ってもらうしかないわね。

翌日、私たちは2人を連れて警察署の前に立っていた。

「えーと、ここは警察署では？」

「おまわりさん。おはよーございます」

「はい。おはようございます」

「あ、おはようございます」

ヒイロは特に気にした様子もなく挨拶をしているが、さすがにヴィリアは案内された場所に驚いているようね。

まあ、ヴィリアの反応が当然か。

「間違っていないわよ」

「はい。というより、私たちを通すという意味が理解できたと思います」

「確かに……でも、そんなに大事なお仕事に私やヒイロが役に立つのでしょうか？」

「それは、私が決めることじゃないわね」

「とりあえず、お話だけでも聞いてはどうですか？」

「わ、分かりました」

「頑張る」

分かっていると思うけれど、ポーニ署長としても子供の人材をどう確保しようか悩んでいたし、私やシェーラのつなぎとして使えそうなこの2人を拒否することなどなく……。

「お2人とも、これからよろしくお願いいたします」

喜んで推薦を受け入れ、詳しい内容を聞いたヴィリアとヒイロも……。

「はい‼　よろしくお願いします‼」

「お願いします」

このように、喜んで、この仕事を引き受けた。

ふう、これでドレッサの暴走も抑えられるでしょう……たぶん。

第412掘：各国の情報

side：ユキ

本日も晴天なり。

「洗濯物がよく乾きそうだ」

だが、この天気が続きすぎると、水不足で作物が育たない。

しかし、その水の恵みがもたらす雨も降りすぎては、作物が育たないどころか根が腐りさらには水害が起こる。

世の中とは何事もバランスであり、極端なことはよくないという話。

何事もほどほどがいいのだ。

やりすぎても、反感を買うし、何もしなくてもそれはそれで問題だ。

世の中ままならないもので、だからこそ楽しいのかもしれない。

まあ、そのバランスをとるのは、結局人である。

感覚によりけりであり、何かを起こせば、それに反発するものが現れるのが世の常だ。

「世の常だからと言って、それを放っておく理由にはならないけどな」

「当然だな。世の安寧《あんねい》を維持することこそ、民を守る貴族の役目であり、王の使命でもある。

無論、それには戦争という手段も含まれる」

「だからといって、安易な武力行使は困りものですが」

「然り。だからこそ、我ら三大国が率先して力を合わせる必要がある」

さて、この場にいるのは俺とおっさん2人と、女性が1人。

いつもの男友達と嫁さん、ではない。

大国と言っての通り、ロシュール、リテア、ガルツのトップがこの場に一堂に会している。

と言っても……。

「やはり、ウィスキーはロックだな。息子よ、追加だ」

「アイスをコーヒーに浮かべるなんて……なんて素晴らしいのでしょう‼　あ、クリームメロンソーダもお願いします‼」

「それよりも肉だ‼　このステーキの追加を頼む‼」

「へいへい……」

ただひたすらに美味い物を食う食事会のついでなのだが……。

ついでと言っても、こうやって話はしているのだから、マシではある。

俺が料理人兼ウェイターなのが不満だが。

一応、2人は義理の親父で、1人は嫁さんの後輩なのだからそれなりの対応をしないといけない。

あー、面倒くせー。

俺が頼んだから文句も言えないからなお面倒くさい。

「まあ、分かりきってはおったがな」

「当然ですね。こうなることは予測できていました」

「いや、これを予測できなければ、ただの阿呆《あほう》だな」

そりゃな。

こんな当たり前のことを予想がつかないわけがない。

「しかし、ここまでガードが堅いからうかつに動けないのだろう」

「だから、私たちに話を持ってきたのでしょう？」

「我らの方に、動きがあるだろうということだな？」

ここらへんも説明いらずで助かる。

「その通り。ウィードに直接手出しが難しいなら、出入りする国々の方に仕掛けをするしかない。だから、その各小国をまとめる大国のお三方に頼んだわけだ」

「調査の見返りに、などとは言えんか」

「そうですね。私たちとしてもこの連合に傷を入れられるのは好ましくないですから」

「もうちょっと、婿殿が間抜けならこっちも利益が出るが、そうもいかんからな。逆に干される可能性がある」

当然だ。

見返りなんか求めたら、色々脅《おど》すに決まっているじゃないか。

「今回のことで、連合の体制をとかルールをさらに明記して、取り締まりを厳しくする格好の口実になるだろ。それで十分に報酬になる」

「確かにな。連合内でも激しい政治的戦いが起こっている。無論不正も互いでよくやっている」

「必要なことではありますが、それで連合の存在自体を脅かすのは困りますから。今回のことで、さらに細かく決められるわけですね」

「妥当なところだな。大国としても小国にあれこれ細工されては面白くない。しかし、ウィードはどうするのだ？」

「どうするって、俺たちが勝手に色々やるのはまずいだろう。ウィードで暗躍しているのは確かにいるけど、どうせトカゲのしっぽ切りになる。うかつにウィードが騒げば、逆にそこをついて、相手が何か仕掛けてくる。ウィードは利益を独占したいがために、いらぬ噂を吹聴しているとかなんとか……って」

「あり得るな」

「あり得ますね」

「十分有効な手だな。だが、調査自体をしないという話ではないだろう？」

「もちろん。調査はしてそっちに情報を渡す。裏をこちらから取るわけにはいかないからな」

「なるほど。そっちからの情報とこっちの情報を照らし合わせていくわけだ」

「確かに、その方が単独で行うより確実ですね」

「最後に、私たちの方で証拠を掴んで内々に処理するわけだな。そうすれば、われら三大国の名前に傷もつかなくて済むわけだ」

そう。ガルツのおっさんが言ったように、下手にこっちで処理したら、三大国は無能の烙印《らくいん》が押されることになる。

そうなると、その庇護下《ひごか》という立場の国々は不安になる。

下手をすれば、連合を快く思わない国々が仕掛けて突き崩してくるだろう。

メンツとはかくも大事なのである。

「とまあ、3人とも協力は惜しまないってことでいいか？」

「最初から協力しないという選択肢が存在しないな」

「ですね。いまやウィードは各国の経済に欠かせない存在であり、戦争抑止のための最重要拠点です。そこを守らぬ方がおかしいです」

「だからこそ、相手もなんとしても、ウィードと連合をどうにかしたいのだろうがな」

でしょうとも。

戦争をしてウハウハしたかった連中にとって、三大国とウィードを中心とした連合体制は怨敵に見えるはずだ。

文句すら言えない体制が瞬《またた》く間にできてしまったのだから。

弱小国家は我先に、この連合の庇護下に入るし、どうしようもない。

戦争という暴力に訴えたら、連合軍が出てくるのだ。

単独ではどうしようもない。かといって、連携しようにも連合に入っていない国同士は距離が離れていて、連携するにも多大な労力が掛かるし、ばれる可能性も高いので、まずは内部工作になるわけだ。

「そういえば、ウィードの方に直接抗議とかは来ていないが、そっちの国々には何か来てるんじゃないか？」

ウィードに直接抗議することは基本的にない。

ウィードはあくまでも、連合軍が連携を取りやすくするための拠点でしかない。

表向き、ウィードの戦力は防衛軍のみというのが各国の認識で、連合が動く際は、三大国のどれかが陣頭指揮を執《と》ることになるだろう。

だから、ウィードよりも三大国に何かしら抗議した方がいいのだ。

ウィード独立を承認したのも三大国だし、表向きには三大国がウィードの実権を握っているように見せている。

俺が面倒だから。

まあ、だからこそウィードの内部に工作を仕掛けるのが、連合相手には一番有効な策なんだよな。

「もちろん来ておるぞ。関係のない我らが出張《でば》ってくるなと」

「ですが、抗議だけですね。本格的に動き出せば、私たちが動く大義名分が生まれますから」

「弱小国家にとってはこれ以上の救いの手はないだろうからな。我らにとっても人手を手に入れる良い手段だ」

「でも、お互いの主張とかはどう聞き入れているんだ？　どっちが正しいとかは分からないだろう？」

「簡単だ。我々が介入した時点で、それ以上の戦闘行為の禁止。それだけだ」

「つまり、その時点で国境が決定されるというわけです。国境近くの町などには、どちらに所属するか宣言をしてもらい、それを記録に残して、それに伴い侵略行為かを判断します」

「何も知らないからこそ、こうやって新しく国境を連合と敵対国家で決定し、現在の正しい国境ができるわけだ。今後の国境トラブルにも役に立つだろう」

連合の介入方法についてはまったく関与していなかったが、聞いてみればちゃんとした内容だ。

介入した時点で、新しく国境をお互いの主張と、国境の町々に回答を求め、それを連合が記録する。

これで、この国境の正当性が認められるわけだ。

敵国も交えて回答しているのだから、これに文句をつければさらに立場が悪くなる。

国境の町々の判断はそれぞれだが、よほどでない限り、祖国を裏切るような真似はしないだろう。

だって、暗殺される恐れがあるからな。

あとは、敵国の町の扱いが悪ければ、連合の庇護下に置いて欲しいと宣言をすることもあるので、戦で攻め取った敵国としてこれ以上に不利な内容はない。

が、客観性は保たれているのでなお性質《たち》が悪い。

できるのはせいぜい抗議と、三大国に対して先に話を通しておくなどの政治的行動が必要となるわけだ。

この話の怖いところは、下手をすると連合に対して敵対国家が手を組んで、大陸を真っ二つに分けた大戦になりかねないところだ。

幸い、残る大国の1つであるルーメルは沈黙《ちんもく》を貫いている。

ここが招集を掛ければ、反連合側は集まるだろうが、今はそういう動きはない。

まあ、国々の位置からして、バラバラすぎて、各個殲滅されるのがオチと分かっているのだろう。

何か勝てる要素があれば動くだろうが、そんなのがあるならとっくに動いているだろうし、向こうの切り札は異世界の勇者さんたちときたもんだ。

それがわざわざ戦争を助長することに手を貸すわけがないだろう。あれもいることだし。

というか、あれと勇者一行は別大陸の探索に忙しいらしいので、動けるわけがない。

「そこらへんは上手くやっているようで良かったよ。で、調査をして確証を得るのはいいとして、お三方としては、こいつらが糸を引いているだろうとか、盟主になるならここだろうなーってのはあるか？」

とりあえず、今現在この三大国が危険と見ている国を聞いておきたかった。

「いや、ロシュールにあからさまにケンカを売るような国はおらんな」

「リテアもありませんね」

「ガルツも同じくだな。というか、この三大国を同時に相手にするということが何を意味するか分からぬ国はあるまい。そんな国はすでに滅んでいるよ」

その意見には同意。

だが、ロシュールのおやじが言葉を続ける。

「しかし、妙なことがある」

「妙なこと？」

「そうだ。騎士の国と言われておる我が国、ロシュールに足りぬ魔術を補ってくれている、魔術の国と言われるほど魔術に特化してくれる国がある。そこが連合に入ることを躊躇っている。

特に、どこを攻めているわけでもないのにだ。そのトップであるノノア殿は魔術神とまで言われておるし、我もその魔術は認めておる。聡明でもあり、立派な為政者だ。だが、この連合には入っておらぬ」

「そう言われれば、私の所もそういうのが……でも違いますね。ある山に住むと言われる獣神というのを信仰している国が連合に入るのを拒否しているのですが、こっちは宗教的な理由でしょう」

「そういうことならば、ガルツが盾の国と言われるように、剣の国と言われている国があるのだが、そこも同じように連合に参加しておらんな。まあ、こっちは腕自慢が多いからな。戦争を抑制されるとまずいのだろうな。ノゴーシュのやつも、連合の話を聞いたとき顔を顰《しか》めていたと報告を受けている」

へー……。

やっぱり、お前らか。

駄目神共‼

落とし穴74掘：海の男児たち

side：ユキ

サンサンと照らす太陽、青い空、白い雲、白い砂浜、そして……。

ザザーン、ザザーン、寄せては返す波の音。

これぞ、夏の海である。

この前はやったことのない夏の楽しみ方として肝試しをしたが、海で遊ぶのをなしにしたわけではない。

というより、夏はまず花火と海というのが、日本の常識である。

花火大会はウィードの行事になるので、今日は家族で遊べる海に来たわけだ。

「ひゃーー。立派な海岸線を作ったわね‼　よーし、私に続きなさい‼」

そう言って駆け出そうとするのは……。

「ルナお姉ちゃん。準備運動しないと危ないよ‼」

「そうなのです‼　ルナ姉様、脚がつっておぼれてしまうのです‼」

何を隠そう、駄目神である。

いや、隠してないけどな。

ビニールイルカを持ちながら子供たちに制止されている、美女……？　を見て、誰が女神と思うだろうか。

さて、なぜ家族と言いつつルナがいるのかと言えば、俺がわざわざ引っ張ってきたのだ。

前回、メールだけを送って「連絡はしたのに」という建前を用意して、ルナが来ないように仕向けたが。

勝手に肝試しに参加をして、力業、いや神業で心霊現象を起こすというむちゃくちゃをしてきたからだ。

理由はヒフィーが驚く顔が見たかったという、凄《すさ》まじくくだらないものである。

いや、それを言ったら肝試しもそうじゃないかと言われるかもしれないが、横槍《よこやり》で部外者が勝手にあれこれやるのは、常識的にダメである。それで事故や事件が起こっては大問題だからだ。

ま、ということで、勝手に動かれて海で足を引っ張るとかされたら大問題にしかならないので、ルナを連れてきた。

無論、タイキ君やタイゾウさんたちもいる。

あと、おまけのヒフィーとリリーシュ。

コメットは死体に直射日光はよろしくないと言って来ていない。ただ単に海で遊ぶことに楽しみを見出せていないのだろう。ポケ〇ンの厳選してたし。

直射日光ごときでどうにかなるなら、日中ウィードの散策とか出てないからな。

こちらの世界のゾンビとかゴーストとかは、日の光もなんのそのなので性質が悪い。

いや、多少弱体化はするらしいけどどな。

モーブやオーヴィクたち冒険者から、夏場のゾンビ退治とかはもの凄く嫌われる仕事だという。理由は臭いだ。腐ったゾンビさんたちのカグワシイ香りが強くなるので、ひじょーに相手をしたくないらしい。

と、気分が悪くなりそうなので、ここら辺で考えるのはやめとこう。

「あれ、ルナ。そういえば、リリーシュとヒフィーはどうした？」

ふいに辺りを見回したが、女神2人がいない。

俺やタイキ君、タイゾウさんは昼飯の準備やらで、一番最後なのにだ。

「いっち、にー、えーと、着替えてたのは見たわよ。さん、しー」

アスリンたちと仲良く準備体操をしながらそう答えてくるルナ。

来てることは来てるんだな。

ならなんで出てこないんだ？

俺はそんなことを考えながら、コテージの方を見つめる。

事故でもあったか？　水着が着れないとか？　ぶよぶよになって。

「……殴られても助けないわよ。ユキ」

「お、ラビリス。ヒフィーとリリーシュは？」

俺の心を読んで釘を刺してくるラビリス。

いや、さすがに本人の前では言わないさ。

体重の話とか、女性の前じゃ禁句って決まっているからな。

俺も命は惜しい。

「そうね。リリーシュはともかく、ヒフィーは恥ずかしがっているわね」

「恥ずかしい？　水着か？」

「そうよ。まあ、仕方がないわね。水着で罰ゲームとかしたのだから」

「ああー……」

あったあった、そんなことが。

主に、そこで準備運動をしている駄目神主導だが。

俺は、サポートだったので何も悪くない。

……そう、悪くないのである。

「うっし、準備運動終わり。海へ‼　って言いたいところだけど、ヒフィーがぐずっているみたいね。私に任せなさい‼　行くわよ、アスリン、フィーリア。海に引きずり出すわよ‼」

「はーい‼」

「了解なのです‼」

なぜか、ルナが2人を引き連れて、ダッシュでコテージに入っていく。

いや、ルナが解決してくれるならそれでいいんだが。

「……大丈夫なんですか？」

「俺に聞くなよ。駄目神が動いて大丈夫だったことがない」

タイキ君の呟きに、俺はそう答えるしかなかった。

ルナが動いて被害がなかったことなどないのだから。

誰かが被害を被るのだ。資材の搬入とか、見世物にされた心の傷とか、異世界に飛ばされるとか。

俺にできるのはその被害を最小限に抑えることだ。

……何が悲しくて身内からの攻撃を最小限に抑えないといけないのかね。

いや、駄目神を身内として見るからいけないのか。

あれは一種の災害って感じか。

「ユキ君。ルナ殿は、その、大丈夫なのかね？」

「タイキ君にも言いましたが、全然大丈夫じゃないと思いますよ」

ヒフィーの旦那のタイゾウさんはさぞかし心配だろうが、太鼓判を押して、大丈夫じゃないと言ってやれる。

この前の肝試しのいたずらも然り。

駄目神が何もしないというのがおかしい。

どうよ、このダメすぎる方向での信頼っぷり。

ま、奴らほどじゃないから、まだマシなんだけどな。

「まあ、知っての通り、大怪我するとかはないので、フォローに回ってやればいいと思いますよ。夫婦なんですし。ルナからの夫婦円満の機会が贈られてると思えばいいんですよ」

「……そう、だな」

俺はそうは思わないけどな。

そんなふうに、俺とタイゾウさんが話し込んでいると……。

「あ、ルナさんが出てきました……よ？」

「「よ？」」

なんかタイキ君が変な声を上げたので、コテージの方向を見ると、ルナがヒフィーを抱えていた。

……なんで抱えてるんだよ。

そして、投球のフォームで、第1ヒフィー、投げた‼

ポーン……。

「きゃぁぁぁぁぁ……!?」

空を見事に飛んでいくヒフィー。

「ヒフィーさん⁉」

慌てて追いかけるタイゾウさん。

おー、タイゾウさんがヒフィーの落下地点である海の中まで走っていく。

フライでアウトだな。

バッシャーン‼

そんな音を立ててヒフィーが着水。

タイゾウさんは何とか間に合ったみたいだ。

がっちりと両腕でヒフィーの体をお姫様抱っこする姿は、結構絵になっている。

「ひゃっはーー‼　いい絵ね‼」

パシャ、パシャと写真を撮っているのは駄目神。

もう、お前は何がしたいんだよ。

「ルナお姉ちゃん。私もポーンってして」

「私もなのです」

「よし、分かったわ。ユキ、いくわよー‼」

「ゲッ⁉」

俺をキャッチ役にするつもりか⁉

「そーれ‼」

「わーい‼」

本当に投げやがった⁉

レベル的に怪我とかはしないだろうが、受け止めないときっと不機嫌になる。

ちくしょー‼

「頑張ってくださーい。俺、昼の準備してきます」

タイキ君はさっさと逃げた。

ちくっしょう‼

俺は必死に落下地点へと走っていく、波をかき分け、ザバザバつらいよ⁉

ザッパーーン‼

な、なんとか間に合った。

「お兄ちゃん、ありがとー」

「……危ないから投げてもらっちゃダメだぞ」

「うん。1回だけって決めてたから」

「1回だけ？　どういう……」

俺がアスリンの真意を聞く前に、その答えが発射される。

「ほら、次よー‼」

「あーにーさーまー‼」

フィーリアが空に向かってポーンと投げられる。

その瞬間、ルナの後ろには嫁さんたちが全員並んでいた。

つまり……。

「お兄ちゃんにみんな抱っこしてもらうんだって」

俺の夏のトライアスロンの幕が開けた。

ルナの奴は落下地点をずらして、俺を移動させるのだ。

演出的には一生懸命、お嫁さんのためにってことだろうが、連続すぎてつらいわ‼

軍事訓練にも、海辺で陸から飛んでくる人のキャッチとかないからな‼

ということで、俺は必死に海辺を走り回ることになった。

「ねえ、なんか私、泳げてないんだけど？」

「知らねえよ……」

嫁さん全員を放り投げたあと、首を傾げながらようやく海に入ったルナの第一声がこれだった。

ちなみに嫁さんたちは大変満足したらしく、写真を見てはきゃっきゃしたあと、各々遊んでいる。

「ルナお姉ちゃん、およごー」

「泳ぐのです」

「そうね。難しいことは置いといて、今は遊ばないとね。いくわよー‼」

そう言ってクロールでアスリンとフィーリアがいる場所まで泳いでいく。

いや、難しくないからな。

お前がただ嫁さんたちに対して、ご褒美みたいな遊びをしていただけだからな。

こっちは写真を撮っているのも分かっていたから、無様な表情すらできないという拷問《ごうもん》だったぞ。

「お疲れさまです。はい、麦茶」

「さんきゅー」

「……相手が多いというのも、なかなか大変だな」

タイゾウさんは俺が必死に走り回っている姿を見て、なんとも言えない顔になっている。

そりゃ、耐久マラソンIN海みたいになっているからな。

ほら、あのビーチでうつぶせになって、フラッグ取りに行くやつ。なんて言うんだっけ？

「しかし、夏ですねー」

「ああ、夏の海だなー」

「そうだな」

ザザーンと浜辺で座り込む男たち。

こうやって海を見ているだけもいいのだが、やはり……。

「よしっ。泳ぐか」

「そうですね。このままボーっとするのも悪くないですけど、泳がないとあれですしね」

「当然だな。釣りに来たのではない。泳ぎに来たのだ。しかし、私たちは男児だ。ただ泳ぐだけでは芸がない」

タイゾウさんの言いたいことは分かる。

ただ泳ぐのは男児にあらず。

必ず、あることをやるべきなのだ。

「この中で泳げないとかいうのは？」

「俺は大丈夫ですよ」

「私も無論泳げる」

「なら……」

俺は沖にある小島を指さす。

「あそこまで競争と行きましょうか」

「分かりました。で、賭けは？」

「風呂の牛乳でどうだ？」

「「異議なし」」

そう、競争である。

些細な賭けを用意して、全力を尽くすのだ。

それが男児というものだ。

「あ、アイリ。今から競争するから、スタートの合図頼んでいいかい?」

「え? あ、はい。いきますよー……」

浜辺で遊んでいたアイリさんが腕を振り上げて……。

「スタート‼」

振り下ろされた。

「「「うおぉぉぉぉぉぉぉぉお‼」」」

俺たちは一斉に、浜辺を駆け出し、海に入り、泳げる深さになったらそのままクロールへ移行する。

「うわっ⁉ ユキさん速い‼」

「お兄さんなんでそんなに……って、競争のようですね」

「僕も追いかけるよ‼」

なんかトーリたちの近くを通り過ぎたみたいだ。

「リーア、追いかけますよ」

「え、無茶だよジェシカ⁉ 私、浮き輪だよー⁉」

「風で押す」

「ちょっと、クリーナさん。そんな無理やりやったらひっくりかえ……」

バッシャーン‼

「あぶぶ……、溺れる‼　誰かー‼」

次はリーアたちだが、リーアは泳げなかったか。

ま、みんなもいるし、水難事故防止の魔物たちもいるから大丈夫だろう。

……今は、負けられない、くだらない戦いがここにあるのだ。

「「「どぉおおりゃぁああぁ‼」」」

「……あのー、ルナ様、ヒフィーちゃん、皆さん？　私1人で寂しいんですけど……」

浜辺で1人、砂のお城を作っているリリーシュがポツリ。

ちゃんと後で回収したから問題はなし。

第413掘：まあ、そうなるよな

side：ヴィリア

「よーし、張り切っていくわよー‼」

「おー‼」

私は不安です。

不安でたまりません。

なぜこんな精神状態かというと、私たちは今、あるお仕事を受けて、この場にいるからです。

そのお仕事というのは……。

「ウィードを脅かす悪者を見つけて、やっつけるわよ‼」

「おーー‼」

「違いますからね‼　私たちがやるのは情報収集です。あと、表向きは清掃員ですから、そんなことを言っちゃダメです」

そう、ラビリスちゃんやフィーリアちゃんに紹介された情報収集のお仕事なのです。

最初はその名誉あるお仕事を紹介してもらい嬉しくありましたが、本番が近づくにつれて、安請け合いをしてしまったと後悔をしています。

ドレッサはもともと貴族だと言っていましたし、こういった街の平穏、治安を維持することに携われるのは内心嬉しいのでしょう。もの凄く張り切っています。

同じくヒイロもお兄様のお手伝いができると張り切っています。

それは私も同じなのですが、お仕事の内容はあくまでも情報収集で、表向きは清掃活動なのです。

ポーニ署長からは、何か見つけても警察やお兄様たちへの連絡を最優先にしてくれと言われています。

絶対に自分たちだけで解決しようとしないでくださいと、何度も注意を受けました。

ですが、張り切っているこの2人には……。

「私たちがウィードの平和を守るのよ‼」

「悪者、やっつける‼」

……ポーニ署長の言葉は頭の中から抜け落ちているのは明白です。

幸いというか不幸というべきか、私が2人と一緒なので即座に暴走することはないでしょうが……心配です。

「2人とも、何度も言いますけど、表向きは清掃活動ですからね」

「分かってるわよ」

「分かってる」

「はぁ。まあいいです。とりあえず、冒険者ギルドに向かいますよ」

「「はーい」」

そんな一抹の不安を残しつつも、今回の情報収集に協力してくれる冒険者ギルドの方へ向かいます。

私たちはそこで清掃活動のクエストを受け、名実ともに清掃員としての立場を手に入れて、お仕事をしつつ、情報収集をするという手はずになるそうです。

ガヤガヤ、ワイワイ……。

朝の冒険者ギルドは騒がしいです。

普段私たちは午前中の授業が終わってから、社会活動の一環として、冒険者ギルドに来ますので、本業で冒険者をやっている方たちと大量に顔を合わせることはありません。

朝の騒がしいのが嫌いで、のんびりお昼から仕事を探しに来る人や、お休みで情報を集めている人たちに会うぐらいです。

ですが、今回はポーニ署長やラビリスやシェーラからのお願いなので、朝からお仕事を受けに来たのです。

「たくさん人がいるわね」

「冒険者、いっぱい」

２人も普段は見かけない大量の冒険者たちに驚いているようです。

「本当に多いですね。でも、これじゃどこに並んでも時間が掛かりそうですね」

依頼を受けようにも、この混雑では時間が掛かります。冒険者ギルドに言われた約束の時間には間に合っているのですが、依頼の受理に時間が取られそうです。

もうちょっと、時間に余裕をもって来るべきでしたでしょうか？

いったん、2階のギルドマスターの執務室へ行くべきでしょうか？

そうすればロックさんやキナさんに会えるので、来ていることは報告できるはずです。

「……到着していることだけは言わないとまずいですね。2人とも、執務室の方へ行きますよ」

「そうね。それがいいわ」

「分かった」

そうして、2階に行こうとしたときに声がかかります。

「おい。子供の遊び場じゃねーんだぞ」

最初はそんな声でした。

特に侮蔑が混じっている感じではなく、純粋に間違えて入ってきたのをたしなめるような感じでした。

だから、やんわりと断りを入れて上に上がるつもりだったのですが……。

「ああ。お前ら、小遣い稼ぎのガキどもか」

私たちのことを知っている冒険者がいたのでしょう、そんなことを言う人が出てきます。

「ん？　小遣い？　なんだそれ？」

「お前は来たばかりだったな。ここじゃな、あんなガキどもに仕事を斡旋して、小遣い稼ぎをやらせているんだよ。まったく、これじゃ冒険者の質が下がっちまうぜ」

「そうか？　別に悪い話には聞こえないが……」

「悪いんだよ。ただのごみ処理とか、老人どもの手伝いとか、そんなのばかりだぜ？　ただの使用人だ。俺たちは冒険するから冒険者なんだ、あんなのと同じに見られるのは迷惑だぜ。ほら、さっさと帰んな。朝は本物の冒険者たちで忙しいんだ。小遣い稼ぎは昼に来い。そういうルールだろ」

「……」

話を聞かされた人はどうしていいものか困ってしまっていて、説明をした男は私たちが邪魔だと言ってきます。

……非常に腹立たしいですが、こういう輩は冒険者ギルドではよくいます。

おそらくは説明した冒険者もあまりウィードに来て長くはないのでしょう。

本当の意味で、私たちの存在を正しく認識しているのなら、こういうことは言わないのですから。

「あんた……」

「……腹立つ」

「お、やるのか？　お前らみたいなお小遣い稼ぎをしている偽物とは違って、本物の冒険者相手に」

そして、その侮辱に耐えられるほど、２人は我慢強くありません。

しかし、この状況を収めようにも、ギルドの職員は人ごみの遥か向こう。

なんとかこの場は私が抑えるしかありません。

「２人とも……」

「受けて立つわよ‼」

「ぼっこぼこにしてやる」

「はっ‼　これだからガキはダメなんだ。実力も分からないで勇み足。お前らには本物は早え。それを教えてやるよ。ったく、こんなルールを作った奴は馬鹿だろう。俺たちがひと苦労だ」

……は？　誰が馬鹿ですって？

私は憤慨しているドレッサとヒイロの肩に手を置きます。

「なによ、ヴィリア。こいつに言いたいほうだ……ひっ⁉」

「……ヴィリ姉。怖い」

「……な、なんだよ。そんな顔しても、本物には早えぞ」

「未熟なのは承知です。それを教えてくれるのでしょう？　私たちにはよい経験です。本物の冒険者の実力を見せてください。申し訳ないですが、あなたが審判をお願いできますか?」

「あ、ああ……」

そういうことで私たちは訓練場で模擬戦をすることになりました。

……本来であれば、私は止める立場なのですが、お兄様のことを馬鹿にされてはそうもいきません。

未熟なのは先も言っての通り、百も承知です。

しかし、せめてこの人に私たちもお小遣い稼ぎのつもりでやっているわけではないと示さなくてはいけません。

そうしないと、この制度を作ってくれたお兄様に申し訳が立ちません。

訓練場の方に辿り着き振り返ると、なぜか2人の冒険者以外にもたくさんの冒険者の方々が集まっていました。

「何が始まるんだ?」

「ああ、あの子供たちと、あっちの奴が試合するらしいぜ」

「マジかよ。大人げねー」

「ちょ……あの子たち……」

なるほど。野次馬のようですね。

それもまあいいでしょう。

これからの仕事の都合上、何度も訪れるのですし、いい証人であり抑止力になってくれるでしょう。

「本当にいいのか？」

「構いません」

「へっ、気にするんじゃねーよ。そういうガキは気を遣うだけ無駄だ。俺に任しときな」

「……しかし」

「心配するな。このガキたちに大怪我なんてさせねーよ。代表やギルドマスターたちと敵対しかねないからな。適度に仕置きするだけだ」

「……分かった。ルールはいつもの通りだ。訓練用の武器での試合。有効な攻撃の判定やその他審判の判断には従うように」

「分かりました」

「文句ないぜ」

「では、3対1の変則ではあるが、魔物や盗賊相手を想定して……」

と、いけない。

この審判役の人は私たちに気を遣って3対1にしてくれるようですが、そういう気遣いは無用です。

「いえ。試合は……」

「1対1に決まっているでしょう。ボコボコにしてあげるわ」

「……ぼこぼこにする」

「いや、それは……」

「はっ、いいんじゃねえか。徹底的に冒険者ってやつを教えてやるよ」

「まあ、加減もしやすいか。分かった。では君たちの方からは、最初に誰がいく?」

「私よ。このドレッサが行くわ‼」

そう言って、ドレッサが前に出ていきます。

……よく考えれば、ドレッサはここでボコボコにされる方が後で自重してくれそうなんで、相手の方には頑張ってもらいたいですね。

「元気のいい嬢ちゃんが最初か。ま、お前みたいな奴を最初に下せば他の2人も諦めるかね」

「言ってなさい。大勢の前で恥をかかせてやるわ」

そう罵り合って、お互い片手剣を構えます。

ドレッサは片手剣のみ。相手の方は片手剣と盾という防御重視の装備です。

「これだ。盾を持たないとか、何も考えていない証拠だ」

確かに、盾を持てる余裕があるのに、盾を使わないというのはその分、防御が落ちて危険ではあります。

「審判。早く合図。こいつに斬りかかれないでしょう」

「気にするんじゃねえよ。こういうガキは痛い目を見た方がいいんだよ」

審判の方は仕方ないという表情をした後、腕を振り上げて……。

「……始め‼」

試合が開始されました。

ドレッサは迷わず、相手に突っ込みます。

「馬鹿だろお前」

相手の方はそう言って、盾をドレッサへと出し、防御の体勢をとります。

おそらくは盾で受けた後、そのまま押し込んだり、剣との連携をするつもりなのでしょうが……。

ドンッ‼

「うおっ⁉」

剣を受けるつもりだったのがいけませんでした。

ドレッサはそのまま盾に体当たりをして完全に相手のバランスを崩し上体をのけぞり、無防備になった相手の足へ向かって剣をふるいます。

バギッ‼

「ギャッ⁉」

いやな音がして、相手はそのまま倒れ、ドレッサが迷わず追撃して、顔に剣を突き付けます。

「そこまで。誰か、治癒魔術を使える奴はいるか」

すぐに審判がドレッサの勝利を認め、見物人から治癒魔術を使える人を呼んで相手の方を治療します。

「てめぇ」

治療が終わった相手の方はドレッサを睨《にら》みつけました。

「せめて、受け流すぐらいはするかと思ったんだけど、まさか受け止めてくれるとは思わなかったわ。なに、マゾなの？　盾ってしっかり構えると足が無防備になりやすいって知らないわけ？　盾に密着されると自分の武器が振るえないって知らなかったの？　剣だからまだよかったものの、メイスとかだったらもうどうしようもないわよ。半端な盾は持たない方がましよ。あんたみたいに油断する原因になるんだから」

ドレッサの言う通り、盾というのは基本的に受け流すもので、重装タイプでない限り盾で完全に受け止める真似はしません。

武器などの攻撃は受け止められますが、体格が違うとはいえ人の突進を止めるというのはかなり至難の業なのです。

大盾でがっしりと構えているならともかく、相手の方が持っているのはラウンドシールドと呼ばれる片腕を覆《おお》うのがやっとというタイプの盾です。

私たちをガキと言っていましたし、おそらく油断をしていたのでしょう。

「てめぇ」

「あら、何かしら？　こんなガキのタックルを受け止め損ねて、足を叩かれて倒れちゃった冒険者さん？」

「上等だ‼　もう一度だ‼　今度は手加減しねぇ‼」

「なに？　余裕で倒せるんじゃなかったの？」

「うるせぇ‼　審判、もう一度だ‼」

「きゃんきゃんうるさいから、もう一度相手してもいいわよ。ちゃんと、あと2人の相手ができるように手加減をしてあげる」

「なめるな‼」

ドレッサの挑発に引っかかった相手は審判の合図を待たず、ドレッサに斬りかかりますが、それをスルっとかわして、すれ違いざまに胴に一撃を叩き込みます。

「なにっ⁉」

「あら、ごめんなさい。まさかまともに当たるとは思わなかったわ。モーブたち相手には一度も当たらなかったから」

「……モーブだと？　それはあのモーブか？」

「あのモーブってなによ？　モーブって名前多いの？」

ドレッサは首を傾げながら、私を見てきます。

「いえ、モーブさんは1人だけだと思いますよ。守りの英雄のことですよね？」

「そうだ。その英雄モーブがなんで嬢ちゃんの口から出てくる。稽古をつけてもらっているような口ぶりだったが」

なるほど。

本当にこの人はウィードの冒険者区にいるだけなのですね。

私がそのことを言おうと思ったとき、人ごみが割れて、副ギルドマスターのキナさんが出てきます。

「はぁ、そんなことも知らなかったのね。この子たちを学校で教えているのはモーブさんたちだよ。その中でもこの子たちは選りすぐり。今日は、私たちの方から朝に来てもらうように頼んだの。なんか騒がしいなーと思ったらこんなことになってるし……あんた、多少注意のつもりだったんだろうけど、そういう注意事項は最初から私たちがやってるの‼　試験もしてるし、下手に口出さないように‼」

「でも、こんなガキが……」

「あー、もう。ヒイロ」

「なに？」

「一発得意な魔術を見せてやって」

「おーけー」

キナさんに乞《こ》われて、ヒイロは無詠唱でファイアーバレットを連射します。

これはファイアーボールを改造したもので、スティーブたちが持っている銃の弾丸を真似て、ヒイロが独自に作ったものです。

瞬く間に、鉄の鎧《よろい》を着こんだ案山子《かかし》が穴だらけになります。

「「「……」」」

それを見た冒険者たちは茫然としています。

なぜでしょう？　そこまで難しいものではないはずですけど。

ヒイロみたいに連射はできませんが、私も数発程度なら撃てますし、学校の冒険者志望で魔術が使える子たちは基本的にできるものです。

「このヒイロの師匠というか、教えているのは、カースさん。そして、そっちの槍を持っているヴィリアはライヤさんから」

「どうも」

紹介されたので挨拶だけはしておきます。

「見て分かっただろうけど、基本的なスペックはもう冒険者で言うところの、ランク6ぐらいはあるはずよ。まあ、経験が足らないし若いから念のため安全に、っていう方針なの。あ、間違っても、子供たちを普通の冒険者のチーム勧誘しないでよ。ぶっ殺すからね」

キナさんがそう言うと、冒険者の皆さんは首をがくがくと振って、それを確認したキナさんはこちらに振り返ります。

「ごめんねー。これでこいつらも懲《こ》りると思うから。じゃ、上に行こうか」

「あ、はい」

「分かったわ」

「はーい」

そういうことで、多少トラブルはあったものの、執務室の方へ向かうのでした。

……あれ？　そういえば私の実力を見せる場面はどうなったのでしょうか？

第414掘：冒険者ギルドの思惑

side：キナ

あーもう。やっぱり、問題が起きた。

ヴィリアたちを執務室へ連れていきつつ、私は頭を抱えたくなっていた。

まだまだ冒険者たちの間には幼すぎる子供たちへの偏見はなくならないようだ。

いや、ウィードで長く過ごしている冒険者は違うのだけれど、ウィードは交易の関係上、色んな所から、冒険者たちが入ってくるので、ウィードの常識というのを知らない冒険者たちの方が多いのだ。

そこら辺のことを予測して子供たちのクエスト受付時間をお昼から、と調整をしていたのだ。

調整というように、表向きに告知はしていない。

それを言うと、やっぱり子供として仕事を分けていると認めているようなものだから。

そうなると、さらに子供たちへの風当たりが強くなる可能性があるし、今後ウィードの学校からの冒険者というのは使えないというレッテルを貼られかねない。

なので、暗黙の了解みたいなものになっている。

でも、この暗黙の了解もいずれ、ウィードの子供たちがしっかり育てばなくなるという見通しもあったのだ。

だって、あのモーブさんたちのパーティが指導しているんだよ？　さすがに全員が全員とまでは言わないだろうけど、私から見ても学校で冒険者を目指している子供たちは、初心者冒険者とは比ぶべくもないぐらい色々な意味で育っている。

あと、ウィードの女王陛下や、今はほとんどが現役を退いたとはいえ若さは十分で現在でも補佐としてバリバリ働いている元代表たちがたまに指導しているのだから、その実力は推して知るべしだ。

「……まあ、いずれのつもりだったんだけどなー」

私はそう呟いて、後ろについてきている3人を見る。

「なに？」

「？」

「どうかしましたか。キナさん？」

「いや、馬鹿共がついてきてないかなーと思ってね」

適当にごまかしつつ、先ほどの戦いぶりを思い出す。

ドレッサはミリーから元やんごとなき身分のお方と言われていたから、多少の実力はあると思ったけど、あそこまでとはねー。

ヒイロも相変わらずの常識外れの無詠唱魔術の威力だし、ヴィリアに至っては下手に戦闘させられないくらい実力があるんだよね。

この3人は別格なんだけど、さっきの戦闘を見て子供たちにいらない勧誘をする馬鹿が増えるだろうなー。

釘は刺しておいたけど、絶対勧誘するバカはいるよねー。

あー、仕事が増えるー。

副マスターになって給料増えてひゃっほい‼かと思っていたけど、ここまでの仕事量だといやになっちゃうね。

確かに給料は増えた。欲しいものも手に入れられるようになってきたし、ウィードでは普通にアパートで独り暮らしという好待遇。

だが、忙しすぎてたまにしか買い物ができないし、男が寄ってこない。

いや、寄ってこないこともないんだけど……。

『冒険者ギルドで副マスターをやっています』

『す、すみませんでした‼』

だよ？

ふざけてない？

私、ミリーみたいに暴力は振るうけど、優しいよ？　理不尽な暴力は振るわないよ？

とまあ、こんな感じで立場が上がって、恐れられるようになったのさ。

ユキさんと結婚しているミリーが羨ましい‼

だってさ、ミリーとの会話の大半は仕事かユキさんの話なんだよ。

あとは、他の奥さんたちと子供たちの話。

のろけを毎日聞く私の身になって。

ぐぎぎぎ……憎しみで相手が転んだりすればいいのに。

あ、ダメだ。ミリーはおなかに赤ちゃんがいるから転んだりはダメだね。

えーと、指とかを包丁で切るのもよくないだろうし……。

あ、イチゴのショートケーキでイチゴだけ誰かに食べられればいいんだ‼

あれはショックだよー。

そんなことを考えながら執務室へ向かっていると、その扉が開かれてロックさんが出てきた。

「なに酷い殺気を放ってやがる」

「イチゴ返してください」

「いや、あれは何度も謝っただろう。イチゴのショートケーキがテーブルの上に置いてあって、誰もいなかったからイチゴをひょいと食べてしまっただけだ」

そう、何を隠そう、私のイチゴのショートケーキのイチゴだけを食べるという悪魔の所業をしたのはこのウィード冒険者ギルドのギルドマスター、ロックさんだったりする。

あの時はいざケーキを食べようとした時に受付で問題が起こったと報告があったので、席を一時的に外していたのだ。

そして戻ってきてみれば無残な姿のケーキ。

私は言葉を失ったね。

「……酷いわね」

「……悪魔も恐れる所業」

「あの……さすがにあんまりだと思います」

3人も同意してくれる。

分かるよね？　酷すぎるんだよ。

「いやいや。最後までちゃんと説明しないか。俺が悪いみたいだろう」

「いや、ロックさんが悪いですし」

「そうね」

「悪い」

「人のものを勝手に食べるのは、その……ダメだと思います」

「だから、その後にお前の要望通り、ホールで買ってやっただろう‼　それにギルド職員全員から同じように睨まれた俺は十分に財布と精神的に罰を受けただろ‼」

そんなこともあったなー。

ま、イチゴのショートケーキからイチゴだけ食べるという所業はそれだけ罪が重いということとだね。

「そんなことより、3人は例のクエストで来たんだろう？」

「あ、はい。下でいきなりトラブルでしたよ」

「あー。まあ、予想通りではある。ちゃんと3人で対応したんだろう？」

「私1人で十分だったわよ」

「そうか。ま、これからは朝の仕事も増えるからな。そういう手合いは今日のようにしていいぞ。無論、ギルド職員の立ち合いの下でな」

やっぱり、ロックさんは今日のトラブルは予想済みだったたか。

ドレッサのトラブル率を考えるといつものことだけど。

「さて、さっきの出来事はこれで終わりだ。今からクエストの話に入るが、いいか？」

「いいわよ」

「おーけー」

「はい。大丈夫です」

3人の返事を聞いてから、ロックさんはひと呼吸ついて話し始めた。

「一応仕事の内容は把握していると思うが、俺からも言っておく。今回、3人に与えられる仕事は、冒険者区での情報収集だ。表向きは清掃活動ということにはなる。その表向きの活動のための腕章がこれだ。すぐにつけてくれ。キナ」

「はい」

私はロックさんからすぐに特別清掃員と書かれた腕章を受け取って、3人に渡す。

「左腕の上腕の所ぐらいがいいだろう」

3人ともロックさんに言われた場所にささっとつける。

「ねえ。そういえば、清掃員なら作業服とかないのかしら？」

ああ、ドレッサは清掃員の仕事を受けていたんだっけ。

「残念ながら、清掃用の作業服はない。今回はウィード政府の清掃部へ冒険者ギルドが派遣するのではなく、冒険者ギルドが独自の清掃体制を構築するという建前になっている」

「？」

「えーっと、どういうことでしょうか？」

「意味分かんない」

3人とも難しい言い回しで首を傾げている。

「ロックさん。さすがに難しいですよ」

「あー、簡単に言うと。ギルド独自に冒険者区をお掃除する仕事を作るってことだ。ドレッサは知っているだろうが、ウィードの清掃員は全然足りていない。なので、冒険者区の管轄である冒険者ギルドが自分たちで掃除しよう、という話になったわけだ」

「なるほどね」

「自分で自分のお部屋お掃除。納得」

「いや、ヒイロは部屋散らかってるからね？」

「と、建前はこんなところだ。本当の狙いとしては、知っての通り情報収集にある。最近ウィード で妙な話が出てきているのは知っていると思う。まだ、妙な噂で済むレベルではあるが、放っておくのもよくないということで、このお仕事を組んだわけだ。ギルド独自の清掃員という形をとっているのは、ウィードの政府関係者だと思われないため。それと、冒険者全体の意識改善と住人たちへ好印象を与えるためだ。最後に、君たちのウィード学校の学生冒険者たちが馴染めるようにだ。まあ、これにはよそからやってくる冒険者たちの認識も変える必要があるんだが、君たちが顔を出すようになれば自ずと改善されるだろう」

「……なんとか分かったわ」

「……よく分からない」

「はぁ、後でちゃんと説明しておきます」

あはは、ヒイロには難しいかな？

「そこまで難しいことじゃないよ。ただ単に、清掃のお仕事をして、怪しい人や噂がないか調べて欲しいんだ。私たち大人の冒険者が掃除すると警戒されるし、ウィードの職員も同じだから」

「そうだな。キナの言う通りだ」

「分かった」

さーて、あとはこの袋と軍手、ごみばさみを渡して……。

「これで準備は完璧ね」

「今日の清掃場所は、この大通りの近辺だな。路地に入ると結構ごみが散乱している」

ロックさんが清掃場所の説明を始めると、ドレッサとヒイロが首を傾げている。

「建前じゃないの？」

「真剣にお掃除するってかんじ……」

「当然だ。建前とはいえ仕事だ。ごみを回収していない清掃なんて意味がない。そして、実を言うと清掃もしっかりして欲しいのが本音だ。冒険者区にはまだまだウィードの常識がいきわたっていないからな。ごみが多く、衛生上よろしくない」

「あはは１。いまだに路地で粗相してる馬鹿も多いんだよね」

「ちょ⁉　それも掃除するの⁉」

「うん。まあ、これは特別報酬出すから。あと、用を足しているバカがいたら現行犯でしょっ引いていいからね」

「うへー……」

ヒイロ、ごめんね１。

私もこのクエストはどうかと思ったけど、粗相をそのままにしておくのも大概《たいがい》だからね１。

ウィードに来て衛生管理の重要性がよく分かったよ。

昔はよくあんな糞尿の香りの街を歩けたと思う。

「分かりました。では行ってきます」

ヴィリアは当然と思っていたのか特に嫌な顔をせずに返事をして、すぐに仕事に出ようとするが、２人はその返事と行動に驚いていた。

「えっ⁉　ヴィリアは平気なの⁉」

「……ばっちい」

「平気ではないですし、ばっちいのは嫌いです。でも、お兄様たちや私たちが暮らしているウィードを汚されて放っておいている方がもっと嫌です。なにより、情報収集という大事なお仕事を任せてくださったお兄様やラビリスたちに申し訳が立ちません。２人がやらないのなら私１人でもやりますよ」

「むう。分かったわよ」

「……頑張る」

２人もヴィリアの答えに納得したのか、一緒に扉に向かう。

「何かあったらちゃんと連絡してね」

「はい」

「ぎったんぎったんにしてあげるわ」

「悪者たおす」

ヴィリアはともかく、やっぱりドレッサとヒイロは何か心配だなー。

でも、ヴィリアがいるから大丈夫かな？　なんて思いながら3人が部屋を出て行くのを見た後、ロックさんに向き直る。

「というか、なんでいきなり本命の場所の清掃なんてさせるんですか？」

そう、指定した清掃場所には私たちがマークしていた人物がいると思われるのだ。

いきなりそんな場所に3人をやって大丈夫なのかな？

「逆だ。清掃活動をしていると噂がたてば移動するかもしれない。そうなると追うのが面倒だ。だが、その清掃活動をしているのが子供だと、相手が直接見ればどう思う？」

「あー。子供のお小遣い稼ぎって感じですか？」

「そうだ。まあ移動しないとは言い切れないが、わざわざこんな分かりやすい所で目撃されているバカだ。こいつは」

そう言ってロックさんは1枚の写真を私に見せてくる。

「ロシュールの所の外交官ですよねー。この人」

「ああ、わざわざ提供されている要人用の宿泊施設からこっちに来ているんだ。あからさまだろう」

「セラリア、ロシュール両陛下には？」

「言うわけがないだろう。まだ嫌疑の状態だ。証拠が見つかったわけでもない。セラリア様に言えば実力で排除にかかるだろうが、それではロシュール側から何かしら反発があるのは当然だ」

「でも、あからさまに何かしてるでしょう。それに、セラリア様のお父上はロシュール陛下ですよ？　問題なく排除できないんですか？」

「そう簡単にいかないのが政治の世界なんだよ。ロシュールの方にもセラリア様が一人勝ちみたいな状態で悔しがっている連中もいるんだ。親だからといって、庇うとまた国内が割れかねない」

「それなら、私たちがウィードに協力しているのはいいんですか？」

「それはこの依頼自体がウィード警察からの出資だからな。警察は他の国なら騎士団に該当して普通なら反目しあう組織なんだが、ここはそういう頭の固いことはない。ということで、出資者、依頼主、そして協力体制による治安の向上もしっかりと見込めるから、何も問題ない。政治家連中が文句言って来たら、依頼ですってかわせるからな」

ああもう、面倒ですね。

「……はぁー。私を受付に戻しません？」

「ダメだな。ミリーもいないんだからしっかり働いてもらうぞ」

うう……私の婚期が遠のいていく……。

第415掘：ギルドのお掃除屋さん

side：ヒイロ

……お兄のために頑張ろうと思っていたけど、ちょっとその気持ちがしぼんできた。

だって……。


「くっさー!? なによ、これ!!」

「……さすがに酷いですね」

ドレお姉とヴィリお姉は、人族だからそんなもんで済んでいるからいいよ。

私は狼人族。人族より鼻が利く。

つまり……とても臭い。

「……お兄ごめん。ヒイロ死ぬかも」

目の前に広がるごみの山と糞尿、それがミックスされた素晴らしい香り。

ヒイロにはとても耐えられない。

「ヒイロ!! しっかりしなさい!!」

「ううっ。ドレお姉……最後に一言だけ……」

「なに？」

「ドレお姉の香水きつい」

「うっさいわよ‼」

ペシ。

「あう。だって、その香水も混ざってヒイロの鼻が……」

「あー、そういうことね。ならヒイロもつけてみる？　自分につければその香りで多少はましになるかもよ？」

ふむ。

確かに香水の香りはきついけど、お花を濃縮した感じ。

ごみと糞尿の香りよりはましかな？

「2人とも、臭いなんて防げないんですから、下手に考えてないでさっさとお仕事を終わらせて、お風呂に入った方がマシです。あとヒイロはこの環境にいたのだから、大袈裟ですよ」

「え⁉　この環境って……」

ドレお姉がズサーっとヒイロから離れる。

傷ついた。

「私たちはもともと親を失った孤児です。清潔なんてのは程遠かったですから」

「うん。毎日、雨風しのげる場所があればいいぐらいだった」

「あ、その、ごめん」

「いえ、今の私たちを普通だと、当たり前だと思ってくれるのは嬉しいです」

「ドレお姉は謝ったからいい。昔なんて、物乞いして蹴とばされるのはよくあった。あれは痛かった」

「……ヒイロ」

「あの時はなんで蹴られるのかよく分からなかったけど、今なら分かる。ばっちいのはいや」

「「……」」

なんだろう？　何か、違うって2人とも言いたげだ。

でも、ばっちいから近寄るなって蹴られたはず。

「とりあえず、さっさとお掃除をしましょう。ばっちいのはダメというヒイロの意見は間違っていませんし」

「そうね」

「……頑張る」

臭いけど我慢しよう。

そうして、真面目に清掃のお仕事を頑張る。

ヴィリお姉は掃除前の写真を撮ったりして、どれだけ掃除をしたかの証拠を撮ったりしたあとヒイロたちと一緒に掃除を手伝ってくれる。

「くっさー‼」

ドレお姉はそう叫びながらもちゃんと掃除をしてくれる。

……何か、少し懐かしい感じがする。

ヒイロはこの光景を見たことがある？

「これはまだ使えますね……捨てるなんてもったないことを」

そんなふうに掃除をしながら、ごみを見て呟いたヴィリお姉を見て思い出した。

ヒイロは昔にこれと似た光景を見たことがある。

まだ、お兄と会う前の話で、別のお兄がいて、ヴィリお姉はただのお姉だった時だ。

『兄さんが食べ物を持ってくる前に、何か暖かくできるものを探すわよ』

『分かった……』

まだロシュール王都でホームレスの孤児だった時の話。

私たちの中で、お兄は一番年上で偉くて、毎日食べ物を探してくる大変なお仕事をしていて、お姉も二番目に偉くて、みんなが少しでも生活が楽になるように廃品を漁っていた。

お兄とお姉にはそういうリーダー的な意味があったと今は思う。

その日は冬の真っただ中。

雪が降っていて、たぶんこのままじゃ凍えそうな寒さだった。

だから、お姉と一緒に温かく過ごせるように何かを探しに来たんだった。

お姉は慣れた様子でごみを漁っていたけど、私は慣れていなくて、お姉が探し出したものを預かるだけだった。まだ小さかったし仕方がない。

でも、そう簡単に使えそうなものが見つかるわけもなく、寒空の下でずーっとごみを漁っていた。

『……おねぇ。寒い』

『……そうね。少し暖まりましょう。おいで』

我慢ができなくなってお姉に抱きついてお互いの体温で暖をとる。

これが、私たちの当たり前だった。

『暖まったら、もう少し頑張ろう。兄さんも食べ物を頑張って集めているし、寒い思いをさせたくない』

『うん』

そんな、ちょっと昔の話だ。

結局私は数本の枯れ枝をとれただけで、お姉がたくさんの燃えそうなごみを集めて、その寒い日はお兄やお姉のおかげで、そこまでひもじくもなく、寒くもなく過ごせたのを覚えている。

「ヒイロ。手が止まっているわよ」

「あ、うん。ごめん。使えそうなもの探す」

「使えそうなもの？　何か探しているのかしら？　2人とも？」

あ、しまった。つい……。

私の言葉でドレお姉は首を傾げている。

ヴィリお姉は一瞬戸惑っただけで、すぐに理解したみたい。

すぐに笑顔になった。

「ふふっ。大丈夫ですよ。ただの癖が出ただけです」

「癖？」

「ええ。こうやって、ごみを漁っては使えそうなものを探していたんです」

「……あ。その、何度もごめん」

「もう、ヴィリお姉は意地悪。あと、ドレお姉はそんなに気にしなくていい。もう昔のこと。

今は立派な一人前のれでぃー」

お兄のお手伝いで、秘密の仕事をしているから。

どこをどう見ても一人前のれでぃー。

お仕事をできる人が一人前のれでぃーってアスお姉とフィーお姉が言ってた。

「そうかしら？　ちょっと一人前のレディーにしては背が小さいんじゃないかしら？」

「そうねー。もうちょっと大きくなった方がいいと思うわよ」

「むー‼　ラビお姉だって小さいもん‼」

「「あれは別格。ある部分がおかしいし」」

……それは同意。

なんでおっぱいがあんなにバルンバルン？

私はこんなにペタンコなのに。

いや、きっと大きくなる。

まだまだ成長するれでぃーだから。

そして、お兄をのーさつする。

ラビお姉はいつでも協力してくれるって言ってるし。

「さて、あと少しです。お喋りはここまでにして頑張りましょう」

「時間的にこの路地が精いっぱいね。思ったより多いわ」

「お掃除のしがいがある」

ということで、そのあとは一気にお掃除を進めた。

もう、使えるものとか探さなくていいから、ごみ袋にポイポイのポーイだ。

そうして、綺麗になった路地を見て、えっへんってしていると、窓からごみがポイっと投げ込まれた。

「あー‼」

「なんだ？　誰かいるのか？」

私が叫び声をあげると、ごみを投げ捨てた窓から1人のおじさんが顔を出してきた。

「あん？　物乞いか？」

「ちがう‼　ごみをポイ捨てしたらだめ‼」

「はあ？　ガキが何を言って……」

「子供ですが、冒険者ギルドより正式に依頼を受けた清掃員です。あとごみはごみ箱へというウィードでは当たり前のルールを知らないのですか？」

「冒険者ギルドから？　お前らみたいなガキが？」

「ああ？　ガキで悪かったわね。またぶっ飛ばされたいわけ？」

「ああ？　お前らみたい……な。ってドレッサか⁉」

どうやら、このおじさんはドレお姉の知り合いらしい。

「そうよ。あんた、私でも知っているウィードのルールを知らないとか言わないわよね？　それとも、またボコボコにして欲しいわけ？」

「ちっ、分かったよ。悪かった。つい面倒で窓から捨てただけだ」

「あらそう。なら、ヒイロ。それ拾って返してあげなさい。自分でちゃんと処理するみたいよ」

「分かった」

捨てられた、たぶん焼き鳥の串を拾ってそのおじさんに返す。

身長が少し窓に届かないから、背伸びして、それをおじさんがしぶしぶ受け取る。

「けっ。ありがとうよ……って、くせーな、お前ら‼」

私はそう言われて固まった。

おじさんはそのまま、背伸びしていた私を手で押して突き放す。

「あう」

バランスが悪いため、そのままコロンと後ろに転がる。

「あんた‼ 何やっているのよ‼」

「ヒイロ‼」

「うるせーよ。俺はこれから仕事の依頼人が来るんだよ。それでお前らの臭いを移されちゃたまらねー。さっさと帰りな。そっちの仕事に協力してやったんだ。こっちの仕事の邪魔はすんじゃねーよ」

「このっ‼」

するとおじさんの部屋から扉をノックする音が響く。

「悪いが依頼人が来たみたいだ。邪魔したらギルドに報告するからな」

そう言っておじさんは窓を閉めてしまう。

「あんのやろー……」

「ドレッサ、落ち着いて。ヒイロは無事みたいだし、私たちがあの人の仕事を邪魔していいわけではないわ。その、言い方は悪かったけど、私たちの清掃活動には理解を示してくれたし」

「……分かってるわよ。ヒイロ、大丈夫？」

「へいき。れでぃーはこんなことへっちゃら」

「そう。ならいいわ。さっさと帰って洗濯とお風呂に入りましょう。臭いのは事実だし」

「そうですね」

「これは大問題。何か手段を考えてもらわないとこまるかも」

お兄に臭いとか言われたら大泣きできる自信がある。

で、去り際。

2人には聞こえなかったみたいだけど、狼人族の耳にはおじさんたちの声が入ってきていた。

『まったく‼ セラリアの小娘が粋がりおってからに‼』

『その様子だと、上手くはいかなかったみたいですね』

『そうだ。ああ、思い出しても腹立たしい‼ 何が、そちらに援助は一切してもらってないから、何も譲歩することはないだ‼ ロシュールに育ててもらった恩を忘れおって‼ 陛下も陛下だ‼ あんな馬鹿姫を支持しおってからに‼』

『そうですか。で、あちら側への報告はどうしましょうか?』

『そうだな。ノノア様には……』

たぶん、これはポーニお姉が言っていた調べて欲しいってことじゃないかな?

忘れないようにしないと……。

「あ、おかえりー」

「おかえりなさい。3人とも」

「おう、お仕事お疲れさま」

なぜか、ギルドに帰ると、キナお姉はいいとして、ミリーお姉に、リエルお姉、ジェシカお姉、お兄までいた。

「おお、頑張ったねー。ってくさっ⁉」

近寄ってきたキナお姉が鼻をつまむ。

……酷い。

「キナ‼　あなたねえ、臭いの対策してなかったの‼　ああ、もう、3人ともこっちに来なさい」

「ちゃちゃっとごみ捨てて、お風呂行こう」

ミリーお姉とリエルお姉にそう言われたけど、私たちはミリーお姉に近寄らなかった。

「どうしたの？　臭いなんて気にしないわよ？」

「あの、ミリーお姉様は妊娠していますし、汚れた私たちが近寄っては……」

「ミリーや赤ちゃんが病気になるかもしれないわね」

「ミリーお姉や赤ちゃんを病気にしたくない」

私たちは今とてつもなくばっちい。

さすがにこんな状態で近寄ったり触ったりできない。

「よし、なら俺たちが3人を連れて行こう。ジェシカ、いいか？」

「はい。構いません」

「あれ？　僕は？」

「あー、リエルはミリーの傍《そば》にいてくれ」

そう言われてリエルはミリーお姉はミリーお姉に視線をやると苦笑いをして頷く。

なぜかミリーお姉はプルプル震えていた。なんでだろう？

ま、いいか。

お兄とお風呂が嬉しい。

のーさつしてやろう。

そう思いながらギルドを出た瞬間、ミリーお姉の大きな声が辺りに響く。

『キナ‼　大至急‼　清掃要員の衛生管理の書類と施設の設営案をまとめなさい‼　年頃の女の子にあんなことさせてフォローなしとかあり得ないわ‼』

『ひぃぃぃーー⁉　わ、私⁉』

『あったりまえよ‼　あんたも女でしょう‼　ロックさんは男だからそういうところは気が回らないのよ‼』

『いや、それはそうかもしれんが……』

『何か、異論でも‼』

『ありません』』

『少し顔を出せばこれよ。まったくもう……』

『まあまあ、ミリー落ち着いて。お腹の子によくないよ』

これで、ばっちいとか臭いの問題は改善されそう。

よかった。

あれ？

でも、何か忘れているような？

「おーい。ヒイロいかないのか？」

「いく‼」

ま、あとで思い出すよね。

落とし穴75掘：竹を流るる水と麺

side：ユキ

つくつくぼーし‼　つくつくぼーし‼

じーわじーわじわわわわ……‼

「いやー、夏ももう終わりかねー」

「そうですねー。つくつく法師が鳴いていますしねー」

「そうだな。季節が過ぎるのは早いものだ」

俺たちはそんなことを言って、セミたちが鳴き誇《ほこ》る山に訪れていた。

といっても、ダンジョン内の実験用としている箱庭だが。

しかし、こうしてつくつく法師も鳴いていると、ちゃんと気温調整ができて、時季を勘違いしないで上手くいったという証明だ。

人工的に自然を整えて上手くいくのかと心配したが、俺が思ったよりも自然ってやつはたくましいらしい。

まあ、自然は手に負えないっていうし、どっちでもありといえばありか。

「宿題、ないから幸せだよな……」

「あ、それは同意です」

「いや、宿題は夏休み前に終わらせるのが普通じゃないか？」

それは、人それぞれです。

あと、俺もタイゾウさんと同じで先に終わらせる派だが、宿題という名がついているだけで、それは枷となり、心を重くするのだ。

「と、それよりさっさと竹取るか」

「そうですね。晩御飯に間に合わなくなります」

「しかし、流しそうめんがそこまで流行《はや》っているとは思わなかったな」

タイゾウさんはそう言ってどの竹がいいか物色している。

俺たち3家族が流しそうめんとなると、1本の竹では間に合わない。

ギネスに挑戦するつもりもないから、超長い1本を作るつもりもない。

なので複数の竹をグループに分けてという感じにしようと思っている。

というか、俺の嫁さんたちの分が多いだけなんだが。

やっぱハーレムって大変なだけじゃね？

いや、嫁さんたちがいるのは嬉しいけど、こう飯ひとつ用意するにも準備とか量が半端ないから、ちょっと鬱になってきただけ。

そんな、人生の無常を考えていると、タイキ君とタイゾウさんが話をしているのが耳に入る。

「流行るって、流しそうめんって昔からあるんじゃないんですか？」

「いやー、私の子供の頃は宮崎でやっていたくらいだな。私の親がそれを見て家で流しそうめんを振舞ってくれたんだ」

「へえー。じゃあ、いつぐらいに広がったんですかねー？　ユキさん、知ってますか？」

「ん？　ああ、確か昭和32年って言われてるから、１９５７年ってところだろう。だから、二次大戦よりも後だな」

「なるほどー。でも、そうめん自体は昔からあったんですよね？」

「ああ、小麦が材料だから、貧乏農家でもよく食べられていたぞ。私もよく食べたものだ。ちなみに、そうめん、冷や麦、うどんは麺の太さで決まっているのは知っているか？」

「あー、そういえばそんなこと聞いた気が……」

「食べ物自体の歴史は古いからな。と、竹を切ってしまおう。話は作業をしながらでもできるだろう。あの竹とあちらの竹……」

俺とタイキ君はタイゾウさんの指示で、竹を切り取っていく。

俺たちも流しそうめんのやり方は知っているが、細かいことは知らないのだ。

こういう時の田舎暮らしで貧乏をやっていたタイゾウさんの経験は大いに役に立つ。

「よいしょ、っと。しかしそうめんをこうしてわざわざ食べる準備をするとは思わなかったな」

「そうですねー。普通は気が付けば贈り物で溜まっていますよねー」

「なるほど、確かにお中元やお歳暮として持っていくことは多かったと聞いたことはあるな。貧乏人には関係のない話だったが」

タイゾウさんの言う通り、本来はお偉いさんの挨拶道具の一種だったのだ。

それを一般家庭に根付けたのは現代社会に入ってからだ。

江戸時代にはお中元お歳暮の記録もあるが、あくまでも裕福な家庭に限る。

食っていくだけで精いっぱいのところにはあまり関係ないという話だ。

で、問題はそこではなく……。

「タイゾウさんの言うように、お中元やお歳暮の定番ということは、そうめんがどんどん溜まってくるんですよ」

「そうそう。それで1週間そうめんとかあったりしますよねー」

「あー、なるほど。それはきついな」

そう。

夏場定番のそうめん、言えば聞こえはいいが、実際はそうめんが溢《あふ》れかえって、それを処理する日々なのだ。

まあ、調理は茹でるだけという簡単極まりないので、毎日家事をする奥様たちには好評であるが、それを毎日食わされるのはつらいのである。

「といっても、こっちに来てからそうめんをわざわざ食べようとは思ってなかったし、調理する側としても楽ですから、流しそうめんにしようかなーと思ったわけですよ」

「夏の食べ物といえばそうめんですからねー」

「そうだな。調理しやすいというのは理に適っている。私としては夏の食べ物というのはないんだが、こうやってみんなで楽しんで食べられるのはいいことだろう」

というわけで、せっせと俺たちは準備をしたわけですよ。

竹を真っ二つに割って、繋げて、受け皿とか、せっせと作った。

まあ、構造自体は単純だから、すぐにできて、嫁さんたちが何事かと見守る中、旅館の中庭にそれを設置していく。

「お兄ちゃん。これなにー?」

「竹の中にお水が流れているのです」

アスリンとフィーリアは興味津々。

「本当になんなの、これ?」

「竹で簡易的な水路を作るという発想でしょうか?」

ラビリスとシェーラはとりあえず、何に使うか考えているようだが、わざわざこんなものを食べ物を流すためだけに用意するとかは考え付かないだろう。

無駄もいいところだからな。

「えーっと、お兄さん。ごはん作るんじゃなかったんでしたっけ？」

「ラッツもそう聞いたわよね？　あれ？」

「ミリーもそう言っているし、私が見ているのは間違いではなさそうね」

ラッツとミリー、エリスはこの物体を見てごはんとどう関係しているのか首を傾げている。

当然だと思う。

他の嫁さんたちも、この竹のセッティングを見ては首を傾げるばかり。

百聞は一見に如かずと言いますし、やってみせるのが一番だろう。

そうめんの方はすでに、キルエとサーサリに頼んでいるので、持ってくるのを待つばかりだ。

その間に、水の流れとか、受け皿の方を確認しておく。

桶にそのまま余ったそうめんを流し込むと、地面に流れてしまうので、間にざるを置いて、そこにそうめんが引っかかるようにして、水は桶にという仕組みにしたから、落ち着いて食べたいというメンバーはこちらでつつくことになる。

水も十分に流れていて、打ち水のようになって、暑い夏の日中が少し和《やわ》らぐ。

「お待たせしました。旦那様」

「というかー、なんでわざわざ外なんですかー？」

そして、キルエとサーサリがちゃんと冷水で締めたそうめんを持ってくる。

時間を置くと、伸びるのでけっこうバランスが難しいが、さすが本職のメイドさんだ。

「ま、見てりゃ分かるよ。こっちの方に持ってきてくれ」

「かしこまりました」

「はーい」

すでに、タイキ君とタイゾウさんは麺つゆと好みの薬味を入れたお椀を持って竹の先に待機している。

いつでも来いといった感じだ。

「よーし、行くぞー」

「いつでもどうぞー」

「どんと来い」

そしてそうめんを流していく。

夏の日差しの中、竹に流れる水に乗ってそうめんが流れていく。

それを、2人が箸《はし》で掴み、お椀に入れ、つゆに混ぜて一気に啜《すす》る。

「これですねー」

「うむ。申し分ないな」

2人とも満足げだ。

問題はなさそうだし、みんなも参加してもらおう。

「お兄ちゃん。はやくー」

「食べたいのですー」

「僕も‼　僕も‼」

「私も‼　私もー‼」

　アスリンとフィーリアはともかく、リエルとリーアもノリノリである。

　いや、楽しんでくれるならこっちも嬉しいけど。

「リエル、もう少し落ち着こうよ」

「リーアもですよ。勇者としての慎みを……」

　苦言を呈しているトーリとジェシカもしっかりとお椀と箸を構えているから、五十歩百歩である。

「でも、これでは誰かが上からそうめんを流さないと食べれないのでは？」

「確かにそうじゃな」

　ルルアが欠点に気が付いて、デリーユがどうしたものかという感じで、俺の立場を見ている。

「ふふっ。大丈夫よ。夫が私たちに喜んでもらおうと思ったんだから、夫が頑張ってくれるわよ。ねえ？」

　セラリアは余裕で、お椀と箸をもって待機している。

「大丈夫。あなたが疲れたら、私たちが直接食べさせてあげるから」

　そういうと、嫁さんたちの目が光る。

「……ユキ、全力を出す」

「ユキ様‼　どんどん流してください‼」

「ん‼　力尽きるまで流すといい‼」

え、なんだか、俺が全部流すことになってない？

いや、他のレーンもあるし、そっちで食べろよ。

というか、タイキ君とタイゾウさんが流す側に回っているのが見えないのか？

と、2人を確認すると、なぜか2人もお椀と箸を持って待機している。

俺と視線が合って、目で会話が成立する。

『すみません。奥さんたちに止められました』

『ヒフィーさんに気を遣えと怒られてしまった。すまん』

……おいおい。

3レーン、俺が絶え間なく、流せって？

なに、その拷問。

「ご安心ください。このキルエがちゃんとサポートします」

俺が絶望に飲まれかけた瞬間、女神にふさわしい嫁さんでありメイドの鑑のキルエがそっと傍に立っていた。

「ありがとう。キルエ」

「いいえ。これでそうめんを振り返って取る作業がなくなりますので、絶え間なく流せますね」

「はい？　えーと、1つのレーンを担当してくれるんじゃ？　あと、サーサリは？」

「旦那様が頑張って用意した趣向の華を私ごときが奪ってはいけません。存分に頑張ってくださいませ。大丈夫です。倒れたらちゃんと介抱《かいほう》いたします。妻として、メイドとして。あと、サーサリは追加のそうめんの用意と子供たちのお世話です」

鬼か!?

しかし、これ以上駄々をこねても、飯がまずくなるだけでこの流しそうめんを用意した意味がない。

仕方ないので、腹を括ってやるしかない。

「よーし‼　じゃ、いくぞー‼」

「「「おー‼」」」

こうなったら、たらふく食わせて動けないようにしてやる‼

俺はそう思って、せっせとそうめんを流し始めた。

……結局さ、こういう趣向を凝らすと、必ず苦労する人がいるわけだ。

嫁さんたちのためにも頑張ったけどさ、そうめんとか手を抜きたくなる家事を一手に引き受ける主婦の気持ちが今にもまして、よく分かるようになった。

母さん、そうめん出された時に文句言ってごめん。

ちなみに、俺と嫁さんの流しそうめんバトルの結果は、食う気満々だったアスリン、フィーリア、リエル、リーア、ジェシカ、デリーユを動けなくして勝利。

だが、俺を食う気だったセラリアを筆頭の嫁さんたちは、余力を残していたので、結局俺は食われた。

本当に、慣れないことすると疲れるわ。

マジで動けないところを介護という名目のもと好き勝手された。

まあ、嫁さんたちだからいいんだけど。

そんな夏の日の小話。

第416掘：神々の対話（どきっ 駄目神だらけの同窓会）

side：リリシュ　ウィードリテア教会司祭　愛の女神リリーシュ

「リリシュしさいさまー‼　ありがとーー‼」

「はーい。ちゃんと前を見て転んだりしないようにねー」

私の目の前には小さな手を一生懸命振っている子供と、ペコペコ頭を下げている母親の姿が映っている。

膝を怪我してわんわん泣きながら来たあの子は、今ではああやって笑顔でこちらにお礼を言いながら帰るのだ。

いつもの光景だけど、やっぱりああいう子供たちの笑顔を見ると嬉しい。

あの嘘偽りない純粋な笑顔が明日への活力になると分かる。

この力は、やっぱり笑顔を作るものだと自信が持てて嬉しい。

私はそう思いながら、こちらが見えなくなるまで手を振っている子供に手を振り返す。

そんなことをしていると、教会から人が出てくる。

「ヒフィー様。このたびは本当にありがとうございました」

「いえ。大事がなくてよかったです」

「こら、あんたもお礼言いなさい」

「……とう。ヒフィーねーちゃん」ヒフィーちゃんが担当していた人たちみたい」

でも、なぜか男の子はぶすっとしていて、ヒフィーちゃんの顔を見ていない。

何があったのかしら？

「こらっ‼」

げんこつが男の子の頭に落ちます。

「いってー⁉」

「あ、あの。お母さま、私は気にしていませんし……」

「そういうわけにはいきません。お礼をちゃんと言えないような礼儀知らずに育てた覚えはないし、この子のためですから。ほら、ちゃんと言いなさい‼」

「ううっ……。ありがとうございました‼」

男の子はそう言うと、走り出してしまいます。

「はぁ、あの恥ずかしがり屋め。すみません、ヒフィー様。ヒフィー様が美人だから舞い上がってるみたいで」

「え⁉　そ、そうなんですか？　でも、まだ、子供ですし……」

「いや、あれはそういう目でした。まったく、スケベなところは父親に似てるんだから。ヒフィー様。あの子が変ないたずらしたら私に言ってください。ビシッとげんこつ落としますから」

「は、はぁ……と、とりあえずお大事に」

「はい。ありがとうございました」

ヒフィーちゃんはこういうことに慣れていないのね。

まあ、お国の女王様をしてたからそうかもしれないわね。

私も、人と触れ合う機会が減らされたから野に下ったんだし。

リテアちゃんには悪いとは思ったけど、私が目指すものとは違ったのよね。

いや、どんどんずれていったのか。

でも、こうやってまたリテアちゃんの残した教会としっかり協力できることになったからこれは喜ぶべきことよね。

……全部ユキさん任せだけど。

と、そこはいいの。さんざんユキさんにネチネチ責められているから。

問題は、このヒフィーちゃん。

今日はちょっと忙しくなりそうだったから、ヒフィー神聖国に連絡して引っ張ってきたの。

だから、怒っていないか心配。

「お疲れさまー」

「あ、リリーシュ。いたの」

「ダメー。ここではリリシュって呼ばなきゃー」

「……はぁ。分かったわ。でも、なんでわざわざこんな1人1人を相手に丁寧に治療している の？　一気に大魔術で回復すればいいじゃない」

「ダメよー。それじゃ、患者さんとお話できないじゃない。あと、そんな個人の技量に頼った やり方は、その個人がいなくなればすぐに崩壊して、さらにいらぬ問題になりかねないからダ メなのよー？　そもそもー、大怪我とかは病院に行くんだからー」

「……道理ですね。でも、ユキさんの入れ知恵でしょう？」

「もちろーん。でもー、私もそうそう範囲回復魔術とかはしないわよー。それで、リテアが今 の今まで驕っちゃったからー」

「……あなたも大変なのね」

「そりゃー、神様ですからー」

「とりあえず。その間延びした喋り方やめない？」

「ぽわぽわしている方が、相手の方は油断してくれるからいいのよー。ま、ユキさんとかには まったく通用しないけど」

「あれは別格でしょう。ルナ様にだって、容赦ないんだから」

「不思議よねー。ああ、そういえば今日は無理に連れてきてごめんねー」

「気にしていないわ。久々に、人と自然に触れ合った気がする」

「あらー？　タイゾウさんとはもう疎遠？」

「そんなわけないわよ‼　あの人はもう私の半身‼　平民との触れ合いって意味でよ‼」

「あらあら、お熱いことで。私、ヒフィーちゃんが幸せそうで嬉しいわー。赤ちゃんももうすぐかしらー？」

「あ、赤ちゃん⁉　そ、そんなに早く生まれるわけないでしょう⁉」

いくらなんでも反応が初心《うぶ》すぎるわ。

まさかとは思うけど……。

「……ヒフィーちゃん。まさか、一回もしていないなんてことはないわよねー？」

「してるわよ‼　毎日愛し合っていますとも‼　だけど、リリシュが言うようにひと月ふた月で子供が生まれるわけがないじゃない‼」

ああ、なるほど。テンパっているのね、この子。

思わぬ夜の生活暴露に驚いちゃったわ。

タイゾウさんもこんな子相手に大変ね。

でも、ヒフィーちゃんはいい反応してくれるから、もうちょっとだけ遊ばせてねー。

ちゃんと夜には返しますからー。

ということで、もうちょっと根ほり葉ほりどう聞こうかと考えていたら、ふいに声を掛けられました。

「おーおー。相変わらずおっそろしいな。ぽわぽわを装って、相手の弱みを聞き出そうとしているとは。いや、この場合は変わっていないから喜ぶ場面か？」

そこには、旅の格好をした腕の太いおっさんが立っていました。

「誰？　リリシュの知り合いですか？」

「さあー。こんな小汚いおじさんは存じませんねー。受付の方はあちらですよー」

「あ、どうも……」

私がそう言うと、そのおっさんは頭を下げてそのまま受付の方へ……。

「って、行くか‼　本当に相変わらずだな、リリーシュ‼」

「え？　リリーシュの名を呼んでいる？　この人は誰ですか？」

「敵ですねー」

「敵⁉　ユキさんたちに連絡を……」

「待て待て‼　見ろ、何も武器を持っていない‼　ちゃんとウィードへの入国許可の身分証もある‼」

「えーと……リリーシュ？」

「あらー。神様の力でごり押ししてきたと思ったのに、残念だわー。農耕神ファイデ」

「農耕神⁉」

そう、このうだつの上がらないおっさんは、なんと神様で農耕専門だったりします。

日がな1日、畑をいじるのが大好きな変人です。

「そうだ。って、俺が農耕神ってあっさり言っていいのか？」

「大丈夫よー。このヒフィーちゃんも神様だからー。よその大陸の」

「はぁ!?」

「そこはどうでもいいのよー。特にあなたたちに教えることはないんだしー。で、なんの用で来たのかしらー？」

「いや、そんなことじゃないだろう？　ちゃんと説明してくれ。いったい何が起こっているんだ？」

「そっちが先よー。今の今まで私の手伝いをしてこなかった馬鹿共の相手をしてもらえるとか思っていないでしょうねー？」

「まてまて、それに俺は関係ないだろう。俺がいつも間に入ってとりなしていたんだろうが」

「といっても、どうせ顔を出したのは残りの馬鹿共からのお願いだからでしょー？」

「……そうだ」

あの、馬鹿共め。

自分たちで直接モノも言えないか。

相変わらずでほっとしたというか、情けないというか。

自分も含めて、ユキさんとの差に涙が出てきそうですね。

「えーっと、よく分かりませんが、ここで立ち話する内容ではないと思うのですが……どうしますか？」

「そうねー。とりあえず奥の応接室に行きましょうか。追い返しても無駄な気がしますしー」

「さすがに、今回は引き下がれないからな。そうしてくれると助かる」

思いの外、ファイデの方は真剣な顔つきでそう告げます。

彼がそんな顔をするのは畑を荒らされたときぐらいのもの。

やっぱり、よほどのことなのでしょう。

まあ、ある程度予想はできますが。

とりあえず、ファイデを応接室に通してきて、お茶を淹れて、話を聞くことにします。

「しっかし、不思議なお茶だな。緑色のお茶か。なんというか、独特の渋みやら香りがあって、他のお茶とはまた違う。これもこれでありだな。美味い。このお茶といい、ウィードの物資は向こうにいても多少手に入れることがあって、なかなか興味深かったが、ウィードの中に入ってさらに驚きの連続だ」

しかし、ファイデはまず世間話を優先したいようです。

ですが、私としてはさっさと本題を話して欲しいので……。

「ぐだぐだ喋ってないでー本題に入ってくださいな。いまさら世間話なんて間柄でもないでしょう」

「いや、あながち本題といえば本題を喋っているんだがな。まあいいか」

ファイデはお茶を置いて、ヒフィーちゃんに視線をやります。

「彼女には？」

「彼女は私のお友達ですからねー。誰かさんたちよりは信頼していますから。全然問題ありませんよー」

「……お前はなんでそんなに毒を吐くかな。愛と癒《いや》しの女神だろうに」

「それは、自分の胸に聞いてみやがれー。それとも忘れましたかー？　私がこの大陸の一大信仰の対象となったことに嫉妬《しっと》して、人々に問題が起きた時に自分の信者じゃないからと助けてくれなかったくせにー」

「それはあいつらだけだろうが。俺は支援しただろう？」

「何を言ってやがりますかー？　ならなんであなたは今の今まで私と疎遠だったのですか？　私と協力していれば、あのような食糧難はなかったでしょうー？　結局、あなたも自分の範囲を決めていたということでしょう？」

「……それは、すまない」

「いえー。謝ってもらう必要はありませんよ。結局のところ、私たちも人と変わりないということです。感情を抜いて考えることはできませんしー。私も同じです。私が頭を下げれば助けられることだったかもしれないのに、あなたに頭を下げてきてもらうという選択しかしなかったのですから」

……きっと、ユキさんならそんなプライドなんてないのでしょうけど。

あの人にとってのプライドというのは、たぶん私たちからは計れないようなものでしょう。

「えっと、その、お互い色々あるのは分かりましたが、ファイデ殿のお話を聞いてはどうですか？　わざわざ、来てくれたのですから」

「そうねー。ヒフィーちゃんの言う通りね。で、何の用かしら？　なにか、さっきの世間話が本題と関係あるとかなんとか言ってたけどー？」

「ああ、そうだ。このウィード……いや、このダンジョンを作ったユキとかいう奴の情報が欲しい。リリーシュ、お前なら知っているだろう？　こうして、ウィード内に教会を建てているんだから」

「なるほどー。ルナ様から聞かされた、彼にようやく興味を持ったのですかー？」

「俺はな……だが、他の奴らがどうにもな」

「ああー。なるほど、だから、ファイデが情報収集役として私に接触してきたのですねー」

「どういうことですか？　こちらの大陸の神々はユキの存在を知っているのでしょうか？」

「そうですよー。一応、便宜を図ってくれって言われてたのー。まあ、私の管轄下に来たから、険悪なよその神はほとんど無視の状態だったのー」

「だが、そうもいかなくなった。ヒフィー殿がこの大陸の世情にどこまで詳しいか知らないが、このウィードというダンジョンを作り上げた、ユキという奴がわずか数年で大国をまとめ上げ、信じられないほどの国力を有し、連合体制まで作り上げた。これは問題だ」

「それは、素晴らしいことではないですか。ルナ様もお喜びになっていますし、何が問題なのですか？」

ヒフィーちゃんは純真ねー。

いえ、1人でやらなければならないという呪縛から解き放たれたからこそ、そういう反応ができるのよねー。

「簡単よー。昔の私と同じー。ユキさんが1人で上手く行きすぎているから、嫉妬しているのよー」

「ええっ!?　って、私も同じようなことをしていましたね……」

「まあ、簡単に言えばそうなんだが、それなら俺がわざわざ出てくる必要はないだろ？」

「そういえばそうですね。ではなぜファイデ殿が？」

「これも簡単よー。ユキさんは自分の素性がばれるようなことはしないから。どうせー、どう調べても分からないから、私に接触してきたのでしょう？」

「……そうだ。良ければ、そのユキという人物のことを聞かせて欲しい」

「そうねー……」

さてー、勝手に話を進めると怒られそうだしー、ユキさんにコールを繋いでおきましょう。

しかしながら、あの馬鹿共も動くことになりましたか。ユキさんがのんびりするのはまだまだ先になりそうですねー。

第417掘：休む暇なし

side：ユキ

俺は今、ウィードにある銭湯に来ている。

簡単に言えば公衆浴場。

そこにジェシカを連れて、仕事で汚れたヴィリア、ヒイロ、ドレッサを洗おうと思ったのだ。

無論、臭いの問題で家族風呂の方を利用していて、ちゃんと管理の方に掃除を念入りにと言っている。

「ぬふー」

だが、なぜか俺が一緒に風呂に入って、ヒイロを丸洗いしている。

いや、理由としては、久々にお兄と一緒に入りたいと言われたからなので、特に問題はないはずなのだが……。

「ぬぎぎぎ……」

「……じーっ」

どういうわけか、ヴィリアとドレッサが俺とヒイロをガン見している。

何か変なことがあるのだろうか？

……知らないうちに、ウィード内での銭湯に入るときの作法なんかできたりしたのか？　と不安に思ってしまう。

俺がそんなふうに不安顔をしていたのを察したのか、ジェシカは2人に声を掛ける。

「2人とも手が止まっていますが」

「え？」

「なに？」

真剣に俺のことを見ていたせいか気付かず、何か話しかけられたという感覚はあったみたいでジェシカを見ている。

「はぁ……ヴィリア。そんなにヒイロが羨ましいなら、次に洗ってもらえばいいでしょう」

「しょ、しょんな、こ、こ、ことは……」

ああ、ヴィリアはヒイロが羨ましかったのか。

お姉さんという立場が邪魔していたんだな。

うむー、俺がヴィリアたちの兄という立場だが、最近は忙しかったからな。

ヴィリアは昔と同じように、無理して頑張っていたんだろう。

常時甘えん坊なら困るが、こういう甘えはいいだろう。

むしろ、俺としては素直に言って欲しい。

まあ、ヴィリアの性格じゃ仕方ないか。

「よし。ヒイロは終わりだ」

「えー」

「次は頑張っているヴィリアだから。我慢してくれ」

「ヴィリお姉の番？」

「お、お兄しゃま、わ、わ、私はしょ、しょんな……」

「……お兄、お姉をお願い」

「おう」

顔を真っ赤にしているヴィリアを連れていく。

気付いてやれなくてごめんな。

ということで、泡々にしていく。

「……じーっ」

あれ、ドレッサの視線は先ほどと変わらない。

でも、ドレッサは最初、なんであんたと一緒に入らないといけないのよ‼　って怒ってたしな。

さすがに今回の汚れや臭いを落とすのに使う場所を２つも用意してもらうのは申し訳ないといって納得させたんだが……。

やっぱり、俺が変態と見られているのか？

いや、アスリンやフィーリアに手を出しているってばれたときのドレッサの汚物を見るような顔は忘れられない。

あれがきっと正しい反応だと思う。

まあ、ラビリスとシェーラにお仕置きされていたが……。

「じーっ……」

「ドレッサ。いい加減に、人の旦那の裸体をガン見するのはやめてください」

「ドレお姉。むっつりすけべー」

「なっ⁉ ち、違うわよ‼ だ、だって、私が一緒に入ったのは、ユ、ユキの提案だし‼」

ああ、なるほど。

お年頃にはちょっと配慮が足らなかったか。

なんというか、嫁さんたちができてから、女の人と一緒に風呂というのに抵抗が少なくなってきているんだろうな。

いや、そりゃ既婚だったり、うら若きとかなら遠慮するが、ドレッサはまあ、せいぜいシェーラより少し上くらいって外見で、俺にとっては子供レベルだった。

「確かに。ですがユキはガン見していませんし、ドレッサみたいに大事なところをまじまじと見たりしていません」

「だ、大事なところって、なによ‼」

「えー、ドレお姉。それはお……」

「ぎゃー、言っちゃダメだからね‼」

「顔を真っ赤にして説得力がありませんね……」

うん。

気にするなって言われても気になるよね。

それがお年頃ってものだ。

「だ、だから違うって‼　ユキ‼　気が付いてるならフォローしなさいよ‼」

「あー、まあ、そこら辺にしてやれ。お年頃なんだから」

「だ、誰がお年頃よ‼　わ、私は立派な大人の女よ‼　お、おち……」

と、ドレッサが口走りそうになった瞬間、俺が洗っていたヴィリアが飛び出して、口をふさぎに行く。

「それ以上は口にしては駄目です‼」

「ちょっ⁉　ヴィリア、あぶなっ……‼」

泡々なヴィリアにより、仲良くすっころんで気絶する2人。

風呂場で気絶とかマジでできるんだなーと思う反面、気絶するレベルの衝撃ってまずくね？

と思い至って、慌てて2人の状態を確かめに近寄る。

「大丈夫か⁉」

「ええ。２人とも高レベルですし、この程度では傷つきませんよ」

とりあえず、本当に怪我がないか、２人の泡を洗い落としてしっかり確かめる。

見たところ外傷はないようだな。

あとは、頭とか打っていないかだが、回復魔術を掛けた後２人に異常がないかを聞いておかないとな。

「おーい。お姉たち、起きろー」

「「あっ」」

そんなことを考えていると、ヒイロがとことこ近寄ってきて、シャワーを顔面に浴びせる。

「「ぶはっ⁉」」

すぐに気が付く２人。

というか、顔にシャワーはきついだろうなー。

だが、そんなことより、次のヒイロの言葉の方がきつかった。

「お姉たち。お兄にオマタ見せるとかヘンタイー」

ああ、そういえば、２人とも見えているな。

俺としては緊急事態だったし、妹感覚なので全然意識が向かなかったのだが、２人はやはりお年頃でそうもいかず……。

「「え？　きゃーーー⁉」」

と、叫び、色々迷惑を掛けることとなった。

どこの世界も女性は難しいものだ。

とまあ、汗を流して、今日もそのまま家で晩御飯かと思いきや、帰り道の途中、リリーシュからコールが掛かってくる。

幸いヴィリアとヒイロは送り届けた後だったので、ドレッサが住んでいる軍の宿舎の方へ移動して聞くことにした。

『……そうだ。良ければ、そのユキという人物のことを聞かせて欲しい』

なるほどねー。

名前が挙がっていなかった農耕神ファイデという人が訪ねてきたわけだ。

「え？　え？　このおじさんも神様なわけ？」

身内の神様を知っているドレッサはリリーシュと対面しているみすぼらしいおっさんが、神様ということに驚きを隠せないでいる。

「世の中、色々あるんだよ。お前だって奴隷だったろうに」

「そ、そうだけど、でも、神様があんな格好って……」

「話を聞く限り、ウィードに潜入するために来たみたいだからな。俺にばれないようにするためには必要だろう」

「でも、ウィードの出入りは監視しているんじゃないの？」

「そりゃー監視はしているが、1人1人のステータスまで完璧に見ているわけでもないからな。しかも隠蔽で隠しているし、神様だしな。一般の兵士じゃ見破れん。特に武器の携帯もしていないし、そんな根掘り葉掘り調べるのは失礼だからな」

「それって危険じゃないの？」

「神様が危険なら、もうどうしようもないと思うぞ。あと、スキルとか魔術封じは効いているみたいだから大丈夫だろう」

ついでに、俺たちに近寄る奴は厳重に監視と調べが入るからな。

「で、ユキのことを、って言ってるけど、なんでかしら？」

「そりゃー、簡単。俺の得体が知れないからだよ。それなのにルナからの信頼は厚いし、向こうからすれば気に食わないってことだ」

「あー……」

「かといって、調べようにも、俺個人の情報は結構あやふやだからな。セラリアの王配ってことになって、軍部を預かってはいるが、近衛隊じゃなくて魔物隊。目立った戦果はなし。頑張って調べても、ラーメン屋台してるぐらいかね？」

「……聞くだけだと確かにおかしいわね」

「とりあえず、あのファイデがどういう意図で来たのかを聞きましょうかねー。他の神様の使い走りなのか、それとも自分の目で確かめに来たのか。あるいは両方なのか……」

　ま、俺としては予定通りというか、予想外というか、調べが進まないことにしびれを切らして、それ相応の大物とかが来るかなーと思っていたけど、まさか神様ご本人が来るとはねー。

　ついでに、そっちの思惑も全部喋ってくれたら、ドレッサたちのお仕事もただの清掃活動になるから安全なんだけどなー。

『そうねー……教えるのは構わないけど、ユキさんのことを知ってどうするつもりかしらー？』

『俺個人としては、良き人物なら話をして協力し合えればと思っている』

『個人としてはねー。他の馬鹿共はー？』

『さっき言った通り、対抗心を燃やしているな。神からの賜《たまわ》りものを簡単に人に授けては、神への侮辱だとかなんとか……』

『ええーっと、このダンジョンのことでしょうか？』

『ヒフィー殿、その通りだ。色々な画期的な物資はまさに神の御業。いや、俺たちでも不可能だ。つまりルナ様という上級神からの力を無尽蔵に与えていることになる。それは、人にとっても良くはないだろう。だから即刻物資の供給のとりやめ、連合も解散せよってのが向こうの言い分だな』

『『……』』

　あまりの回答に、リリーシュもヒフィーも口ごもる。

それはそうだろう。

神の御業、ルナの恩恵とかじゃなくて、ただの地球からの技術支援だからな。

しかも、基礎技術。

地球でも、この程度の支援活動は一般的。

ポンプがない所にポンプという技術を教えるのは、普通に行われている支援活動だ。

この程度で威張るとか、不必要にお金を取るなどすれば総スカン決定。

無論、必要資金などをとるのは問題ない。

まあ、状況によりけりで異世界という所にいきなり放り出されて、地球の知識を使って食い繋いできたというのはありだろう。

しかし、俺の場合はちょっと状況が特殊。ダンジョンマスターという立場もさることながら、多数の日本人との接触、存在の確認がなされている今、現状で下手に地球での一般的支援レベルの技術でお金を巻き上げているのは、色々な意味で拙い可能性が高いのだ。

分かりやすいところで言えば、競合相手がより格安でこのポンプなどの技術解放を行った場合、ウィードとしての立場も悪くなるし、なにより同郷の確率が高い地球人との友好関係がグダグダになりかねない。

あと、地球側から介入があれば、あっという間にこちらが淘汰《とうた》される可能性もある。

そこら辺も考えないといけないのが難しいところだ。

損して得を取れ、情けは人のためならず。巡り巡って自分に返ってくるもの。という感じだ。

無論、地球でも最新技術は国々でトップシークレットだ。というか企業ごとで機密であり、ちゃんとしている。

我々日本の一般人が知り得る程度の技術提供を惜しむならば、所詮《しょせん》偉人の猿真似、どうにもならんという話。

大事なのは、その次の隠し札を持つことだ。

ちなみにウィードの次、隠し札、トップシークレット技術というのは魔術と科学を利用した技術開発系である。

いらんことに頭を使ったが、ファイデたちにとっては確かに理解の及ばないものばかりだろう。

人は自分たちより上がいるというのをなかなか認めたがらない。

いや、差があるとしても、ちょっとな感じと思うのだが……ファイデたちの場合はこの理解できない技術の源と仮定するのに都合が良い存在がいる。

それが、言っての通りルナという駄女神で駄目神のことだ。

簡単にファイデたちの理論を説明すると。

ウィードの技術とか人が集まるのが理解できない∨だって神である自分たちができない∨だから、所詮人の俺にはこんな技術は無理∨なら、ルナの力に違いない∨ではルナに負担を掛ける俺は悪者である。

という素晴らしい論法が出来上がるのです。

自分で整理してみたけど、すげーぜ!! 無茶苦茶だけど、世の中こんなもんだよなーと思ってしまう。

教諭の論文強奪とか大抵こんな話だよな。

よく事件ドラマものである話。

君にはできるわけがない>これは私の論文として……>だから君には死んでもらう>刺される>きゃー>犯人は必ず見つけて見せる、じっちゃんの名にかけて!! となるわけだ。

ま、そこの思考回路はいいとして、明後日方向の発言をするファイデ相手にあの2人はどう言葉を返すのかねー。

そんなことを考えながら、ジェシカ、ドレッサと一緒にお茶を飲みながら眺めていたのだが、リリーシュが口を開き……。

『では、こう、お伝えくださいな。恥晒《さら》しまくって同じ神として恥ずかしいから、さっさとくたばれ』

と、いい笑顔であのリリーシュが毒を吐いていたので、3人で思い切りお茶を吹いた。

「「「ぶはっ!!」」」

いったいどんなことがあって、あのぽけぽけリリーシュがブチ切れるんだよ!?

第418掘：混乱する神様

side：ファイデ　農耕神

俺はあまりの事態に、呆けてしまっていた。

なにせ、リリーシュにこちらがしっかりと説明したのにもかかわらず、返答が……。

「では、こう、お伝えくださいな。恥晒しまくって同じ神として恥ずかしいから、さっさとくたばれ」

と言ってきたからだ。

彼女とて、俺たちというかノノアとノゴーシュの実力を知らないわけではない。

険悪極まりなかった昔でも、こんなふうにケンカを売るような発言は控えていた。

つまり、戦争になれば、それだけ厳しいものになると判断していたからだ。

昔の彼女から考えれば到底することはない返答だ。

「落ち着け。うかつな発言をすれば戦争になりかねない。それは、リリーシュとしても望むものではないだろう？」

「そうですねー。戦争なんて無為に命を食い潰す行為は大嫌いですー」

「そうだろう？　というか、リリーシュには何も迷惑は掛けない。好き勝手やっているユキとかいう奴の情報をくれるだけでいい。あいつらもリリーシュと事を構えたいわけじゃない」

そう、今回の問題は彼女ではなくユキという人物なのだ。

俺としても、ルナ様の力を浪費していくだけの体制というのは納得がいかない。

この点だけに関しては、あいつらの意見も分かるのだ。

「そんな悲しい頭の回転だから、くたばれーって言っているんですけどねー。そもそも、私が突っぱねたとして、どうやって戦争に持っていくつもりですかー？　連合に対抗する手段がないでしょー？　魔術馬鹿も剣術馬鹿も獣馬鹿も国が離れすぎているからー」

なるほど、強気なのはそういう理由か。

しかし、協力を得られない可能性を考えていないわけではない。

「はぁ、まあ、そちらの言い分は分かった。穏便に済めばよかったんだが……」

「あらー？　まさか、対抗する手段があるのかしらー？」

「そうだ。対抗する手段がある。ここのユキに教えてもらったからな。こちらもゲートを利用して、同盟を組ませてもらうと、あいつらは言っていた」

さすがにリリーシュも驚いたのか、目を大きく見開いている。

「神がこちらは4人に協力者のダンジョンマスター。そちらは2人とユキとかいうダンジョンマスターー。戦力的に厳しいものがあるだろう。だから、落ち着いて、ユキの情報を渡してくれないか？　戦争を望んでいるわけではないんだ」

「ここ以外にダンジョンが街になったなんて話は聞いていないけどー？」

「それはそうだろう。こんな神の力を無駄使いするような真似はしないで、秘密裏に作っているからな」

「無駄ですかー」

「いや、私としては暮らしをよくするためというのは無駄ではないし、悪いとは思わない。だが、それは人の手で行うものであり、ルナ様の力で行うべきではないというあいつらの話は俺もよく分かる。このままではいずれこのウィードは破綻するぞ？」

俺の言葉に何か残念そうな顔をして、こちらを見る2人。

なんだ？　何か間違っているのか？

「そのー、ファイデはー、どうやってダンジョンが物資や魔物を出現させていると思っているのですかー？」

「ん？　それは、魔力だろう。人や野生の魔物を誘い込んで、殺して、魔力に変換し、それからそれを魔力循環に回して、報酬にルナ様から支援を得られる。違うか？」

「間違ってはいませんねー」

「だろう。だから、ただ人を集めているウィードでは魔力が回収できない。唯一別の手段として、ダンジョンコアに魔力を注ぎ込むことはできるが、そのことを知っているのは2人とユキぐらいのものだろう。これでは、あいつらが秘密裏に作っているダンジョンの魔力総量に勝てるわけがない。瞬く間にゲートをあちこち作られて、かき回されるぞ?」

魔力の総量が違いすぎるのだ。

もともと神である俺たちは魔力が多いし、4対2で数が違う。

さらに、魔術神と呼ばれるノノアがこちらにいる。

最初から勝負は決まっているようなものだ。

それを聞いたリリーシュは絶句している。

仕方がないだろう、すでにウィードのダンジョンによる優位はないも同然なのだから。

そして、リリーシュは意を決したように口を開く。

「えーっと、それ本気で言ってます?」

「そうだ」

「……ダンジョンの魔力量を測る単位は知っていますか?」

「いや、それは俺たちには見えないだろう? ダンジョンマスターが管理していると聞いているが」

「……ちょっと待ってください」

リリーシュはそう言うと、席を立ち、部屋の隅へと歩いていく。

確かに、考えたいとは思うな。

しかし、考えているにはちょっと妙で、誰かと会話しているように口が動いているのだ。

「……はい……で、ええ……ですか」

ふむ。

神の力を使って、遠距離での会話か？

となると、相手はルナ様か、ユキという奴ぐらいか。

俺がそんなことを考えていると、話がまとまったのかこちらに戻ってくる。

「質問があります。いいでしょうかー？」

「なんだ？　俺はあいつらのお使いみたいなものだから、国の詳しいことを聞かれてもさっぱりだぞ？」

「いえー、そんなことは聞きません。あなた、ファイデ自身はどうしたいのですか？　正直に答えてください」

「俺自身がか。そりゃもちろんのんびりと畑をいじって過ごせればいい。だが、そうもいかないのが現実だ」

「つまりはー、勝てそうな方につくという認識で構いませんかー？」

「ん？　そりゃそうだな。だから、こうして……」

「来たのは分かりました。ですが、ファイデの話す内容はあまりにもあんまりです。子供がおもちゃを持ったにすぎません」

「は？」

「意図的なのか、もしくは気が付いていないのかは知りませんがー、その程度ではどうひっくり返ってもあなた方に勝ち目がありません」

「……はぁ？」

リリーシュの言っていることが理解できなかった。

お前らは今まで何を聞いていたんだ。と思って、口を開こうと思ったら、リリーシュに掌を向けられ、制止される。

「この言葉が理解できない時点で駄目なんですー。まず、許可が下りましたので、ウィードおよび、ダンジョンのシステムをお教えしますねー」

「だから……」

「はいはーい。何か言いたいことは私の説明を聞いた後でもいいでしょう？　そっちが喋ってばっかりでー、私たちの話は聞いていないのですからー」

「むう、確かにそうだな」

俺が言うだけ言ってというのは確かに問題だろう。

向こうも、ただ怒り出すとかではないから、ちゃんとした理由があるはずだ。

それを聞いてからでも問題はないだろう。

「簡潔《かんけつ》に言いましょう。あなたたちが言っている懸念はすべて的外れですー」

「はい？」

「まず最初に話した、ウィードの技術云々は、ルナ様がもたらしたものではなく、ユキさんの世界の技術です」

「そ、そんな馬鹿な‼　俺たちですら作り方や仕組みが分からないんだぞ⁉」

「それだから駄目なんですよー。ユキさんの故郷の技術力やその他諸々ははるかに私たちの世界を超えているのです」

「だ、だからと言って異世界の技術をルナ様の力を借りて……」

「そこも間違いですー。確かにルナ様の力を借りているといえば借りているのですが、それは魔力枯渇の解決に向かって前進しているからですー。私たちとは違ってー、魔力集めもしっかりこなしていますからねー」

「ど、どういうことだ。魔力は集まっていないじゃないか。ここで死んでいる人や魔物は多くないのは分かっているぞ？」

「それは、少し変な話なんですよー。ダンジョンの魔力というのは、殺さなくても、一定時間いてもらうだけで、回収できるんですよ。それをDPというルナ様とダンジョンマスター間だけで通用する通貨みたいなものに変換して、物資を融通してもらうんですよー。だから、魔力の総量が負けているなんてのはあり得ないんですー」

……彼女が言っていることが、徐々に頭に浸透しているのが分かる。

だからこそ、頭が混乱してくる。

何が正しいんだ？

「な、何かそちらの話を信じられる証拠はあるのか？」

「そうですねー。じゃ、こちらをどうぞー」

リリーシュはそう言うと、空中に何かを映した。

そこには、文字と数字が書かれている。

「ダンジョンの機能はマスターじゃなくても譲渡されれば使えるんですよー。これが、ＤＰ、先ほど言った通貨のようなものですね。分かりますか？」

「ああ、それは分かる」

「ではーこのＤＰを使って物資を取り寄せてみましょうかー」

「それは魔力の無駄使いではないのか？」

「大丈夫ですよー。これはー、ユキさんが、手伝ってくれている私に個人で使用していいと言ってくれたものですからー。いわゆるお給料みたいなものですねー。それだけ余裕があるんですよー。そもそも余裕がなければ、こんなことはしないですしー。あのルナ様が積極的に手を貸すとか思っているんですか？」

確かに、自分たち自身の力で世界をよくしろと言っていたルナ様が、新しく自分で連れてきたとはいえ、そんなに過保護にするわけがない。

「というか、そこまで肩入れするなら、最初からルナ様が全部やってますよー？　と、そこはいいです。とりあえず、暑いですし、冷たいお菓子にでもしましょうかー」

「冷たいお菓子？」

「はい。そうですよー。っと、これですね」

リリーシュはそう言うと、いきなりテーブルに何かを入れている箱のようなものを置いた。

アイテムボックスから取り出すような感じはしなかったから、これが魔力、ＤＰを使って物資を取り寄せる行為か。初めて見た。

「で、これが冷たいお菓子なのか？」

「はいー。触れば分かりますよー。あ、ヒフィーちゃん。お皿とスプーンお願いー」

「分かりました」

ヒフィー殿がお皿とスプーンを取りに席を立ったのを見送って、私はその丸い箱に手を伸ばす。

掴んだ指先から、ひんやりと冷たさを感じる。

「本当に冷たいな。どうやっているんだ？　魔術か？」

「魔術に氷をぶつけるものはあっても、冷やすものなんてなかったはずですよー」

「……そうだな。なら、その氷を使って冷やしているのか」

「当たらずとも遠からずというところですねー。氷室《ひむろ》、雪室と同じようなものがあるんですよー」

「はぁ？　あれは冬場に自然とできた氷や雪を洞窟《どうくつ》などの暗所に蓄えておいて使うものだろう？　このウィードの位置は確かに雪は降るが、夏場まで持つような量ではないはずだろう？」

「だから、当たらずとも遠からずと言ったんですよー。似たようなものが人工的に作れているんですよー。そこの冷蔵庫ですねー」

リリーシュが指さした先には長方形のクローゼットのようなものが置いてある。

「冷蔵庫？　言葉から察するに、氷室みたいなものか？」

「そうですよー」

「中を見ても？」

「はいー。でも、長時間開けっ放しはやめてくださいねー。お茶がぬるくなったりアイスが溶けたりしたらぶっ殺しますからー」

リリーシュの言葉に冷蔵庫へと伸ばしていた手が止まる。

「そんなに開けるのはまずいものなのか？」

「いえ、5分、10分は全然平気ですよ。扉を閉めればすぐに冷却しますし。リリーシュの冗談ですよ。中身の方も、スーパーでまた買って来ればいいだけですから。というか、アイスの準備できましたから、いったん食べましょう」

「冗談じゃないわよー？」

「はぁ、リリーシュでは話にならないので、しばらく黙ってください。どうぞ、ファイデ殿」

　そう言って、ヒフィー殿は先ほどの冷たい丸い入れ物の中から、白いチーズのようなものを取り出し、器に入れて差し出してきた。

「バニラアイスと言います。まずは食べてみてください。美味しいですよ」

「そうですか、ではいただきます」

　そう返事をしつつ、アイスというものよりも、これから話す相手はヒフィー殿に代わってもらった方がスムーズにいくか。などと考えながら、アイスを口に放り込み、驚いた。

「な、なんだ⁉　この冷たさと、味わったことのない香りに甘味は⁉」

　今まで経験したことのないことで、声を上げて席を立って叫んでしまった。

　私が知り得る限り、このようなものはこの世には存在していない。

　このようなものが人に用意できるとは信じ難い。

　なら、やはり、ルナ様のお力を……と、考えた俺にリリーシュが微笑みながら口を開いた。

「信じられないって顔してますねー。ま、予想通りですしー。証拠ついでに一緒にアイスを作りましょうかー」

「は？」

　なんてことを言ったのだ。

第419掘：ザ・クッキング!!　とあやふやな我が夫

side：セラリア

『まずはー、牛乳を用意しまーす』

『あとは、卵に、砂糖と、バニラエッセンスですね』

なぜかコール画面の先では、簡単クッキングが行われている。

しかも、その料理をしているのは女神様2人に、男の神様1人という訳の分からない状況。

「材料から察するに、アイスクリームね」

「正解。よく分かったな」

私の回答に正解と言ってくれるのは夫。

「分かるわよ。自分で作れないか調べてみたらあっさり出てきたんだから」

「そりゃそうか」

ちなみに、私を含めて奥さんたちは、DPで直接仕入れられるので基本的に手作りはしない。

キルエとかはメイドさんな手前作ってるみたい。

ま、仕方がないのよ。どうあがいても、スーパー○ップとか、ハーゲン○ッツとかに勝てる味にならないんだもの。

自分で作ったからなお分かるの。

さすが、地球のアイスクリームの名企業。

レベルが、積み重ねた歴史が違うと身に染みて分かった。

まあ、キルエの手作りも悪くないんだけど……自分のは比べると悲しくなる。

「って、そこじゃないわよ。なんで、神様たちが料理してるのよ。確か、ユキのことを調べに来たとか言ってなかったかしら？」

うんうん。

と、集まってきている他の奥さんたちも頷く。

この大陸の神がリリーシュ様に訪問してきて、夫のことを探っていると報告を受けて慌ててきて見たら、なぜかクッキングをしている。

意味不明よ。

「簡単に言えば、異文化交流かなー」

「異文化交流？」

「そ。リリーシュがさっきまで話をしていたんだが、もう、お互いの認識の齟齬《そご》が激しくて仕方ないから、とりあえず言葉よりも実演ってことで、安全な料理をすればいいと頼んだわけだ」

「認識の齟齬？　どういうことかしら？」

私はそう言いながら、夫と一緒に最初から現場を見ていたジェシカに視線を向ける。

ジェシカは私の視線を受けて頷き、口を開く。

「文字通りなのですが、簡単に説明しますと、ユキが持つ技術についていけず、ルナ……様のお力でこのウィードが保たれていると思っているらしく……そんな暴君の情報を集めて、引きずり下ろそうという話でした」

「はぁ⁉ 前半の技術についていけないはともかく、後半は完全に明後日の方向じゃない‼ 意味が分からないわ。集めた魔力をDPとして、それの代価で報酬を受け取っているだけじゃない」

「はい。私たちの認識ではその通りです。ですが、向こうでは魔力はダンジョン内で殺した者たちからしか得られないという認識でした。だから、ルナ……様のお力に違いないと」

「……とりあえず。ルナに『様』はつけなくていいわよ。本人からOKも貰っているんだから。しかし、なるほど。その理屈だと私たちはルナに頼りきりという話になるわね。でも、なんでそんな話になっているのかしら？」

私は改めて夫に視線を向ける。

「さあ、何が原因かは分からない。向こう側に協力しているダンジョンマスターが出し惜しみをしているのか、もしくは時間ごとに回収できるという事実を知らないのか。それとも、ファイデを差し向けた神様たちとダンジョンマスターがグルで何も伝えていないのか」

「……その情報封鎖に何の意味があるのかしら？ ファイデの信頼をなくすだけだと思うけど？」

「うーん。それこそ俺が聞きたいんだが……まあ、今までの話から察するに、大まかに分けて、証拠を出せという話になるから答えられないと高を括っているか、時間回収ができることを真面目に知らないか、グルの場合はファイデが戻ってきたら適当に理由をつけてしょっ引くためかねー」

「……判断しづらいわね。そもそもは、ユキの情報を集めるためでしょう？」

「そう。だから神様方はリリーシュと俺がそこまで付き合いが深いと思っていなかったと考えることもできる。なんやかんやで、神様同士で小競り合いやっているみたいだし、リリーシュが俺に協力するふりをして、探っていたんじゃないかって見方もできないことはない」

「ああ、何も事実を知らなければ、ファイデの主張を鵜《う》呑《の》みにするしかないものね……何も事実を知らなければ、ね」

「と、ここで話しても憶測の域を出ない。まずはファイデの認識を変えるために、穏便で分かりやすい方法を行っているというわけだ」

「それが料理なわけね」

「そういうこと。武力制圧はリリーシュやヒフィーがいるので証明にならない。かと言って銃器とかの近代兵器は見せるべきではない。かと言って、魔力増減値を見せるのはこっちの財源を明かすようなものだから避けたいし、こっちがその場でごまかしているとか言われたらどうしようもない。ならば、ばれても痛くない技術を目の前で披露すればいいと思ったわけだ」

「なるほどね。バニラアイスは冷蔵技術とバニラが必須。この大陸にない技術と材料で誰でもできる作り方で作って見せれば、神の御業ではなく、ただの人の進歩と証明できるわけね？」

「そうそう。それでファイデがこちらのことを信じてくれれば、こっちに引き込める可能性も出てくるから、逆に情報を引き出せるかもしれない」

夫の言いたいことは分かった。

確かにファイデを説得するにはいい方法だと思うわ。

でも……画面の先でせっせと料理をする神々を見ていると、もの凄く悲しい気持ちになるわ。

いや、リリーシュ様やヒフィーはお菓子作りとか好きなのは知っているけど、こう、神を説得するために料理とか何よ？

説明を聞いて理解はできたけど、納得はいかない。

本当に夫といると飽きないわよねー。斜め上の方向で。

『さあ、かき混ぜてくださいねー』

『あ、ああ。こんな感じか？』

『駄目ですよー。しっかり混ぜて卵のとろみが全体に行き渡るようにしてくださいねー』

カシャカシャ……。

リリーシュ様に言われて、ファイデはせっせと泡立て器でボールに入った材料を必死にかき混ぜている。

あれ、つらいのよね。

「しっかし、リリーシュが嫌っているって簡単に見ていたが、凄く嫌っているな」

「そうね。しれっと横でハンドミキサー出しているし。使えとも言わないで、また別にボウルを用意して自分で使っているわよ……」

リリーシュ様はいったい過去に何があったのかしら？

これみよがしに手動でかき混ぜているファイデを横にハンドミキサーで気分よさげに凄い勢いでかき混ぜている。

ここまで徹底しているとさすがに……ね。

『おい⁉ そんな道具があるならさっさと出せよ‼ というか、なんで俺に渡さずに、片付けようとしているんだ⁉』

『あらー？ 私たちが使っているのはルナ様のお力だーって疑っているじゃないですかー。だからー、ちゃんと一から十まで自分の手でやらないと納得できないでしょう？ このハンドミキサーに変な細工があったからーとか言われたら証拠になりませんしー、できた時に食べ比べして、このハンドミキサーに変な仕掛けもなかったと証明できるでしょう？』

『ぐっ。あー、もう、分かった‼ やればいいんだろう‼』

『はいー。男性なのですから、頑張ってくださいねー。こんなふうになるまでですよー』

『うおぉぉぉぉ……‼』

うわぁ、リリーシュ様の言い分ももっともなのだが、それを利用してどう見てもファイデに嫌がらせをしているふうにしか見えない。

「女ってこえー。俺、ファイデの味方したくなってきた……」

と、横で呟く夫。

「大丈夫よ。私たちは夫に無理なんて押し付けないから」

「おう。無理なんて押し付けられたら逃げるから」

即答する夫だが、この言葉には少々嘘がある。

夫が逃げるのは、逃げても問題がない場合だけだ。

本当にまずい問題がある場合は無理を押し通して働いてしまう。

この夫はそういう人なのだ。

だからこそ信頼が置けるのだけれど。

妻である私たちはそういうことで、常に夫の体調に気を遣っているのだ。

と、そこで思い出した。

ファイデが動いているのは、この夫を探るためだ。

何も情報が得られないからという、不思議な理由で。

「ねえ。そういえば、あなたの得体が知れないっていうのは話したけど、特に『ユキ』のことは情報封鎖しているわけではないわよね？」

「ん？　ああ、俺のことは外部から見ると理解不能な情報しか集まらないからな」

「理解不能なのは趣味ってことで収まるんじゃないかしら？」

私がそう聞くと、ユキは愉快そうに笑いながら口を開く。

「まあ、俺に関することを時系列順に言ってみれば分かるんじゃないか？」

「えーと、ちょっと待って。あなたが表舞台に出た時からのことよね？」

「そうそう。俺の裏は調べようがないからなー。はい、ホワイトボードとペン」

とりあえず、思いつくことを口に出しながら書きとめていく。

えーっと、表向きに出ている情報だから……。
・ロシュールでの私とエルジュの救出
・私を含め三大国の有力者との婚姻
……あれ？　これ以上書けることが存在しない。

ルルアのリテアの問題の解決は、表向きはルルアが収めて、ダンジョンとリテア軍の戦闘は私が叩き伏せたことになっている。

そこから得たお金を賠償金として、ガルツに送り、お返しにシェーラが来る。これも、私のダンジョンの独立のための手柄の1つとなっている。

タイキがいたランクスの戦争も、建前上、私の命令の下に迎撃、そして勇者タイキと最初から手を組んでいたという話になっているから、私とタイキの手柄。

それと同時に起こった魔王大征伐は、総大将であるエルジュ指揮の下、各国の勇将が率いて成功させたことになっている。

新大陸については、こちら側は知る由もないから、書くことなどない……。

「な、全然情報がないだろう？　あと追加で書くことがあるとすればウィードでの評判ぐらいだけど……」

夫はそう言って、ペンを走らせる。
・奴隷をたくさん囲っている。つまり女好きと思われている
・護衛少数でウィードをぶらぶら出歩いている。つまりただのお飾り？
・学校で校長をしている。名誉職？
・屋台で食べ物を出している。意味不明
……その通りなのだが、あらためて見ると、変すぎる。

一国の王配がする行動にしてはおかしすぎる。

趣味で収めるにはさすがに無理があるわ。

「こんな感じだけど、これをしっかり調べると……」
・女好き∨いや、奥さんを大事にしている人

・ぶらぶらしている∨困っていたら助けてくれる良い人
・学校で校長∨しっかり授業も教えてくれる
・屋台で食べ物∨ラーメンうめぇ
うん。

私たちは意味が分かるけど、外部の人が見ればこの情報の意味なんて分からないだろう。

特に、女好きとか、正反対だし。

夫と関係を作るために、どれだけ苦労したことか……。

女としての自信を何度か砕かれたわね……。

外部からの変な女はもちろん私たちがガードしているし、夫がポッとでの女になびくなら私たちが苦労していない。

と、そこはいいわ。

すでに夫は私たちのものなのだから‼

「なるほどね。あなたの存在意義が分からないわけね」

「そうそう。俺個人を測ろうにもこれ以上情報が出てこないし、理解もできない。そんな得体が知れない、不確定要素を放っておくにはウィードがでかくなりすぎている。だから、ファイデが直々に来たってところかな。間者がやって来ても得られる情報はこんなもんだし」

「……とりあえず、私がやっと引きずり出した表舞台からあなたが計画的に消えていたことは分かったわ。狙っていたわね？」

「そりゃもちろん。俺の存在はあやふやな方が動きやすいからな」

「はぁ、いまさら文句はないし、理解もしているわ。でも、私があなたと婚姻を結んで表舞台に引っ張り出したと思っていたのに、ものの見事に消えていると負けた気がするわ」

「凄い旦那さんだろう」

「ええ、自慢の夫ね」

そうやって話し込んでいる間に、かき混ぜが終わったらしく……。

『こ、これで、ど、どうだ……』

『んー。まあ、合格点ですねー。あとは固まるのに数時間待ってくださいねー。あ、氷の魔術使えるでしょう？　出してから休んでくださいねー』

『お前は悪魔か⁉』

『いえー。女神ですけどー？』

リリーシュ様はファイデを疲労困憊《こんぱい》させて楽しんでいた。

……たぶん、怒らせてはいけないって人ね。

第420掘：神々が動くその理由

side：ユキ

いやー、あそこまで情報がバラバラだと、罠《わな》だと思うよなー。

前も思ったが、信頼できる大物が乗り込んでくるしかないという状況を作ったんだが、まさか神様が釣れるとは思わなかったわー。

フットワークが軽いというか、頭が空っぽなのかは知らんが、これを企てた奴も大概だな。

ファイデ自身は確かにワイルドカードではある。というかジョーカーといってもいい。

だが、それも使いようによる。

確かにリリーシュというある程度信頼のおける情報源から話を聞き出すのにファイデという手札は効果的だが、逆に俺たちに情報が洩れる可能性も考えないといけない。

まあ、ファイデを持て余しているというなら、これを理由にファイデを潰す理由にするのはありだとは思うが、他の思惑で使うならあまり上手い手ではない。

しかも、公式な訪問じゃなくて、個人的な観光客と言う立場ときたもんだ。

こっちが適当に理由をつけて束縛したらそれでおしまいだろう。

いや、そこを狙っている可能性もなくはないが、公式訪問ならともかく、個人的に来た相手を束縛したからと言って、国が口を出す理由にはならない。

俺1人を調べるために、神様が出張ってくるのは真面目に意味が分からない。

「でも、最初から変よね。リリーシュに会うにしてもあの態度だから、上手くいくとは思えないんだけど」

うーん。セラリアの言う通りだな。

ちょっと考えを改めて見るか。

俺が少し考え込んでいると、横にいたアスリンが口を開く。

「ねえ。お兄ちゃん。あのおじさん何にも怖くないよ？　普通に会いに来ただけみたい」

「ん？　どういうことだ？」

「えーとね。なんか悪いことをしようとか考えてるとは思えないなー」

「あー、それはフィーリアも一緒なのです」

フィーリアも同意してきて、他の嫁さんたちも敵意があるようには見えないと言っている。

確かに、敵意があるようには俺にもみえない。

となると、ちょっとまて、そういえば……。

「あ、そういうことか!!」

ポンと掌を叩く。

「何か分かったのかしら？」

「おう。ファイデの立ち位置が分かった」

「どういうことかしら？　ファイデは他の神から頼まれて……ああっ、そういうことね」

セラリアも自分が言った言葉でようやく気が付いたようだ。

「どういうことなの？　あのファイデっておっさんは色々仕掛けている神様の所の奴なんでしょう？」

「ドレッサの言う通りだと思いますが、何か間違っているのでしょうか？」

ドレッサとジェシカは俺たちがなぜ納得しているのか分からないようだ。

まあ、仕方がない。

俺もセラリアも同じような状態だったんだから。

「セラリアが言ったように、ファイデは頼まれてきたんだよ」

「？」

「頼まれ……ああ、そういうことですか」

ドレッサはいまだに分からないようだったが、ジェシカは理解したようだ。

「ねえ、私はまだ分かんないんだけど」

「まあ落ち着け。アスリンたちのおかげで俺も冷静になったんだが、あのファイデは頼まれてこちらに来ただけで、敵ではないんだよ」

「あ」

ここでようやくドレッサも気が付いた顔になる。

「発言自体は明後日の方向だが、本人としてはいたって真面目なんだ。まあ、事前知識がなければ、ルナのおかげでっていう理屈は分からなくもないからな。だから、真摯に訴えているだけなんだよ」

「そういうことかー。確かにユキたちからかがくとか色々教わらなかったらルナ様のおかげって思うわね」

「というか、あの駄目神は俺たちから物資を強奪してるんだけどな」

「……まあ、女神さまだし、いいんじゃない？」

よくねーよ。

いや、そのおかげでドレッサとかリリーシュとかヒフィーといった、ルナを上級の女神様と誤認している連中は、俺がルナを雑に扱っても文句を言わないのだ。

というか、しっかりした女神様なら俺も雑に扱わねーよ。そもそも、アロウリトがこんなになっていない。

「なら、アイスを作らせるより、ルナ様に説明をお願いすればいいんじゃないかしら？」

「ドレッサ、それは駄目よ」

俺が返事をする前にセラリアがすぐに駄目出しをしてくる。

「なんで？」

「あれだけルナに傾倒して、私たちの技術をあり得ないと言っている連中が、今のルナの姿を見てどう思うかしら？」

「……」

ドレッサは沈黙する。

それはそうだ。赤のジャージ上下に、部屋干しの服が放置、お菓子の袋が転がっている部屋でごろ寝して、腹をかいている姿なんか見たら……。

「……私たちがルナ様を堕落させているとか言いそうね」

「そういうこと。まあ、まともな状態のルナを連れていってもダメでしょうね。もともと協力を要請していたのに今の今まで静観を決め込んで、発展してきたらファイデを通して文句を言う始末。適当に理由をつけて私たちと敵対するでしょうね」

自分たちが自ら来てないのが何よりの証拠だよなー。

そもそも、あの駄目神で駄女神は最初から堕落してますから。

「どうせ、こういう問題も俺に解決させるつもりだったんだろうし、とりあえず頑張るしかないんだけどな」

結局のところ、俺がルナの七光りを頼りにしても問題しか起きないというのはよく分かるので、自力で解決していくしかないのだ。

……もともとの原因はルナや俺というより今まで結果を出せなかった、現地の阿呆な神のせいなんだが。

いや、馬鹿で阿呆なのは最初の説明で知っていたが、ここまでくると悲しくなるわ。

学校とか、教育の大事さがよく分かるね。

かといって、あの学生時代に戻りたいかと言われればノーだが。

「まずはファイデをこちらに引き込もう。あれは敵じゃない、ただの交渉役だ。アイスを作らせてこちらはルナを頼りにしていないという、武力よりも分かりやすい模索と技術と無駄の結晶の証拠を見せることになる」

「無駄？　それって、アイスのこと？」

「そうだよ。わざわざお菓子を作るのに、暑い時に冷やすなんて無駄だと普通は思うだろう？」

「それはそうだけど……ここには冷蔵庫があるし」

「それはここだからだ。よそから見たら意味不明な発想と技術の無駄遣いなんだよ。いや、それこそが発明に一番大事なんだけどな。物を冷やして長期間保存できる道具を使って、嗜好品《しこうひん》のお菓子を作ろうなんてよそでは思わないだろ？」

「だからこそ、ルナ様の発想じゃなくて私たち、というかユキの故郷の技術だって証明できるわけか」

「そういうこと。バニラエッセンスの材料のバニラもこの大陸では栽培は厳しいからな。地球でも日本ではほぼ栽培はできていない。赤道直下の温暖な所でしかできない作物だ」

「なんでバニラを入れたのかと思ったらそういう狙いがあったのね」

「この大陸にない食べ物を持ってくるってのも、技術や文化の差異を見せるのにちょうどいいだろう」

そのアイスを自分で作っていたファイデ本人は、机に突っ伏して休憩をしていた。

泡立て器を使っていた腕はぴくぴくと痙攣《けいれん》している。

普段慣れていない作業をするとそうなるよな。疲れも倍増。

というか、よく自力でやりきったな。

あの泡立てはお菓子作りでは一種の拷問だと思っている。

昔の人はよくあれを己の手でやっていたものだ。

あ、ウィードで犯罪で捕まった奴は、アイスとかお菓子作りに従事させるか？

主に泡立て班で。単調な作業をさせるって拷問は存在しているし、ウィード独自のお菓子の生産にも繋がるだろう。

あと、犯罪で捕まった人たちへの、温かい社会復帰支援（罰）。

そんなファイデに、リリーシュもさすがに追い打ちはせず、のんびりとお茶を啜っている。

「とりあえずファイデが自分で作ったアイスを食べて、こちらを正しく認識するようなら、直接会ってこっちに取り込もう」

「ダメよ。まずは私を挟みなさい」

俺がやる気を出しているのに、水を差すのはセラリア。

「いや、女王がいくのも問題だろう？」

「あのね。あなたの本当の立場の方が、圧倒的に上なの。私の方は適当にリリーシュ様に挨拶に行ったぐらいで済むのよ。万が一、ファイデが暗殺の依頼でも受けていて、あなたに襲い掛からないとも限らないのよ？」

「ドッペルだし、問題は……」

「そんなショッキング映像を妊娠中のミリーに見せたいわけ？　というか、あなたが襲われるだけで血圧が相当上がって憤慨《ふんがい》するわよ？」

「分かった。おとなしくしている」

「それでよろしい」

はぁ、ファイデとは誤解が解ければ仲良くやれそうなんだが、それは当分先になりそうだな。

確かに、ミリーに俺の衝撃映像とか見られたら、ショック性の流産もあり得るし、おとなしくしておこう。

「わ、私は、そ、そんなことで、ユキさんとの子供を流産したりしないわよ」

「いや、無理でしょ。私だってお兄さんがそんなことになったら頭真っ白になりますし。というか、かみかみじゃないですか」

「そうじゃな。前、タイキにユキが吹き飛ばされたときは全員で総がかりじゃったからな」

「う、うぐぐ……」

ミリーも一応否定はしたが、ラッツとデリーユから言われて反論できない。

うん。ミリーのためにも、おとなしくしておこう。

「ま、それはいいとして。あなたに聞きたいことがあるのよ」

「ん？　なんだ、セラリア？」

「あなたが魔力枯渇に対する成果を上げているのは、私たちが誰よりも知っているわ。でも、他の神々やダンジョンマスターは何をしているのかしら？　いえ、ルナが言うにはどうしようもないっていうのは聞いているけど、いったい何をしてどうしようもないのかしら？」

「ああ、そういえば、そこのところを詳しく話していなかったな」

「ええ。今までは大忙しで考える暇なんてなかったけど、ファイデを見て不思議に思ったのよ。どうしようもないにしても、多少の成果ぐらいはあるんじゃないかしら？」

「うーん。あるといえばあるんだが……」

ちょっと口には出しにくいので、ホワイトボードにペンを走らせる。

「まずは、先に俺の前任者共、つまり現地のダンジョンマスターたちだが、こいつらがあまり活躍していないのは知っているな？」

「ええ、デリーユの弟ライエは200年近く引きこもりで、ダンジョンも特に大きくないし、新大陸のコメットに至っては死体だったわね」

セラリアが答えるのに合わせて、現地のダンジョンマスター＝ダメだった、と記入する。

「そう。じゃ、さらにその前の前任者たちは神になるんだけど、この神々はルナが引き継いだ時に、とりあえず消滅されると混乱が起こるから、混乱防止のためにそのまま続投したわけだ。これらの神々が信仰を力としているのは、ヒフィーたちの件で理解していると思う。あまりにも信仰がないと、普通の人と変わらないか、消滅してしまう可能性や死んでしまうことも」

「そうね」

「つまり、神様はもともと魔力枯渇のために存在しているわけじゃないんだ。魔力枯渇はルナが後任として来た後に出された命令となる」

神様の仕事＝本来は信仰を集めて人心安定や暮らしの補佐＋魔力枯渇問題、と書いていく。

「だから、まずは自分たちの力や生存のためにも、信仰を増やす必要がある。となると、人々の信仰の奪い合いになる」

「なんでかしら？　複数の神を崇めるのはよくあることだけど？」

「そこの問題だよ。協力しようという発想がないんだ。もともと、この神々も現地の人から神に引き上げられたって話だから、その自らの努力の結果を譲り渡すことはそうそうないだろう？」

「たしかにね。でも、魔力枯渇はどうするつもりだったのかしら？」

「それの分かりやすい例が、ノーブルとか、ヒフィーとか、ノノアとか、ノゴーシュだな。自ら王様になって国を、信仰を作り上げる。そして、世界を統一して自分に力を一極集中すれば魔力枯渇なんて――って考えるわけだ」

「……えーと、もしかして……」

「簡潔に言うと、まずは世界を統一してからということで、魔力枯渇は二の次で小競り合い中。今のリリーシュとか見れば分かるだろ？　新大陸だけの話じゃなくて、この大陸も、たぶんどこの大陸も同じなんだろうよ」

「ほ、本当にどうしようもないわね……」

がっくりと肩を落とすセラリア。

うん。まあ、ドンマイ‼

第421掘：農耕神と女王陛下

side：セラリア

……いまさらながら、なんというか頭が痛い。

私たちが崇めていた神様たちも、結局のところあまり変わりないというのを知ってしまったから。

いえ、たぶん知っていたけど、夫に言われるまで納得してないというか、理解するのを嫌がったんだと思う。

そもそも私たちも夫に諭《さと》されなければ、夫を王にして世界一の国を作ろうとか宣っていたのだから。

そんなことでは前に進めないのに、私たちこそが、なんて思っていた。

「……馬鹿すぎるわ」

「……仕方がありませんわ。神々といえど、結局、もともとはただの人であって、その時の教育の問題ですから」

「……上に立つ者として、ものすごーく、申し訳ない気持ちでいっぱいよ」

「……私もですわ。馬鹿共を量産するのに一役買っているのですから」

「「はぁー……」」

私とサマンサで廊下を歩きながらため息をつく。

今は、ファイデがそろそろアイスを食べる頃なので、移動をしているのだ。

しかし、先ほどの夫の話を聞いて、気が重い。

直接私たちに原因があるとは言えないが、根本的にこの世界の技術や文明レベルの低さが問題となっているからだ。

「勇者召喚《ゆうしゃしょうかん》、夫というダンジョンマスター、私たちの世界にとっては前進する出来事でしょうが……」

「自己嫌悪で嫌になりますわね。人を攫って使役して、ですからね。これがまだこの世界の中でなら納得できますが」

「よそ様の所から引っ張り出してだから、もう恥ずかしくて仕方ないわ……」

「万が一地球との外交窓口ができたら、外交勝負で勝てる気がしませんわ」

「夫も言っていたわね。勝てるどころか、適当な口実つけて攻めてくるって。私でもそうするわ。自国民が勝手に攫われてこき使われているとか、立派な開戦理由よ」

「しかも最新兵器を惜しみなく使ってくるでしょうから、私はさっさと白旗を上げますわ」

「私もよ。そっちの方がまだ未来があるもの。でも……」

「その戦況すら理解していないのが、神様たちですから……」

本当に頭が痛い。

本来であれば私たちより先に夫に接触できたであろう神様たちが、私たちと同じように縄張り争いに夢中で何も理解していないとか。

「せめて敵対する理由がヒフィーやノーブルのようなまともな理由であって欲しいわ」

「ですわね。何かの思いの果てにそうなってくれたのならば、まだマシですわね」

「これがただ単に、自分が一番になりたいとかだったら、同じ大陸に住む者として、恥ずかしいこと極まりないわ」

「……そうでないことを祈りましょう」

「ともかく、今は夫の言うようにファイデをこちら側に取り込みましょう。相手を知るにもこれ以上ないぐらいの人物だわ」

「アイスで納得してくれるとよいのですが」

「ファイデ自身は真面目のようだし、アイスだけじゃなく、私たちの説得や態度とかも関係してくるでしょうね」

「責任重大ですわね」

「だからこうやって、女王である私と公爵令嬢のサマンサで来たのよ」

「はい。お任せください」

立場的に言えば、ルルアとかシェーラの方が上なんだけど、ルルアはリリーシュの部下みたいなものだし、シェーラは子供だと侮られかねないし、ガルツのお姫様でもあるから、圧迫交渉ととられかねない。

　もちろん、エリスたち奴隷から代表になったメンバーもそういう先入観があるのでうかつに連れていけない。

　なので、貴族然として知識や礼儀も申し分なく、この大陸には影響のない新大陸の公爵令嬢であるサマンサを連れてきたわけ。

　そもそもサマンサはこちらに来て間もないし、ウィード以外では全然名前が知られていない。エリスたちみたいにウィードの重鎮というわけでもないので、ファイデの警戒を解くにはいいと思ったのだ。

　そんなことを話しているうちに、教会の方に着き、あとはリリーシュ様とファイデのアイスの試食が落ち着くまで待つことになる。

『おう。着いたみたいだな。今アイスを冷蔵庫から取り出しているところだから、そこまで待たなくてもいいと思うぞ』

　夫からそんな連絡が入る。

　見計らって来たとはいえ、多少はずれると思っていたのだけど、幸先はよさそうね。

　待機部屋でじっと待つとか、嫌だもの。

　とりあえず、待つことには変わりないので、サマンサと一緒にお茶を淹れていると、ヒフィーがこちらに顔を出してきた。

「あら？　もう準備は整ったのかしら？」

「いえ、アイスを作りすぎたので、配っているところですよ」

「なるほど。だから私たちに直接連絡しにきたわけね」

ただの嫌がらせでファイデに重労働をさせて、自分たちは楽してアイスを作っていたわけではないのね。

「それだけではないんですけどね。言っての通り、配っているんですよ。子供たちにも」

「……ああ。なるほど。いやらしいわね」

「ファイデ様に作ってもらったということにして、子供たちにお礼を言わせるおつもりですね？」

「ええ。いくら私たちが理論的に、合理的に証拠を突き付けて説明しても、心を納得させるのはそう簡単なことではありません。ですから……」

「子供というわけね」

「はい」

リリーシュ様も考えたわね。

いや、これって夫の案かしら？

もともとアイスの件は夫なのだから、あり得そうな話よね。

「と、そこはいいとして、今ファイデ殿はできたアイスを食べていることでしょう。驚きも終わったことでしょうし、案内しますよ。偶然来られたのですから」

「ええ。偶然ね。たまたま近くを通りかかったから、同盟国の教会に挨拶に伺ったわ」

そうわざとらしく話しながら、ファイデがいる部屋の前まで歩いていく。

「本当に凄いな。これほどのものが簡単に作れるとはな……」

「簡単じゃないですよー。人の叡智《えいち》の結晶です。ルナ様の奇跡、お力と言いたい気も分からないでもありませんが、これを作り上げた人々に対して、ファイデの発言は失礼極まりないものだというのは分かりましたかー？」

「それは、すまなかった」

ふむ。

どうやら、思いの外ファイデはあっさりとアイスのことを受け入れて、ルナの力によらないものだと納得しているようだ。

やはりファイデは敵としてではなく、仲介役として来たみたいね。

あとは私次第ね。

私がヒフィーに目配せすると、ヒフィーは頷いて、ドアをノックする。

「リリーシュ。女王陛下が見えられています。どうされますか？」

「あらー。ファイデはどうしますー？」

「女王陛下ということは、ユキの……」

「はい、奥さんですねー」

「こちらとしても都合がいい。私も女王陛下に面会できるように取り計らえるか？」

「だそうよー」

リリーシュは入ってこいと言わんばかりにこちらに声を掛けてくるので、遠慮なくドアを開けて入る。

「どうも。農耕神ファイデ様。私がウィードの女王セラリアです」

ポカーンと口を開けたままで固まるファイデ。

「あらー。挨拶もできないほど礼儀知らずになりましたかー？　それともボケましたか？」

リリーシュの毒舌で我に返ったのか、すかさず頭を下げて挨拶をする。

「これはご丁寧に。仰る通り、農耕神のファイデと申します。しかし、私のことは誰から……などと聞くまでもないですな。リリーシュ、お前……」

「あらー？　話してはいけないなんて言われていませんよー？　むしろユキさんの奥さんですしー、喜んで協力するべきですよねー？　ルナ様のご命令に逆らうのですかー？」

「……それは、しっかり話してからだ」

リリーシュ様が相変わらず毒を入れるが、それを無視して、私を見てそう口を開く。

こちらを見極めようとしている目だ。

この人物なら、真摯に話せば悪いことにはならないと私ははっきりそう思った。

しかし、これを画面越しに感じ取ったアスリンとフィーリアは凄いわね。

子供だから為せる業といったところかしら？

「そうですね。しっかりお話しいたしましょう。分かっているとは思いますが……」

「女王陛下がユキの代わりということで間違いないか？」

「はい。そういう認識で構いません。ユキ本人が出てこないのは無礼ととられるかもしれませんが、先ほどのお話の内容から、うかつに愛する我が夫であり、世界の希望でもあるダンジョンマスターを危険にさらすわけにはいきませんのでご容赦を」

「いや、そこまで畏《かしこ》まらないでくれ。他の神共は知らないが、俺は国を持っているわけでもなく、畑をいじるだけの神だからな」

「そうですか。ではお言葉に甘えて。正直に言って、わざわざ神が乗り込んでくるとは思わなかったから、夫も含めて大慌てよ。しかも正式訪問ではなく、一般の旅人としてなんて」

私がそう言うと、ファイデは目を点にした後、笑い始めた。

「はっはっは。凄いな。俺から頼んだとはいえ、ここまで簡単に砕けた話し方をするとは思わなかったぞ」

「夫のおかげね。神だから偉いという認識がないのよ。そこのヒフィーだって私たちが下して協力体制を取り付けたんだから」

「は!?　本当なのか？　ヒフィー殿？」

「……お恥ずかしながら、敵対しまして、ユキ殿に完膚《かんぷ》なきまでにやられました」

「ほぉ。ヒフィー殿の力はこちらも感じ取れる。神なのは疑っていない。それを蹴散らしたのも驚きだが、本当にユキという人物は存在するのだな？」

ああ、まずはそこからね。

「ええ、存在するわ。それは私、リリーシュ様、ヒフィー、そして、新大陸で一国の公爵令嬢であるこのサマンサが保証するわ」

「申し遅れました。私は新大陸の一国、ローデイという国の公爵家の次女でサマンサと申します。今ではユキ様の妻でもあります。農耕神ファイデ様、よろしくお願いいたします」

「……ああ、よろしく頼む。俺は女王陛下やサマンサ嬢の話を信じよう。だが、なぜユキはここまで情報がないんだ？　なぜ表に出てこない？　彼かどうかは分からないが、本人がしっかりとやっていれば、他の神々も……」

「協力していたとか抜かさないでしょうねー？　今までの行動を振り返って口を開きなさいよー？　こっちに来た時に明後日の方向の発言して私を説得していたのを忘れましたかー？」

「……すまん。そうだったな。あまりにも知識や技術、そもそものやり方が違いすぎて、説得どころではなかったということか」

あら、思ったよりも頭の回転も速いわね。

畑いじりだけが得意ってわけでもなさそうでよかったわ。

「その通りね。何も実績がない、ただのダンジョンマスターの夫から協力を申し出てこられても、夫の方針を取り入れるわけにはいかないでしょう？」

「その通りだ。むしろ部下として、都合のいいように使おうとしていただろうな。俺も含めて、こんなふうに驕っているからな。だから、独力でここまで来たというわけか」

「で、遅まきに、いえ、いまさらのこのこ顔を出したと思ったら、協力どころか文句を言ってきたのがファイデ。あなただったのよ」

私がそう言うと、ファイデは両手で顔面を覆って、小さな声で一言呟く。

「……本当にすまん」

とりあえず、誤解は解けたみたいだし、公開していい情報はお勉強してもらおうかしら？

さーて、頭がパンクしないといいんだけれど……。

第422掘：現代農耕技術には勝てなかったよ……

side：ユキ

目の前には、がっくりと手と膝をついているおっさんが1人。

その名を農耕神ファイデと言う。

「……俺は、存在している意味がない。ふふふ……」

などと、何かぶつぶつ呟いているが、俺からは何も言えなかった。

その悲しき中年おっさんの寂しい背中を見つめていることしかできない。

さて、なぜこんなことになっているかというと、先日、セラリアたちがファイデを説得して、問題なしということになったので、ようやく俺と顔合わせをして、ウィードの政治や技術の説明をしていたのだ。

セラリアたちがしてもよかったのだが、それでは地球からの技術だという認識が低くなりそうなので、俺はもちろん、タイキ君や、タイゾウさんも一緒に説明して回ったのだ。

無論このウィードの開発に携わっているのは俺だけなので、説明は主に俺が行った。

ファイデのおっさんは、ただの農家のおっさんというわけでもなく、しっかり地球が持つ知識や技術を説明するだけである程度理解するというもの凄い柔軟性を持ち合わせていた。

まあ、農耕神って言ってるくらいだから、それ相応の知識があるのだろう。

決して馬鹿ではない、というのは俺からも感じ取れた。

敵意もなく、新しい知識や技術を喜んで聞いてくれた。

ある一点を除いて……。

「なあ。ユキ殿。畑を見せてもらえないか？」

そう、農耕神としては外せないところだ。

あえて俺はそれを避けていた。

だって、農耕の神様だから何か言われるとか思うじゃん？

そっちのプロフェッショナルだぜ？

こちとら、地球の知識はあるとはいえ、行うのはずぶの素人。

学校や農家でのノウハウがあるわけではない。

なので、俺としてはファイデの機嫌をそういった意味で損ねないか心配で避けていたのだが、希望されてしまえば仕方がないので、案内したというわけだ。

もちろん、俺たちは知識があるだけで実際のノウハウがあるわけではないというのはしっかり伝えた。

で、現場を見せてこうなったわけだ。

言葉から察するに、農耕神としての自信がすべて打ち砕かれたのだろう。

そりゃー、この中世ヨーロッパ並みの文化、文明レベルで、地球の現代農耕技術に勝るものがあれば、すでにファイデがリリーシュを超える信仰の対象になっているだろうからな。

「ユキ殿たち地球の技術は凄いのだな……いや、それでは失礼だな。これは、簡単に出せる結果ではない。数多《あまた》の農家だけでなく、多くの知恵が集まってできたものだ。多くの血のにじむ努力あってのことだ」

そう言いながらゆっくりと立ち上がるファイデ。

そして畑に生えているトマトに近づく。

「こんな立派な実は見たことがない。なあ、そこのオーク君。これをいただいてもいいか？」

「どうぞ、どうぞ。赤くなっているのはうちで消費する分ですからね。はい」

オーク、というか、ベジタリアンオークキングのジョンがにこやかにトマトを収穫ばさみで摘み取ってファイデに渡す。

野菜や果物は出荷するときは青いまま出す。運んでいる間に熟すのだ。

と、そこはいいとして、普通の畑は無難な栽培しかしていないので、色々な実験をしているジョンたちが受け持っている畑に案内したわけだ。

「これはトマトだな？」

「はい。そうですよ」

「南部にある毒の実と言われていたが、食用だったんだな」

「はは、真っ赤ですからねー。どうですか食べてみては？」

「このままいけるのか？」

「いけますよー……」

ジョンはそう言いつつ、ファイデを安心させるつもりか、そのままトマトにかぶりつく。

プチトマトではなく、大ぶりの霜降りトマトで食べごたえがあるのは見てもよく分かる。

ジョンも見せつけるように、全部一気に食えるのに、わざわざ実半分だけ齧って、ファイデに中を見せる。

その過程でトマトの中の果汁が溢れて地面に落ちる。

今年のトマトも十分立派だな。

そろそろウィードの固有品種とかできてもおかしくないいんじゃないか？

いや、そこら辺のことは全然詳しくないから、ジョンが報告してくれるまで待つしかないのだが。

「おおっ、凄いな。これほどまでに立派なトマトは見たことがない」

「そりゃそうですよ。トマトをここまで食えるように品種改良したのは、大将の故郷ぐらいしか存在しないですからねー」

「品種改良……か。それは、人が食べることに合わせて作り変えたという認識で構わないか？」

「そうですね。誤解覚悟で簡単に説明すると、大きい実が生《な》る物同士を掛け合わせて、受粉させて、確実に大きい実がなる種を作ったりするんですよ」

「なるほど。となると、この甘味はより甘味があるトマト同士を掛け合わせたものなのか？」

「はい。まあ、こっちの人は血が混ざるみたいで最初は嫌がる人が多いですけどね」

「それは……そうだろうな」

ジョンの言う通り、掛け合わせという行為は、最初はどうも受け入れがたいようだった。

純血、つまり王侯貴族などや由緒ある家系とかから、下手に混ぜ物はよくないという話だ。

それを食物にももってきてしまっている。

まあ俺からすれば人の血も混ざりに混ざりまくっているんだけどな。

ということで、ジョンたちがこういった品種改良を行い、それを証明することで、最近では品種改良の部門が各国でできて、固有品種の開発、それを軸《じく》とした輸出などを検討しているらしい。

そんな簡単にできるなら誰も苦労はしねーって。とは思うが、やらなければ始まらない。

この大陸の農耕技術は牛歩だったのが、今まさに未来へと走り始めているのだ。

「……しかし、このきゅうりというやつもなかなか、歯ごたえがあって美味しいな」

「そうですか‼　じゃ、これを漬けた漬物があるんで食べてみませんか？　ごはんに合うんですよー」

「ほう。あの米だな？　あれに合うのか。ぜひ食べさせてもらって……」

あ、駄目だ。

あいつら、今回の趣旨忘れていやがる。

いや、話が合う人と語り合いたいのは分かるよ？

でも、今はやめれや。

お前らどっちもそれなりの立場なの忘れてるだろう？

そのまま、帰宅しようとしている2人の襟を掴む。

「お？　大将？」

「ん？　ユキ殿もきゅうりの漬物が食べたいのか？」

「寝言は寝ていえ。今はまだウィードの説明の最中だ。あとファイデ殿はいまだに敵か味方か判明していないんだ。それを明言してもらわない限りは……」

俺がそう言って次の案内に連れて行こうと力をこめると、ファイデが突然叫んだ。

「俺はユキ殿に味方すると誓うぞ‼」

突然の宣言にリリーシュやヒフィーも含めて全員ポカーンとしている。

しかも、俺に襟首掴まれたままという、なんとも情けない姿のままで。

とりあえず、俺はいやーな予感はしつつもその理由を尋ねてみることにする。

「ファイデ殿、いまだウィードの説明は終わっておらず、本命のダンジョンの話は一切していない。なのに、なぜそのような発言をしたのかお聞きしても？」

「ユキ殿が嘘をついていないことは理解した。この畑や、ウィードの街、あのアイスを見て作らせてもらったからな。これ以上疑う理由はない。間違った認識で争いを起こそうとしているあいつらについている理由がない。そして、その問題を持ち込んだのは俺だ。全面的に協力することを誓う」

襟首を掴まれたおっさんはそう、真剣な瞳《ひとみ》で言った。

うん。嘘はなさそうだ。そう、嘘は言っていない。

「そうですか。ご協力いただけて何よりです。ならば、ここに留まる理由はありませんね。ウィードの説明は後回しにして、まず正確にダンジョンのことを把握していただいて、敵対している神々のことを相談しましょう」

俺はそう淡々と行うべき事柄を言って、畑馬鹿と野菜馬鹿を引っ張っていこうとするが、２人とも地面に引っ付くようにしゃがみ込む。

「どうかしましたか？　具合でも？」

「あ、いや……」

「た、大将……」

「まさか、漬物を食べたいとか言わないよな？」

俺がそう言うと、２人は俺から視線を逸らす。

……はぁ。

「とりあえず、お茶うけに漬物は出すから、本格的に飯を食うのは後にしてくれ」

「仕事は早いに越したことはない。そうだな、ジョン」

「ええ。畑仕事は日が昇る前からやるもんですからね。ファイデ」

そう言って、即座に立ち上がる馬鹿2人。

なんて現金な奴らだ。

しかも、片や神様、片や俺の部下ときたもんだ。

泣いていい？

いや、切羽詰まってピリピリしているよりはましだけどさ、なんかこう、虚《むな》しいというか
……。

「リリーシュも一緒にどうだ？」

そんな俺の気も知らずに、テンションが上がっているファイデはリリーシュに声を掛けるが、
リリーシュは笑顔のままで。

「バカですかー？　ああ、バカでしたねー。いえー、もう変態の域ですねー」

と、毒を吐いていた。

そんなことはありつつも、ちゃんとお茶うけの漬物で我慢してくれたからいいものの。

ガリ、ガリ、シャキ、シャキ……。

いい音を立てて、ガツガツ漬物を食っていなければだが。

お茶うけって分かる？

ガツガツ主食のように食べるもんじゃねーよ？

「なるほど。こちらのダンジョンの方の話は分かった。しかし、そうなると、あいつらはダンジョンのことを詳しく知っているのかどうかという話になるな」

「そもそも、ここと他のダンジョンのシステムが違う可能性もありますから。そこらへんは考慮に入れた方がいいでしょう」

「そうだな。だがさすがにここまで違いすぎたらおかしいと俺でも分かる。あいつらが意図的にやったのか知らないのかは分からないが調べる必要はあるな」

「そこらへんはお任せします。ウィードとしては、表立って他国に干渉はできないので、あくまでも、ファイデ殿が独自にということになります」

「分かっている。向こうには適当にこちらのことを報告して、逆に探りを入れてくる」

漬物を際限なく口には運ぶものの、話は聞いてくれているので注意もしにくい。

「だが、このままでは俺が調べたいことだけだ。そちらは何か調べたいこと、聞きたいことはないのか？　協力を惜しむつもりはない。このままでは神としての面目もない」

いや、最初から期待はそんなにしてなかったけどな。

だが、それを下回る残念さでもう挽回不可能とか言いたいが、水を差すだけだから黙っておこう。

「……そうですね。調べられる限りでいいですので、こっちに仕掛けている策略などの情報を頼めますか？」

「策略というと？」

「こちらでも調べていることなんですが、ウィードはもちろん連合加盟国に対して、様々な工作をしているんですよ。まあ、どれも摘発するには難しいレベルなんですが。放っておくには危険ですし。その小さいことでも、止めれば相手方も諦める可能性もあります。小さな手出しもできないということで」

「なるほどな。俺としては戦いがなくなるのならそれに越したことはない」

「あとは、相手のダンジョンマスターやダンジョンの情報ですね。何か今現在知っていることはありますか？」

「これと言ってないな。俺はあくまでも仲介者みたいなものだからな、あいつらの国に深く関わっているわけじゃない。ダンジョンの話も聞いただけだ」

「そうですか。なら、ダンジョン関連の情報も集めてもらえますか」

「分かった」

そうやって話し込んでいると、気が付けば晩御飯の時間だ。

「と、今日はここらへんでいいでしょう。詳しい話は明日以降に詰めましょう」

「そうだな。と、宿をとっていなかったな。どこか泊まれる場所はあるだろうか？」

「そうですねー。俺たちの紹介で問題はないですけど、一応リリーシュの友人ですから……」

俺は横にいるリリーシュに目を向ける。

「仕方ないですねー。私としては馬小屋に放り込みたいところですが、ファイデが協力するというのですから、それ相応の宿を紹介しますねー」

「ほっ。助かる」

「だからー。しっかり働いてくださいねー？　今までのんびりしてたんですからー」

「うっ。分かった。全力でやらせてもらう」

いやー、リリーシュもあんま変わらないだろうとツッコミを入れなかった俺は凄いと思う。

第423掘：探しもの見つけた

side：ドレッサ

ファイデのおっさんはリリーシュ様に連れられて宿に向かっていった。

それを見送ったみんなは、他に仕事があるのか、それともさっきの話をもっと詰めるためか、すでにいなくなっていて会議室は空っぽになっている。

ユキも最後まで残っていたが、みんなが解散したのを見て、部屋を出ようとする。

「ねえ、ユキ。私、私たちって必要なのかな？」

その背中に自然とそんな言葉を掛けていた。

「どうした？」

ユキは不思議そうに、こちらを振り返っていた。

「ほら、私たちってウィードの噂を集めて、悪いことをしている奴を見つける仕事しているじゃない」

「そうだな」

「でも、さっきのファイデのおっさんが協力申し出てくれたから、もう私たちが頑張る必要はないんじゃないかなーって」

そう、ファイデのおっさんが来たおかげで、今ウィードで起こっていることは終わりそうな気がする。

そうすると、私たちが頑張っている意味なんてないんじゃないかと思ってしまった。

「あー、なるほどな。確かにこの一件に関してはファイデのおかげで決着がつく可能性は高いな」

「でしょう？　なら……」

私たち、私の頑張りなんて意味がないじゃない。と、言葉にすることはなかった。

言ってしまって、肯定されるのが怖かった。

「んー。ここで『そんなことない』なんて言うほど夢を与えてやる義理もないからなー」

「そうよね。ユキならそう言うと思ったわ」

こいつはそういう奴。

何も遠慮なく言って、容赦なくボロボロにするの。

相手がどんな身分かなんて関係ない。

「というか、ドレッサが頑張るのはなんでだ？」

「……なんでだろう？」

はて、そういえばなんで私があんな臭い仕事をしてまで頑張っていたんだっけ？

「えーっと、確か、とりあえず色々やってみて経験をしようと思ったのよ」

「それは聞いた。で、俺に新しい仕事を紹介してくれーって話になったよな」

「そうそう。それで、今回の件を聞いて今の仕事をしているのよ」

「なら、頑張りは自分のためであって、周りがどうなろうと関係ないんじゃないか？」

「どういうこと？」

「自分で言っただろうが。そもそも、色々な経験をしてみたくてやったんだろう？　なら、今回の仕事もドレッサの色々な経験の1つなだけだ。ファイデがどうのこうのやろうがお前の頑張ることには何も関係ないだろう？」

「そう、よね。あれ？」

なんでだろう？

なんで、私は自分の頑張りは無駄だと思ったんだろう？

私がそんなふうに悩んでいるのを見て、ユキが口を開く。

「まあ、たぶん自分でこの件をどうにかしたいとか思ってたんだろうさ」

「？」

「ほら、張り切っていただろう？　だから、この問題というか、ウィードで色々やっている奴らぐらいは自分で捕まえてやるーって思ってなかったか？」

「あ、うん。そう思ってた」

「でも、ファイデが来たから一気に解決しそうになって、自分の出番がなくなったと思ったわけだ。そうなると頑張りが無駄になるよな」

「そっか……私は活躍できる場所がなくなって落ち込んでたのか」

「たぶんな」

「合ってる、と思う」

ユキが言った言葉が体に染み込んでくる。

埋めることができなかった隙間をまんべんなく水が染み込む感じ。

しっくりきた。理屈じゃなくて、私の心が、体が正解だと言っていた。

だけど、それは……。

「私って最低だ……」

「どうしたいきなり?」

「だって、そうでしょう? 私は自分の活躍の場を欲していたんだから。平和よりも乱がいいと思っていたのよ? ウィードは凄くいい所。私が知り得る限り、楽園って言葉が一番似合うと思う。私自身も凄くユキたちとか、ウィードの住人にはよくしてもらったわ。なのに、ウィードが困るようなことが起こればいいのにって思ったのよ?」

自分の浅ましさに泣けてきた。

これじゃ、民の幸せをと言ってたお父様に顔向けできない。

ウィードに嫌がらせをしている神々と同じじゃない……。

何が自分の手で、よ。名声が、自分が頑張ったという周りの声が欲しかっただけだ。

それは、その分、ウィードの人々に苦しんでくれってことなのに。

そんなことが起こらないようにするために、私たちの仕事ができたっていうのに。

「あー……」

ユキも私の言葉になんて声をかけていいか分からないようだ。

ウィードの本当のトップであるユキは、本当に頑張っている。

今日だってファイデの案内を自らしていたし、ウィードの安全を第一に動いている。

それが奥さんたちや、ウィードに住んでいる人たちのためになると知っているから。

私みたいに自分の名声欲しさに他人を利用したりはしない。

そもそもユキにとって名声なんてのは邪魔でしかないから。

そして、ユキはようやく私に掛ける言葉が見つかったのか、口を開く。

出てくるのは罵声かしら？　それともウィードから退去かな？

「別にいいんじゃね？」

「え？」

何を言っているのか理解できなかった。

私の言葉を聞いて、そんなことを口に出せるとは思わなかったから、理解に至らなかった。

「なあ、ジェシカ。頑張る場所がなくなったら、普通はがっくりするよな？」

「……まあ、そうですね。奮起するべき場所がなくなれば、そのやる気が空回りしますから」

いつの間にかジェシカは戻ってきていて、ユキの傍で護衛をしながら私の話を聞いていたみたい。

で、話を振られたジェシカもユキの言動はどうかと思っているのか、こめかみに手を当てて、答えている。

「別にドレッサが問題を引き起こして、自作自演をやったわけでもないんだし、その心意気は何も問題ないだろう?」

「……ユキの言う通りですが、ドレッサ的には、そのような考えで動いたということが許せないんだと思いますよ?」

「……そうよ。ウィードが乱れればいいって思ったのよ。それは駄目なことでしょう?」

ジェシカと私でユキの認識を正すために説明をする。

なんでこんなことになっているのか分からないけど、とりあえず、説明しないとダメな気がするからする。

「いやー。いちいち思うことまで否定しないわ。心まで縛るとか、どんな暴君だよ。発想の自由いいじゃん。というか無理だし」

「それはそうですが……」

「……」

えーと、なんだろう？

私とジェシカは常識を説いているはずなのに、何も言えなくなっている気がする。

あれ？

「というより、なんで、今回に限ってそんなに頑張ろうと思ったんだよ」

「……それは、言ったじゃない。私の活躍の場が欲しかったっていう、浅ましい願いがあったのよ」

「違う違う。落ち着いて考えろ。そもそも、他の仕事ではなんでそんな気持ちにならなかったんだ？」

「そんなの簡単よ。悪者をやっつけてしまえば、分かりやすく頑張ったって、名声を得られるから……」

「それだろ？」

「何がよ？」

「ドレッサが、探していたもの」

「どういうことよ？」

「頑張れる仕事を、心からやれることを探していたんだろう？」

「……」

ユキの言葉に私は答えを返せずポカーンとしてしまっていた。

「今回は頑張りが無駄になったかもしれない状況になって、落ち込んだけど、そもそも、なんで頑張ったか、名声を欲したかは、それ自体が目的じゃないだろう？　自分で解決して、自分の手で人々を守りたかったんじゃないか？」

「そ、それは……」

違うとは言えなかった。

私は自分の手で悪者を倒して、ウィードの人たちを守りたかった。

私の頑張りや、名声はその過程や結果に過ぎない。

「でも、私は……」

活躍の場がなくなって、がっくりした。してしまった。

それは、人々を守る者として絶対ダメなことだ。

危険がなくなって喜ばなくてはいけないのに……。

「いや、自分の腕に自信があるなら、それを披露する場所が欲しいのは当然だし、欲のない人なんていないからな。確かに、ドレッサの思ったことは称賛されることじゃないかもしれないけど、それを思っただけで、駄目なら、俺だって駄目だしな」

「ユキも？」

「そりゃな。俺は、基本的に面倒は嫌いだ。だから、嫁さんたちに色々仕事を手伝ってもらっている」

「それは、手が足りないからでしょう？」

「そうだな。でもさ、本当に真剣に取り組むというなら、俺は嫁さんたちとの結婚や、子供を作るなんてのは駄目だろう？　それは目的を達成するのに無駄なことだ」

「無駄なわけないじゃない‼　謝りなさいよ‼　ジェシカたちに‼　結婚が無駄だと思っていたわけ⁉　愛しているから、助けてくれたんでしょ‼　そんなこと口にしていいと思ってるの‼」

あまりな言い方に、私は大声を上げてユキに吼えた。

「だろ？　俺も結婚が無駄なんて思ってないし、子供ができて幸せだからな。そんな余分があって当然なんだよ。ドレッサもそんな当然の思いを駄目だーって言ってるだけだ」

「あぐっ……」

「大事なのは、本来の目的を見失わないことだな。守りたい人々がいるのに、頑張るため、名声を得るために、守るべき人々を脅かすなら、それは本末転倒。でも、守るべき人たちが笑って安心してくれるなら、頑張るのも名声を得るのも間違いじゃない。やる気のない弱い騎士に守ってもらうより、やる気があって名声を得るほど強い騎士の方が安心だろう？」

「うぐぐ……」

私がユキの言葉にたじたじになっているのを見て、ジェシカが口を挟んでくる。

「ドレッサ。あなたの言い分はよく分かります。戦いの果てに大義がどこにあったのか？　そんなことはよくありました。暴徒鎮圧のために、守るべき民を切り捨てたこともあります。本来であれば、説得して納得してもらうのが最上であったのにです。私もそのたびに騎士とは何かとよく考えました」

「それは、仕方がなかったんでしょう……」

「はい、仕方がないといえばそれまでです。ですが、それで思考停止していいわけではありません。そうなればただの命令を聞くだけの人形です。だから、ユキの言ったように……」

「……本来の目的を見失わないようにするってこと？」

「ええ。ドレッサがそれを見失わない限り、誰に何と言われようと、頑張れるはずです。それは、復讐のためにモーブ殿たちの訓練に必死に食らいついていたのですから、分かるでしょう」

ここでようやく、私は自分なりの答えに思い至った。

……そうか、私は人々を守りたかったのか。

守れなかった人々への贖罪《しょくざい》か、ただのお父様の真似事か、まだ私に何かできるのではないかと、色々仕事をして模索していた。

そして、この仕事に辿り着いて、ようやく私の心が願う形に近い仕事でやる気が出たのか。

私がそんなことを考えているうちに、ユキに背中を押される。

「急に何よ!?」

「いや、明日も仕事だろ？　問答も終わったし、さっさと休んだ方がいいぞ。それとも、他にやりたいことがあったか？」

そう言われて時計を見ると、もうすぐ夕飯の時間だ。

ヴィリアとヒイロと一緒に食べる約束してたんだった‼

「もう、こんな時間⁉　私、帰るわ‼」

急いで会議室から出ていこうとすると、後ろからこんな声が掛かる。

「うじうじ悩むなよー。馬鹿の考え休むに似たりって言うからなー」

「うっさい‼　誰がもう悩むもんですか‼　私は、自分のやりたいようにやるわよ‼　……でも、今日はありがとう。あ、勘違いするんじゃないわよ‼　ただ相談に乗ってくれたお礼を言っただけなんだから‼」

そう言い捨てて、私は外へ飛び出していった。

side：ユキ

「なんと見事なツンデレか」

あそこまでのテンプレを見ることになるとは思わなかった。

演じているわけでもなく、素でやられるとは。

「いえ、あれはツンデレというより反抗期的でしょう」

「難しい年頃だねー。俺としては、なるべく相手にしたくないね」

「まあ、ヴィリアたちもいますし、そうそうないでしょう。と、第三会議室の準備が整ったようです」

「はぁ。俺たちはこれから残業かー」

「終わったら、みんなでのんびりしたいですね」

「そのために頑張りますかー」

「はい」

残念ながら、俺のお仕事はまだまだ続くようだ……。

第424掘：お掃除の成果

side：ヴィリア

「えーっと……どうしたの？　その包帯？」

いつもの通り、早朝からお仕事を受けに冒険者ギルドに来たのですが、やっぱりキナさんに見咎められました。

それはそうでしょう。

なにせ、ドレッサは額に包帯をぐるぐると巻いているのですから。

「ただ気合い入れで巻いてるだけだから、気にしないで」

ドレッサはその答えでごまかすつもりなのでしょうが……。

「いやいや、血が滲んでるってば⁉」

血が滲んでいるので、ごまかせるわけがありません。

仕事に出る前に、体調チェックをするのですから、あんな分かりやすい血の滲んだ包帯を巻いていれば当然止められます。

「昨日、仕事から帰ってきたときはそんな傷なかったよね？」

「はい。これは、昨日の夕食のときにできた傷です」

「夕食の時？　何かに襲われたの？　そんな報告はなかったけど……」

「いえ。実は……」

私が言おうとしたら、ヒイロが横から続きを言った。

「なんかしらないけど、ドレお姉がいきなり机に頭をぶつけ始めた。そして、血が出るまでやった」

「はぁ？」

キナさんの反応は当然だと思います。

私も最初はおかしくなったかと思いました。

でも、違ったんです……。

「とりあえず、なんともないから。大丈夫よ」

「大丈夫なわけないでしょう？　こんな状態で仕事に出したとかミリーに言ったら、私が殺されるわよ。せめてなんでそんなことしたのか理由を教えて？　情緒不安定で任せられる仕事じゃないのは分かっているでしょう？」

「そ、それは……そ、そんな気分だったのよ!!」

「いや、それじゃ仕事は任せられないよ。危ない状態じゃない」

「うぐっ……」

予想通りと言いましょうか、ドレッサが自ら原因を言うわけありませんよね。

しかし、このままはぐらかしていると、今日のお仕事は2人で作業です。

それは避けたいので、手を貸すことにしましょう。

「キナさん。ちょっといいですか？」

「ん？　なに？　まだドレッサから話を……」

「その件です。私に心当たりがあります」

「え？　本当？」

「ですが、あまり公衆の面前で話すものではないので、奥の部屋でいいですか？」

「別にいいけど。じゃ、こっちに来て」

「あ、ヒイロ。ドレッサをそこで治療してください。そのままじゃ、お仕事に出るのは無理そうですし、ヒイロも少しは回復魔術を使えるでしょう？」

「りょうかーい」

「……何を言う気なの、ヴィリア」

「それは、真実です。そうですね。少し詳しく言うなれば、お兄様ですね」

私がそういうと、くわっと目を見開いて、顔を赤くし口をパクパクさせています。

やっぱり……。

「ち、違うのよ‼　あり得ないから‼」

「ドレお姉じっとしてー」

「あ、ごめん。って、ヴィリア‼　変なこと言ったら承知しないわよ‼」

そんなドレッサの様子を見ていたキナさんも私が言おうとしていることが真実に近いと見ているのか……。

「なるほど、ヴィリアちゃん。こっちの部屋でじっくり話そうね」

「はい」

「待ちなさい‼　ヴィリアァァァー‼」

「ドレお姉。うっさい」

バキッ‼　ドゴン‼

私が最後に見たのは、ドレッサがうるさいので、ヒイロが杖で殴打して、床に突っ込むドレッサの姿でした。

まわりの冒険者が引いていましたけど、仕方ないでしょう。

傷が広がったかもしれないですが、自業自得ですね。

治っていなかったら、ルルア様を頼りましょう。

「で、何が理由かな？　あの、ドレッサの必死さから考えて、ほぼ当たりだと思うけど」

「私もそう思っています。簡潔に言いまして、おそらく、お兄様のことを好きになったと思っています」

「直球だねー。でも、ドレッサはそのお兄様に反応してたし、私も当たりだと思うなー。で、確認だけど、お兄様ってユキさんのことだよね？」

「はい。その通りです。私がお兄様と呼ぶ方は世界にただ1人です」

「ははっ、ヴィリアは本当にユキさんが好きだね」

「自慢のお兄様です。何も恥ずかしがる必要はありませんので」

「そういう素直な気持ちを言えるのは凄いと思うよ。でも、そのユキさんには素直に気持ちを言えないでいるみたいだけど？」

「……それは、なんというか、妹のように見られていますし、お兄様の傍にいて私が役に立つのか？　とか思ってしまって」

「なるほどねー。確かに、今のユキさんの横に立つのは大変そうだねー。でも、ミリーとかはOKしているようだけど？」

「はい。お兄様の奥様たちには色々と応援いただいているのですが、いまだ未熟者なので……」

「生真面目だなー。まあ、それがヴィリアちゃんかな。私も陰ながら応援させてもらうね。と、話がずれたね、なんで、ドレッサはああなったの？　いつもなら、呼び捨てで普通に話してるでしょう？」

「さあ、詳しくは知らないのですが、昨日、机に頭を打ち付けながら……」

『あり得ない。あり得ない。なんで、私の悩みが分かるのよ。普通なら怒るところなのに、普通に話すとか、なんなのよ。あいつ。というか、なんで頭からユキのことが離れないのよ。あーもう、出てけ、でてけー』

「みたいなことずっと繰り返していました」

「ああ、なるほど。ユキさんが大人の余裕と優しさを見せて、ドレッサは揺さぶられちゃったというか、堕ちたわけね」

「たぶん。で、ドレッサはそういうことには慣れていないみたいで」

「否定するために、ひたすら机に頭を打ち付けていたってことかー。若いわねー。というかドレッサらしいわね。素直じゃないというか」

「という理由なので、どうかドレッサのお仕事参加を認めてもらえませんか？　さすがに2人はきついので」

「あー、うん。分かったよ。それならミリーに怒られる理由もないしね」

そんな感じで、キナさんにも納得してもらったので、そのままお仕事に行くことになりました。

「……本当に変なこと言ってないでしょうね？」

「言っていませんよ。事実だけです」

「その事実ってなによ!?　言ってみなさいよ!!」

「ドレッサはお兄様のことが……」

「わー‼　わー‼　そんなわけないでしょう⁉」

「じゃ、朝、キナさんから貰った、お兄様の隠し撮りの写真私にください」

「あれは私が貰ったから私のものに決まってるでしょう‼　関係ないじゃない‼」

と、このように無駄な抵抗をしているドレッサです。

ちなみに、なぜキナさんがお兄様の写真を持っているかというと、ミリーさんからのお願いだそうで、お金になるので撮っているとのことです。

……しかし、なぜ、半裸のお兄様の姿を撮れるのでしょうか？

私としては非常に嬉しいので構いませんが。

「お姉たち、ごみ袋ー」

「分かったわ。ドレッサ、ごみ袋を」

「あ、うん。はい、ヒイロ」

「ありがとー」

捨ててーと、仕事に戻るヒイロ。

「私たちも、真面目にやりましょう」

「……そうね」

さすがにドレッサも、ヒイロだけが真面目にやっているというのはまずいと分かっているのか、それ以上の言い合いはやめて、真剣に清掃を始めます。

そうなると早いもので、気が付けば清掃をしていた路地はすっかり綺麗になっていました。

「あら？　もう終わり？」

「みたいですね」

「でも、ごみ袋余ってるねー」

「そうね。時間もまだ終わったっていうには早いし、他の路地の清掃に行きましょう」

「そうですね」

そういうことで、別の清掃場所を探していたのですが……。

「あ、お姉たち。ここにごみがあるよー」

ヒイロのその言葉にその路地を覗くと確かにごみが散乱しています。

しかし、そこまで多くはないので、残りの時間で終わりそうな感じです。

「ちょうどよさそうですね」

私はそう言って、掃除に取り掛かろうとすると、ドレッサから待ったの声が掛かりました。

「ちょっと待って。ここって初日に掃除した所じゃない？」

「そう言われれば、そうですね」

「うん。ヒイロたちが掃除した所ー」

「なんで、わずか数日の間にこんなに散らかっているのよ……」

確かに、この路地は初日に掃除した所です。

ですが、なぜか見るも無残に散らかっていました。

「……考えても仕方がありません。先に掃除をしましょう。後で報告しておけばいいですし」

「……それもそうね」

「お掃除ー」

汚されるのは腹が立ちますが、このままというわけにはいかないので、再び掃除を始めます。

といっても、この前に掃除しただけあって、そこまでごみは多くはないので、さして時間もかからず終わりました。

「ふう。終わったわね」

「はい。ちょうどいい時間ですし、帰りましょうか」

ドレッサと私はそう言って、ごみ袋をまとめて片付けに入っていたのですが、ヒイロがなぜかボーっとしていました。

「どうしたのヒイロ？」

「うーん。何か忘れてる気がする」

「忘れてる？」

「ああ、あれじゃない？　ちょうどそこの窓から、バカな冒険者がごみを投げ捨てていたでしょう？」

「そんなことありましたね」

ヒイロに暴力をふるったので非常に腹が立ったのを覚えています。

「あ、そうだ‼ えっと、その冒険者のおじさんがね……」

ヒイロがその言葉を続けることはありませんでした。

なぜなら……。

『落ち着いてくださいよ‼』

『ええい、うるさい‼ もう、ノノア殿に頼んで、ロシュール王都を占拠してもらう‼ その勢いに乗って、このウィードも攻め取ればいいだろう‼』

そんな馬鹿な声に遮《さえぎ》られたからです。

私たちは顔を見合わせて、静かにその声が聞こえる窓に近寄りました。

もちろん、録音するのは忘れていません。

『他の国が黙っちゃいませんよ？』

『そんなのは、ロシュールを私が牛耳ればどうにでもなる。王が代わったというだけだ。国の政変に口など出せんよ。ウィードを攻めるというのも、直接的ではない。内部に人員を送り込めばいいだけだ。気が付けば、我々の思い通りよ』

『なるほど、先にウィードではなく、三大国の一角を取ってから、堂々と工作員を送り込むわけですか』

『そうだ。セラリアの小娘がどう拒否しようと、国の方針だから逆らえん。下手に拒否すれば他の国も、ウィードに不信感を持つだろう。そうなれば、こっちの思うつぼよ』

『では、ウィードでの工作は？』

『うむ。一時中断だ。まったく、この街は面倒極まりない……』

その言葉の後、大きく窓が開かれ……。

「あの小娘が‼」

偉そうな服を着たおじさんが、ごみを私たちに向かって投げていました。

ペンッ。

「あう」

ヒイロのおでこにごみが当たりましたが、紙屑なのが幸いして、怪我はないようです。

でも、問題はそこではありません。

「なんだ。子供か……」

「あ、お前ら‼」

「何をそんなに慌てている？　ただのごみあさりだろう？」

「こいつら、こんななりでも冒険者です‼　このことを報告されるとまずい‼」

「何っ⁉　お前ら、このガキ共を捕らえろ‼」

おじさんがそう言うと、部屋の奥から、護衛と思しき人たちが、こちらに向かって走ってきました。

あまりの出来事に動けないでいたのが、ここでようやく我に返ります。

「逃げますよ‼」

「分かってるわよ‼」

「う、うんっ‼」

そうして、私たちは追われることになったのです。

番外編　夏の悪いところとその歴史

夏は子供たちにとっては長期の休みがある。

夏は海や川が気持ちよく遊べる時期だ。

夏はその季節しかいない虫たちが出てくる。

夏は誰もが楽しめる祭りがある。

夏は、夜空に咲く花を見る季節だ。

夏は……。

そんな夏のいいところはたくさんある。

数えきれないと言うべきか……。

その夏が食べごろだというのもあるし、レジャーだってたくさんあるだろう。

では逆に、夏の悪いところは？

そう聞かれて答えることができるだろうか？

まあ、女性ならまず、日に焼けるということだろう。

いや男性も日に焼けるのを避ける人はいるが、女性としては肌の染みになりかねない日焼けは避けたいものだ。

というか、海で泳いだりビーチで遊んでいて、夜には日焼けで苦しんだ経験がある人は多いのではないだろうか？

次に、その夏の暑さ自体を嫌がる人も多いだろう。

寒さは服を着こめばいいし、暖を取ればどうにかなる。

だが、暑さというのは服を脱ぐぐらいしか解消のしようがないのだ。

もちろん、海や川に入り水を浴びて体温を下げるというのはあるが、寝ているときも水に浸かることはできないので、意外と大変だ。

とはいえ、昨今の地球において寒暖への対処方法はたくさん存在している。

冷房をつけたり暖房をつけたりすればいいのだ。

代わりに外との差が酷くなるが、夜に寝苦しい思いをしなくてもよい。

それに合わせて、汗をよくかく人は服が濡れて人目を気にしたり、香りを気にしたりする人が出てくるだろう。

汗をかくのは新陳代謝であり自分で調整できるものではないからだ。

とはいえ、今まで話してきたのは、あくまでも対処ができることだ。

いや、これから話す夏の悪いところも別に対処方法がないというわけではないのだが、万人がまず口を揃えて鬱陶しいというタイプのものだ。

それは……。

ぷ～～ん……。

そんな音が耳に届く。

どこか甲高く、そして耳に残る音だ。

そして、その音を頼りに気配を感じ取り……音が途切れた瞬間。

パンッ！

そんな音が辺りに響く。

side：ユキ

首筋に衝撃が走り、ちょっとひりひりとするが、そんなのは関係ない。

俺の意識にあるのは、あの憎き敵を撃ち滅ぼせたのかということだ。

俺は首から手を離して、手のひらを確認する……。

「ちっ」

残念ながら奴の姿はなく綺麗な手のひらが映るだけだ。

「ありゃ、失敗しましたか？」

「ああ、残念ながら」

俺はタイキ君の質問に素直に答える。

別に恥ずかしいことでもないからだ。

「蚊《か》、この時期増えますからね～」

「というか本場の時期だからな」

俺たちはそう言いながら縁側の向こうに広がる庭に目をやる。

そこにはちゃんと手入れをしている池や草花があるのだが、そこは蚊の生存区域でもある。

「ったく、本当に蚊は面倒だな。刺されると……」

俺がそう言いかけていると、ドタバタと音がして声が聞こえてくる。

『かゆいよ～』

『かいたらダメよ。皮膚が破けて悪化するんだから、確かこっちにかゆみ止めがあるから
……』

『いっそ無視して遊んでみたら？』

『むりー⁉』

どうやら外で遊んでいたヒイロたちが戻ってきたようだが、蚊にやられた対処中のようだ。

「あはは、かゆいですからねー本当に」

「ああ、気になりだすと特にな。大人になってからはかゆみ止め塗って放置できるんだが
……」

「子供の時はすぐにかゆみが引かないから掻いちゃいますよね」

そのタイキ君の言葉に頷く。

というか大人になっても無意識に掻いてしまうこともあるし、蚊のかゆみというのはそれだけ酷いモノということだ。

「でも、なんで蚊がダンジョンにいるんですか？　環境ってユキさんが整えたんですよね？　つまり蚊は必要だからってことですか？」

「ああ、タイキ君の言う通り。蚊はめんどくさいが、必要な生き物でもあるんだよなー」

俺はそう言いつつ、縁側に一緒に置いてある冷えた麦茶のボトルを取ってコップに注いで飲む。

冷えた麦茶が喉を潤《うるお》す。

「必要な生き物……ですか？」

タイキ君はいまいち分かっていないようで首を傾げていると……。

「自然は上手くできている。ということだよ。はい。スイカお待ちどう」

そう言ってタイゾウさんがやってくる。

手に持っているのはスイカだ。

夏と言えばの食べ物だよな。

「ありがとうございます」

「どうも。あ、塩かけます？」

「ああ、かける」

俺はタイキ君から塩を受け取って適度にスイカに塩を振る。

これで塩気と甘みがバランスよくなるんだよな。

というか、これで塩分もしっかり補給できるから、そういう意味でもスイカっていうのは夏場では良い食べ物なんだろうな。

「それで、自然は上手くできているっていう話ですけど、蚊って病原菌の媒体っていうのはよく聞きますけど、益虫って話は聞きませんよ？」

タイキ君の言うことは事実だ。

蚊というのは、色々な生き物の血液を吸って自分の生きる糧《かて》にしている虫だ。

おかげで他の生き物の病原菌を人に運んでくるという厄介な性質を持っている。

代表的なのはマラリア熱や黄熱病だろう。

野口英世《のぐちひでよ》さんが、その命を懸けて挑んだ病として黄熱病は日本でもよく知られているし、ワイル病の解明、ワクチン、治療法を作り出したとして世界からも賞賛されている人物だ。

だが、その彼も黄熱病に倒れたのだ。

その媒介となったのが蚊。

それだけ厄介な生き物と言える。

だが、蚊はそれだけではない。

「そうだな。病原菌の元を運んでくるというイメージが強いが、それ以上に生き物たちの食料として大事な存在なんだよ」

「食料？」

「そう。蚊の子供、ボウフラがいるだろう？　あれは水中にいるから魚や他の虫の餌になるし、水中のバクテリアが放出した有機物を食べて消費してくれるから水を綺麗にしてくれる要因の一つでもあるんだ」

「え？　マジですか」

「ああ、ユキ君の言う通りだ。そしてその蚊の生体に関しても、ハチなどと同じように植物の花粉を運ぶ役割もある」

「ああ、それは分かるかも」

移動する虫には大抵花粉を運ぶ役割があるよな。

「だから、この自然の維持のためにも蚊を取り入れる方がよかったってわけだ。もちろん、ウィード産の綺麗な蚊だから、病原菌などは持ち込まれていない。ただ蚊に食われて痒いだけだな」

「それなら……安全か。とはいえ、痒いのも嫌だけどなー」

「まあ、それはどうしてもな……蚊の特徴だからな。我々生き物の血というのは外気や異物に触れると凝固を始める。それを防ぐために蚊が分泌する液体を口を通じて皮膚に刺すことによって蚊は血を吸って栄養にできるわけだ。代わりにその炎症反応としてかゆみが出るんだ」

タイゾウさんは刺されると痒くなる仕組みを教えてくれる。

専門外のことなのによく知っている。

いや、俺も知っているから雑学の類なんだろうな。

「そういうことですか。って、蚊で思い出しましたけど、こっちの世界にも蚊がいますよね」

「いるな」

「普通に存在しているな」

タイキ君の言葉に俺とタイゾウさんは即座に頷く。

この世界にも蚊はいるのだ。

姿かたちそっくりで、やっぱり人の血を吸って厄介者として扱われている。

生体もそっくりで、やっぱり似たようなものが生まれる環境があるんだろうなーと改めて思う。

とはいえ、人がいるんだからいても当然と思う話だ。

ハエだっているしな。

で、それがどうしたと思っていると……。

「やっぱり外の蚊は注意した方がいいですよね？」

「そりゃ、そうだな。どんな病原菌持ってくるか分からないし」

「その通りだな。注意するべきだ。とはいえ、蚊だからな。難しいと言わざるを得ない」

タイゾウさんの言う通り、蚊をすべて綺麗に撃退できる人類などいないだろう。

できることは虫よけスプレーとか、虫よけの魔術でも使って事前予防と、刺された後の経過観察をする。

あとはその地域での風土病みたいなものがないかを確認することが必要だ。

というか病気なんてのは、常日頃から注意しておくしか方法がない。

あとは……。

「いい加減出すか」

「何をですか？」

俺はそう言って、部屋に戻ってあるものを取ってくる。

それを見た瞬間タイキ君は……。

「うわー懐かしい～。ばあちゃん家にあった気がする」

そう言って俺の手にある豚の形をしている蚊取り線香の器を見る。

で、意外にもタイゾウさんが……。

「ほう、蚊取り線香か。定番だな」

なぜかタイゾウさんもこの正体が分かったようだ。

「え？　タイゾウさんの時代にも豚の蚊取り線香ってあったんですか？」

「うむ。あったな。確か豚型の器というのは江戸時代から存在しているはずだぞ？」

「そんなに歴史が古いものだったのか。豚型蚊取り線香器」

　思わぬ歴史の深さに驚きつつも、俺は蚊取り線香を取り付けて火を付ける。

　煙がぽわーんと立ち上り、独特の香りがあたりを包む。

「これこれ」

「実際見ると意外と火の管理が大事じゃないですか？　子供たちが火傷したりしません？」

「それはあるな。とはいえ、火は人が生きていく上では欠かせないもの。こういうことを通じて学んでいくのさ。幸いこちらは回復魔術というのもあるから痛い目を見るだけで済む」

　確かにこの手のもので子供たちが火傷なんて話はごまんと聞く。

　そしてだからこそ火の危険性を認識していくことにもなる。

　危ないからといってすべて遠ざけては意味がない。

　学習する機会を奪ってしまう。

　とはいえ、それよりも蚊がうっとおしいということが大前提だが。

「そういえば、この線香を焚くと追い払うっていうのは聞きますけど、殺虫効果もあるんですよね？」

「あるな」

「実際見たことってあります？」

「いや、私もないな。まあ、虫にとっては毒ガスを撒かれるようなものだからな。即座に逃げ出すのじゃないか？」

確かに、テレビコマーシャルとかでは蚊取り線香を焚いて蚊が落ちるシーンを強調してはいるが、その場面を見たかということない。

そんなことを考えていると、不意に。

ぷ〜〜ん……。

あの音が聞こえてきて、視界に蚊が映る。

今度こそ叩き潰してやろうと両手を上げて様子を見ていると……。

ぽとっ。

「「あ、おちた」」

蚊取り線香の威力おそるべし。

伊達に遥か昔から使われてはいないな。

こうして夏の日は過ぎていくのだった。

本書に対するご意見、ご感想をお寄せください。

あて先

〒162-8540 東京都新宿区東五軒町3-28
双葉社　モンスター文庫編集部
「雪だるま先生」係／「ファルまろ先生」係
もしくは monster@futabasha.co.jp まで

必《ひっ》勝《しょう》ダンジョン運《うん》営《えい》方《ほう》法《ほう》⑲

2023年5月31日　第1刷発行

著者　雪《ゆき》だるま

発行者　島野浩二

発行所　株式会社双葉社
〒162-8540
東京都新宿区東五軒町3-28
電話　03-5261-4818(営業)
　　　03-5261-4851(編集)
http://www.futabasha.co.jp
(双葉社の書籍・コミック・ムックが買えます)

印刷・製本所　三晃印刷株式会社

フォーマットデザイン　ムシカゴグラフィクス

ISBN978-4-575-75327-1　C0193
Printed in Japan

Mゆ01-21